俺にトラウマを与えた女子達が
チラチラ見てくるけど、残念ですが手遅れです

The girls who traumatized me keep glancing at me, but alas, it's too late.

3
third volume

御堂 ユラギ
イラスト：緜

「私の裸なんて見慣れてるでしょ。
バスト測るくらいで、
何を恥ずかしがってるの」
姉
九重《ここのえ》悠璃《ゆうり》

「見慣れてたら
駄目だと思うんだ」

「恥ずかしいけど仕方ないわよね」
母
九重《ここのえ》桜花《おうか》
脱衣
第一回 九重家麻雀大会！

叔母
九重雪華《ここのえせつか》
「安心してユキちゃん。
私、これ一枚しか着てないから」
「どうしたの？
さっさとロンで上がりなさいな」

「あ、ありがと……」
幼馴染
硯川《すずりかわ》灯凪《ひなぎ》

「ユキ、私はどうかな？」
友人
神代《かみしろ》汐里《しおり》

The girls who traumatized me keep glancing at me,
but alas, it's too late.

3

俺にトラウマを与えた女子達がチラチラ見てくるけど、残念ですが手遅れです 3

御堂ユラギ

OVERLAP

イラスト／緜

殺人者・九重悠璃

The girls who traumatized me keep glancing at me, but alas, it's too late.

——私は弟を殺した。


鍵のないその部屋は、ドアノブを回すと、何の抵抗もなく私を受け入れる。

まるでそれが、綺麗《きれい》で穢《けが》れない弟の心を反映しているような気がして嬉《うれ》しくなる。

音を立てないように細心の注意を払って、静かにドアを閉めた。

深夜、暗がりの中、聞こえるのはカチカチと秒針が時間を刻む音だけ。

大きなベッドの中央に、気持ち良さそうにスヤスヤと弟が眠っていた。

いつもならベッタリくっついて寝ている母さんも、流石《さすが》に三日連続は自重したらしい。

私だって一緒に寝たいのに週二日で我慢している。母さんなんて週三日だ。我儘《わがまま》がすぎる。いつの間にか週五体制になっているが、この子にもプライベートが必要だ。

だって男の子だもの。一人でしたいことだってあるはずだ。母さんは気が利かない。

甘えん坊という言葉があるが、我が家で最も甘えている子供は母さんだ。大人気ないにもほどがある。これが母親のやることだろうか？　まったく情けない。

一時期は酷《ひど》く落ち込んでいた母さんも、今ではとても元気になった。雪兎《ゆきと》のおかげだ。

私には何もできなかった。どうすることも。母さんの不安を晴らしてくれたことに感謝しかない。しかし、だからといって弟にベタベタするのは止《や》めて欲しい。

母さんは無邪気に振舞っているが、実は全て計算ずくだと私は知っている。

なんてはしたないのかしら。母さんの魔の手から弟を守らなければ。

バスケの大会が近いからなのか、最近は休日もよく出掛けている。一緒について行くこともあるが、概《おおむ》ね問題はなさそうだった。

学校でも幾つかのイレギュラーはあったものの、全体的に良い方向に向かっている。

悪意にばかり晒《さら》されていた、小学校や中学校の頃とは違う。

心配しすぎと言えばそれまでだが、高校生活くらい、気兼ねなく楽しんで欲しい。

起こさないよう、そっとベッドに腰を下ろす。そのままゆっくりと弟の頭を撫《な》でた。

「……雪兎は私が怖い？」

囁《ささや》くように、そんな疑問を口にする。直接、答えを聞く勇気はなかった。

少しだけ仲が改善したとは言っても、依然として蟠《わだかま》りは残っている。

弟は何かとプレゼントをくれるが、それだけ私を恐れている証拠だ。私の機嫌を窺《うかが》い、怒らせないように振舞っている。いつかまた、信頼を裏切られる日を恐れている。

つい先日、私を模した木細工をくれた。大切に部屋に飾ってあるが、その表情に凍りつく。険しい表情は敵意を宿していた。何かを敵視するように、睨《にら》みつけるような眼差《まなざ》し。

この子の目に、私はそんな風に映っているのだろう。決して大げさな表現じゃない。

事実、私は普段そんな表情をしているから。友達にも冷たい女だと言われる。

いつからそうだったのか、考えるまでもない。雪兎は笑わなくなった。

きっとそのときから、私も笑えなくなった。当然だ。どうして、のうのうと弟の前で笑顔になれるのか。こんなにも醜く穢れた顔で笑えるはずがない。

何もなかった無機質な弟の部屋は、模様替えを経て様変わりしている。

雪兎がそれを望んでいないことは分かっていた。私と母さんの我儘を押し通しただけ。もう見ていられなかったから。それでも、何も言わずに受け入れてくれた。

雪兎は狭量な私とは違う、大きな優しさを持っている。

身を乗り出し、雪兎に覆いかぶさるような姿勢になる。

震える両手を、そのままゆっくりと弟の首に添えた。

このまま力を込めれば、雪兎は私を拒絶するだろうか。殺したいほど憎んで、一生許さないと、その怒りを私にぶつけてくれるだろうか。

決して叶《かな》うことのない醜く甘美な願い。

「私がお姉ちゃんで、ごめんね……。何もしてあげられないのに、奪ってばかり……」

裸になれと言われれば、今すぐにでも服を脱ごう。爪を剝げと言われれば、両手両足全ての爪を剝がそう。焼きごてを身体《からだ》に押し付けろと言われれば、喜んでこの身を焼こう。

どんなに罰を求めても、きっと弟は鍵のないこの部屋と同じように、抵抗することなく私を受け入れる。でも、その赦《ゆる》しは、この身を腐らせる。

ベッドの下を探る。何もないことは分かっていた。そう、何もない。あるべきものが、そこにはなかった。全てを飲み込むような空洞が広がっているだけ。

弟くらいの年齢になれば、性的なことに興味を持つのは自然だ。エッチな本の一つや二つあっていい。今なら動画でもいいかもしれない。けれど、それもない。

私が誘惑すると、いつも恥ずかしそうに視線を逸《そ》らす。この子だって人並みに関心は持っている。ただ欲求が希薄なだけ。

この子はモテる。誰かと結ばれて幸せになってくれればそれでいい。その相手が弟を幸せにしてくれるなら、誰でもよかった。仮にその相手が忌々しい幼馴染《おさななじみ》でも我慢しよう。

けれど、そんな幼馴染も悩んでいるはずだ。誰もがその先に辿《たど》り着けない。

それは、彼女達《たち》ではどうにもならない、雪兎の心に根差す深奥。

誰かを好きになって欲しい。ただそれだけなのに。

なんて、なんて罪深い願いなのか。

胸が苦しくなり、荒くなる呼吸を落ち着かせる。

あの日、私が弟を殺したから、この子は潜在的に女性を恐れている。心の奥底でブレーキを掛けている。たまたま、偶然、運が味方して遊具から突き落とされた弟は生きていた。

それはただの結果論。私が弟を殺そうとして、死ななかっただけ。

能天気に弟の生存を喜んでいた。自らの罪に気づかずに。

好意を持つことを否定し、好きになれなくしてしまったのは私。

私は、この子の愛を殺したのだ。

——それは、二度目の殺人。

どれだけアプローチを掛けても、雪兎は手を出さない。出してくれない。誰もがそれを待っている。それをこの子も分かっているのに、雪兎の潜在意識が避け続ける。

それは忍耐力でも、最強のメンタルでもない。雪兎の中に眠る本質的な不信であり怯《おび》え。好意を向けてしまえば、いつかそれが鋭い刃となって、自分を殺すのだと刷り込まれている。それがこの世界の法則であり常識だと理解している。

弟は聡《さと》い。そして優秀だ。鈍感とは対極にある。

なのに決して誰とも結ばれることはない。

愛すべき人と結ばれ、幸せな人生を送る。そんな未来を奪い去った。

誰かを好きになり、人を愛する。その感情さえもこの手で消し去った。

そして、私は更なる罪を犯す。

『大嫌い』だと拒絶して、吐いた言葉は弟の心を無残に殺した。

——それが、三度目の殺人だった。

肉体も、愛も、心すらも、私は殺した。

三度、およそ三人も殺せば死刑は免れない。私は死刑囚というに相応しい

弟が下す刑の執行を待つばかりの日々。私には罰が足りない。

なのに、その罰が決して下されないことも知っている。あまりの浅ましさに反吐《へど》が出る。

ギリギリと拳を握り締める。弟が私を赦すなら、私は私を決して赦さない。

いつまでも、いつまでも、自らを憎しみ続ける。

今日も私は弟の慈悲に生かされている。ならば、私の全て、人生、心、身体、その全てを捧《ささ》げて、その為《ため》だけに生きよう。でなければ釣り合わない。

そんなもの弟にとっては不要だろう。私のような咎人《とがびと》の全てを貰《もら》ったとして、埋め合わせにすらならない。生殺与奪の権を握ったところで、なんの価値もない。それでも——。

「好き……大好き……愛しているの」

そっと口付けを交わす。忠誠を誓う騎士のように、呪いを掛ける古《いにしえ》の魔女のように。

ただ一度の『嫌い』を覆す為に、何百、何千、何万回もの『好き』を囁く。

私の感情などどうでもいい。私の気持ちなど関係ない。私に未来など必要ない。

殺人者たる私にできること、私がしなければならないこと。ただこの子の為だけに、弟の幸せの為に生きることが、私が支払うべき代償なのだから。

冒瀆《ぼうとく》の禁忌を犯すことに躊躇《ためら》いはない。既に私は禁忌に触れた殺人者だ。

「でも、貴方《あなた》が後ろ指を指されるようなことだけは……」

四度目の殺人があるとすれば、それはこの子を社会的に殺すこと。

この子は周囲を幸せにする。いつだって周りには大勢の人達がいて、笑顔に溢《あふ》れている。

母さんだって、まるで憑《つ》き物《もの》が落ちたように、穏やかになった。よく笑うようになった。

乳がんの可能性を知り、絶望の淵《ふち》にいた母さんを救ったのは、この子だ。

温かい。傍《そば》にいるだけで、幸せな気持ちにしてくれる。

災厄を振りまく私とは違う。足を引っ張るなんてできない。

大いなる矛盾に苛《さいな》まれる。私の覚悟はこの子を殺す。代償を払うのは私だけでいい。

もう一度、女性を好きになれるように、怯えなくてもいいように、私はこの子に接する。

一方的でいい。ただ一方的に私が愛しているだけ。一片たりとも見返りなど求めない。

弟から愛情を向けられる資格などありはしない。殺人者に必要なのは罰だけだ。

弟の胸に顔を近づける。力強い鼓動。心臓が鳴っている。

「よかった……。今日も貴方が生きていてくれて」

無神論者だが、このときばかりは、いつも神に感謝する。

こうして弟が生きていることを確認するのが、いつしか習慣になっていた。

心臓の音を聞くことが、私の唯一の安らぎ。

眠気で瞼《まぶた》が徐々に落ちていく。弟の胸の中で、まどろむ。

どうか今は、ただこの温《ぬく》もりだけを――。

プロローグ

The girls who traumatized me keep glancing at me, but alas, it's too late.

カラカラに喉が渇いていた。コップに入った水を一気に飲み干すが、渇きを癒すには不十分だった。並べられた料理はどれも絶品だ。いや、絶品のはずだ。

極度の緊張が支配する中、舌鼓を打つような余裕などなかった。自らの運命、野心、それだけならまだしも、家族の未来さえも天秤《てんびん》の上に載せられている。

県会議員の東城《とうじょう》秀臣《ひでおみ》にとって、今この場は、進退を賭けた一世一代の大勝負だった。

「まさか、おめぇがお嬢と知り合いだったとは……。世の中、狭いもんだぜ」

「大将が言ってた結婚する人って、氷見山《ひみやま》さんのお兄さんだったんですね」

「おうよ。随分と独身時代が長くて心配してたんだが、ようやくな。それにしてもボウズ、お嬢を救ってくれてありがとな。俺も安心したってもんだ」

「どうしてですか？　助けられたのはこっちですよ」

「それくらい助けたうちに入んねぇよ。でもな、お嬢はボウズと出会うまで、塞ぎ込んでたんだ。小さい頃から見てただけに、居た堪《たま》れなくてな」

カウンター越しに聞こえてくる和やかな会話に、冷や汗が流れる。

座敷で向かい合っている一人の女性。秀臣の方が遥《はる》かに年上だが、権力の前では、そんなことはなんら意味を持たない。身を以《もっ》てそれを知っている秀臣からすれば、相手の浮かべている柔和な微笑《ほほえ》みさえも、恐怖の対象でしかなかった。

氷見山美咲《みさき》。彼女自身に何ら力があるわけでもない。それでも、秀臣からすれば、見上げるような高みにいると錯覚してしまう。そしてそれはあながち間違ってもいない。

「私の可愛《かわい》い可愛い雪兎《ゆきと》君をつまらないことで害した以上、それ相応の覚悟をしてくださいね。尤《もっと》も、既にその身に沁《し》みて理解しているかもしれませんが」

「この度は、ご迷惑をお掛けしてしまい、誠に申し訳ありませんでした」

恥も外聞もなく頭を下げる。ここで許しを得なければ全て終わりだ。

どうあっても逆らってはいけない存在の逆鱗《げきりん》に触れた。秀臣など路傍の石にすぎない。あっさりと首を挿《す》げ替えられても文句は言えない失態。本来ならば、チャンスすら与えられないまま終わるはずだった。なんとか繋《つな》いだ一縷《いちる》の望みに秀臣は縋《すが》るしかない。

「私に謝られても困ります」

そうだとしても、頭を下げ続ける。自らの短慮を戒めながら。

秀臣とて、高級料亭や高級料理店に通うことは多い。単なる会食だけではなく、ときには、絶対に外部には漏らせない内容の会談を行うこともある。

だがしかし、今いるこの場所は、それらとも完全に異なっている。

『居待月』。招待されなければ入店すら許されない氷見山家、御用達《ごようたし》の割烹《かっぽう》。

秀臣も初めて知ったが、入口に看板すら存在しない。こんな機会でもなければ、永久に知ることはなかったかもしれない。もし、この絶望的な状況でなければ、この場に招待されたことに、感動で打ち震えていたことだろう。

「めっ！　です。氷見山さん、もう許してあげましょうよ。プルプル震えて、拾った子犬みたいになってますよ。可哀想《かわいそう》で見ていられません」

「雪兎君……。でも、君はあんなに辛《つら》い目に遭ったのに……」

「はて？　満喫していたような……。それはそれとして、東城先輩とは友達になったんです。なので、彼女が悲しむような真似《まね》はしたくありません」

「もう！　少しは怒ってもいいのよ？　君は、いつだって優しいんだから」

「お兄さんが結婚するんですよね。折角の慶事じゃないですか。恩赦ですよ恩赦」

「はぁ。このままだと、私が悪い女になってしまうわね」

「もう充分、悪いのではないかと」

「あら、この溢れ出る母性を衝動的に誰かにぶつけてしまいそうだわ」

「ごめんなさいごめんなさいごめんなさい」

「どうしましょう、無性に甘やかしたいの。身近にそんな相手いないかしら」

「ゴメンナサイゴメンナサイゴメンナサイ」

「むしゃくしゃしてやった。そんな供述をすることになるなんて」

「大将、通り魔が襲ってくる！　助けて！」

「うっ……うっ……よかったなぁ。お嬢……」

「アカン」

秀臣は痛感していた。これほどまでに寵愛《ちょうあい》を受けている。そんな相手を躊躇いなく排除しようとした危機管理のなさ。そこにどんなリスクがあるのか、考えもしなかった。

この少年に限ったことではない。誰だって、自分にとって大切な存在を傷つけられれば激怒するだろう。秀臣にも、大切な家族がいる。何よりも娘を可愛がっている。もし娘が同じような目に遭ったのなら、決して相手を許さないはずだ。

いつからこんなにも驕《おご》っていたのか、いつから自惚《うぬぼ》れていたのか、自責の念に囚《とら》われる。

「仕方ありません。雪兎君に免じて、祖父には私から伝えておきます」

「本当ですか！」

「ですが、今後一切、雪兎君に迷惑を掛けないと誓ってください。二度目はありません。もし、再び同じようなことがあれば――必ず潰します」

「約束します」

光明が差し込む。しかし、秀臣の心は晴れない。沈む船から助けようと、手を伸ばしてくれたのは、秀臣が排除しようとした少年だった。不甲斐《ふがい》なさと感謝が入り混じる複雑な感情。あまりにも無様で、自らを怒鳴りつけたくなる。

「いつも優しい氷見山さんに潰すとか物騒なこと言って欲しくないです」

「ご、ごめんなさいねっ！　後でアメリカンクラッカーで一緒に遊びましょう？」

「バブル世代か」

あれほど秀臣に強烈な威圧感を放っていた女性が、一転、アタフタと焦っている。

最も怒らせてはいけないのは、この少年だったと身を以て理解する。

「どうしようもなく、君に救われてしまった。すまなかった。そんな言葉で簡単に済ませていいことじゃない。子供を守るのが大人の責任だ。それを私は――」

身の破滅を避けようと保身に走った。責任ある立場だ。それが悪いことだとは思わない。あの一件から娘は変わった。人が変わったように落ち着き、他者に寄り添うようになった。

何十年かぶりに、秀臣の目頭に熱いものが滲《にじ》む。娘は知ったのだ。なりたいと願ったのかもしれない。彼のように他人を赦《ゆる》せる、そんな優しく器の大きな存在に。

「こんなことで受けた恩を返せるとは思わないが、今後、君に何かあったとき、必ず私が力になろう。困ったことがあったら、いつでもいい。なんだって相談して欲しい」

誰かの力になりたくて、困っている人を救いたくて、現状を少しでも変えようと決意して、政界に飛び込んだはずだ。そんな若かりし頃の原点を、秀臣は思い出していた。

「じゃあ早速ですが、氷見山さんから助けてください」

「………………すまない。言った傍から心苦しいが、私では力不足だ」

「大人って嘘《うそ》つきだ！」

ギュウギュウと抱きしめられている少年からサッと視線を背ける。

無理なものは無理。安請け合いできないこともある。それが哀《かな》しき現実だった。

「ねぇ、雪兎君。お祖父《じい》ちゃんが君に会いたがってるの。今度時間ある？」

「はい？」

第一章「胎動する怪人」

The girls who traumatized me keep glancing at me, but alas, it's too late.

校内屈指のモテ男見参！　それがこの俺、九重《ここのえ》雪兎なの？

思わず疑問形になってしまったが、そんなこと言われても知らへんやん。これまでそんな経験ないしさ。嫌われることには慣れていても、好意を持たれることなど前代未聞だ。戸惑うばかりの日々だが、頭を悩ませているのはそれだけではない。

謹慎処分明け、学校に来ると周囲の視線が一変していた。恐らく、好感度を反転する薬を飲んだものと思われるが、灯凪《ひなぎ》や汐里《しおり》、姉さん、女神先輩、会長達《たち》が尽力してくれたおかげだ。感謝の念が尽きない一方、いささかやりすぎではないだろうか？

自他共に認められない陰キャぼっちの俺だが、まだ未成年だというのに、成人になる前に聖人になっている。吟遊詩人こと佐藤《さとう》と宮原《みやはら》の計略により、知らぬ間に『九重雪兎聖人伝説』が校内新聞に連載されていた。

第一部『反逆』、第二部『再起』、そして現在連載中の第三部『黎明《れいめい》』編である。

ちょっと何を言ってるのか分からない。人気記事らしい。ちょっと何を（以下略）

とはいえ、助けられたことは事実だ。キチンとお礼をしなければならない。

姉さんには、鮭《さけ》を咥《くわ》えて相手を威嚇している木彫りの悠璃《ゆうり》さん木工（自作）をプレゼントしたのだが、微妙な反応をされた。センスを磨きなさいと御触《おふ》れが下った。

それにしても聖人だからだろうか、どういうわけか上級生も含めて、やたらと相談事を持ちかけられるようになってしまった。最近では先生達も何かと相談してくる。

先日など、数学教師から競馬の三連単を予想してくれと言われたので、校長にチクりを入れておいたが、試しに予想すると見事的中してしまった。ビギナーズラックだと思う。

「全員、揃《そろ》ってるな」

朝、けだるげな小百合《さゆり》先生が教室内をサッと見回す。

この時期特有のむわっとした熱気が、なんともやる気を削ってくるが、これだけは言わねばならぬと使命感に駆られ、つい口を開く。

「なんだ美人アイドルが入ってきたのかと思ったら先生だった。おはようございます」

「私は意味もなくお前の成績を5にしようと思う」

「わーい！」

「露骨な媚《こび》を売らないの」

窘《たしな》めてくる灯凪ちゃんだが、灯凪ちゃんに媚を売ったときは窘めてこない。ズルい。

「俺みたいな内申点に期待できない生徒はこういうところで稼いでおかないとな」

「雪兎なら、内申なんて校長に言えば幾らでも稼ぎ放題だろ」

「貴様、眩《まぶ》しいのは顔だけにしろ。そんな生徒いてたまるか」

「いるんだよなぁ……」

ため息まじりにあちこちから声が聞こえてくる。そんな……。

「今日は注意喚起があるからしっかり聞くように」

おや、小百合先生から連絡があるようだ。普段、余計な話はしないだけに珍しい。

「時代錯誤も甚だしいが、最近、頻繁に出没している道場破りについてだ」

「昭和か」

「おい！　昭和を馬鹿にするなよ。いいか、くれぐれも三条寺《さんじょうじ》先生の前で、『昭和って教科書でしか見たことありません』とか、失礼なこと言うんじゃないぞ」

昭和とか言われても、俺達にとっては異世界ファンタジーのようなものだ。

「うひゃひゃひゃ。でも、道場破りて。ぷぷ……この令和の時代に、剣豪か。ぷぷぷぷ」

あまりの時代遅れワードに抱腹絶倒、爆笑の渦だ。机をバンバン叩《たた》きながら笑い転げる。

過去に失われし歴史の遺物。今どき、そんな馬鹿げたことしてる奴《やつ》がいるとかウケる。

「皆も、盛大に笑ってやろうぜ！　何が道場破りだよ！　時代を出直してこい！」

「お、おい雪兎。どうしてか嫌な予感がするんだが」

「そうだよユキ。それと真顔で笑い転げるのはホラーだよ！」

「そんなに可笑《おか》しいか九重雪兎」

「そんな頓珍漢な奴がいるなんて、親の顔が見てみたいですよ」

「ほほう。道場破りは武者修行と称して圏内のバスケ部を荒らし回っているらしいが」

「ん？」

スンッてなった。どうしたんだろう、急に笑えないぞ？

「親の顔が見てみたいのは私も同感だが、この前、授業参観で見たばかりだ。どこのどいつなんだろうなぁ。お前なら分かるか九重雪兎？」

「えっと……さ、さぁ？」

ダラダラと冷や汗が流れ落ちる。チラリと隣を見ると、爽やかイケメンも俺と同じような反応だった。汐里は顔を背けて、素知らぬ顔で窓の外を眺めている。あ、スズメ！

「珍しく歯切れが悪いじゃないか。どうしたんだ、ん？　笑えよ九重雪兎。何か心当たりでもあるのか？　目撃者の証言から、犯行グループの特徴も摑《つか》んでいる。主にやたら暑苦しい奴と、やたら運動神経抜群の奴と、やたら背の高い女の他に、覆面を被《かぶ》ったとりわけ胡散臭《うさんくさ》い奴が特定されている。どうだ、見覚えないか？　あん？　どうなんだコラ！」

「いったい何者なんだ……！」

どう見てもただの不審者だ。怪しすぎる。お巡りさんこっちです。

「ところで九重雪兎。勝者が相手のマスクを剝ぐ試合形式のことを何という？」

「甘くみないでください先生。それくらい知ってますよ。両者共にマスクマンならマスカラ・コントラ・マスカラ。一方が素顔ならマスカラ・コントラ・カベジェラと言って、敗者は髪を切ります。互いの誇りを賭けた伝統的な対決方法です」

メキシコでは常識だぜ！

「流石《さすが》はよく勉強している。随分と詳しいじゃないか」

「てへへ」

やだな照れるなぁ。そんなに褒めないでよ。

「犯行グループは、チーム『スノーラビッツ』と名乗っているらしい」

「スノラビちゃんという略称で親しまれています」

「お前だお前！　いったい何を企《たくら》んでいる!?　まだ入学して数ヶ月だぞ。アニメや漫画じゃないんだから、少しは大人しくできないのか？」

「ラノベの可能性も」

「何の話だ？　まったく、心配ばかりさせるな。お前の所為《せい》で、私の職員室での地位は、地位はだな――……まぁ、上がる一方だから、それはそれで有難くもあるんだが」

小百合先生が苦笑する。一年のみならず学校屈指の問題児クラスを束ねる名教師として、小百合先生の指導力は高く評価されているらしい。（生徒会長談）

面倒事を全て押し付けられているとも言えるかもしれない。先生、ごめん。

「巳芳《みほう》に神代《かみしろ》、お前達まで一緒になって――」

「伊藤《いとう》もです」

あ、影の薄い伊藤が落ち込んでいる。

「ゴホン。あくまでも学校外のことだし、プライベートまでうるさく口を出すことはしないが、くれぐれもこれ以上、騒動を大きくするんじゃないぞ。いいな？」

「…………」

教室内を不気味な沈黙が包んだ。

「不安になるだろ！　返事をしろ！」

困ったように、爽やかイケメンが口を開いた。

「先生、多分無理です」

ちょっと涙目の小百合先生がフラフラ教室を出ていくのを俺達はぼんやり眺めていた。

それでは、『九重雪兎《ゆきと》お礼編』スタート！

◇

「ねぇねぇユキ、触っていい？」

「いいぞ」

「やった！　モフモフだ！」

ペタペタと容赦なく汐里が頭を触りまくる。

「まさか小百合先生に正体がバレるとは……」

「むしろバレない要素あったか？」

「は？　カモフラージュは完璧だろ」

「今更ながらお前の奇行について聞くのも馬鹿らしいが、どうしてマスクなんだ？」

爽やかイケメンが本当に今更な質問をしてくる。

「私は好きだよ！　ウサギさんマスクのユキ。ふわふわのモフモフだし」

　フリードリヒ二世から着想を得たバニーマンマスクを被っている俺だが、無論、ファッションやお洒落《しゃれ》などではない。あくまでも必要に駆られてのことだ。俺、実用性重視だし。

「どういうわけか、俺はやたらとトラブルに遭遇する体質らしい」

「それは……そうだろ。まるで反論の余地はないな」

「騒動など起こさず静かに暮らしたいのに、学校でも注目を浴びる一方だ。悠璃さんにもご迷惑を掛けっ放しだし、そこで俺は考えた。どうすれば目立たないようにできるかと」

「ほう。一応、何も言わずこのまま続きを聞いてやる」

「解決策は実に単純だ。灯台下暗しというやつだな。つまり、マスクを被れば誰も俺だと分からない。正体不明。迷惑を掛けることもなければ、目立つこともないというわけだ」

「言ってることは正しいが、やってることは完全無欠に間違ってるぞ」

「目立たない為《ため》のマスクだったの!?　めちゃくちゃ目立ってるよユキ！」

「え？」

　俺をモフッていた汐里がガビーンと硬直している。

　フリードリヒ二世から着想を得たといっても、生皮を剝いだりなんてしてないから安心して欲しい。素材は安心安全の合皮である。ミシン片手に夜なべして作った自信作だ。

「いいじゃないか。こうして軌道に乗ってきたんだ。もう大会まであまり時間はない。学校にバレたからと言って貴重な実戦のチャンスを逃すわけにはいかない！」

　いつも通り、暑苦しく熱血先輩が燃えていた。熱血先輩の言う通り、今年で卒業の三年生には時間が足りない。他校との練習試合を組むと言っても、そう頻繁にできるものでもない。だからこそ、部活外のプライベートで研鑽《けんさん》を積む方法を考えた。

「怪我《けが》したら元も子もないんだし、程々にしなよ敏郎《としろう》」

今日は熱血先輩の想《おも》い人《びと》、高宮《たかみや》先輩も来ていた。傍目《はため》にも二人の間には信頼関係が見て取れる。告白すれば、すぐにでも成就しそうなものだが、外野としてはなんともむず痒《がゆ》い。

週末、俺達は野外コートに集まっていた。特に強制はしていないので自由参加なのだが、用事のないバスケ部の面々は毎週律儀に参加している。やる気勢なのはよいことだ。

小百合先生は道場破りと言ったが、無論、そんな野蛮な真似《まね》はしていない。あくまでも正攻法だ。爽やかイケメンの伝手《つて》を使って、一緒にストバスをやらないかと、丁寧にお手紙を書いて誘っているだけである。

「待ってたぞ光喜《こうき》。そして今日こそお前の正体を暴いてやる！」

「生意気ウサ。また返り討ちにしてやるウサ！」

「先輩はコイツの正体知ってるでしょ」

「俺のところにどうして来ないのかと凱《がい》もボヤいてたぞ」

「久我《くが》先輩がですか？　なんだか昔に戻ったみたいで嬉《うれ》しいですね」

親し気な様子の爽やかイケメンが眼前の大男に話しかけている。普段学校では見ない巳芳光喜がそこにいた。大郷《だいごう》と名乗る目の前の大男は、中学時代の先輩らしい。バスケ部で随分とお世話になったそうだ。先週に引き続き俺達に付き合ってくれるので良い人だ。爽やかイケメンは知り合いが多いが、その中でも気の置けない相手だというのが分かる。

「前回はボールを奪えなかったからな！　リベンジの機会が待ち遠しかったぞ」

「やらせないウサ！　ウサッツサッツサッツサッツサ」

因《ちな》みに、主に対戦するのは実戦不足の熱血先輩達《たち》で、俺は見ていることが多いのだが、それとは別にタイマン勝負で俺が負けると、何故《なぜ》かマスクを剝がされるという謎ルールが存在している。なんで俺だけ……。理不尽ウサ……。

ふと、思う。人には色んな顔があり、人間関係の中で、様々な自分を構築していく。それはつまり、自分に変化を与えるのは他人だということなのだろう。人との関わりの中でしか、変われないのかもしれない。いや、変わろうと思う動機がそこにあるというべきか。

ぼっちのままでいるなら、俺は変わる必要はなかった。周りに誰もいないなら、いつだって独りなら、変わらずにいられた。変わらないことが許された。でも、今は――。

「ユキはさ、ホントにすごいね。こんなことユキじゃないとできないよ」

天真爛漫《てんしんらんまん》に汐里《しおり》が屈託なく笑う。そんな笑顔を俺は曇らせ続けてきた。

「ありがとうって言葉じゃ足りないくらい、毎日がさ、楽しくて楽しくて仕方ないんだ。きっと皆もそう思ってるんじゃないかな。巳芳君だって、先輩達だって。だから、ユキの周りにはいつだって人が沢山いて。それはきっと楽しいから――なんだよね」

いつの間にか独りではいられなくなってしまった。そのことがストレスじゃないとは言わない。今朝だって、朝起きたら隣で母さんが寝ていた。今月に入って既に七度目だ。

「硯川《すずりかわ》さんと友達になったの。恋のライバル。でもさ、こんな毎日が、こうやって笑い合える日々が、ずっとずっと続いたらって、そう思うんだ」

汐里は変わった。灯凪《ひなぎ》もそうだ。変わることを選んで踏み出した。以前のような弱さはもうない。陰りを見せることはない。俺だけが、彼女達を昔のままだと思い込んでいるのかもしれない。その変わりゆくスピードに追い付けていない。その成長に置き去りにされている。追いかけよう俺も。どれだけゆっくりだとしても、一歩ずつ。

「あはは。楽しいね！」

まったくどうして、また背が高くなっている。成長していた。身長だけじゃなく心も。

「目指せ百八十センチだウサ」

「それだけは絶対いや！」


「それにしても、参加者が随分と増えてないか？」

ストバスのコートには俺達が誘った大郷先輩達、強豪の帝旺高校バスケ部の他にも、数チームが集まっている。誘ったことのあるバスケ部もいれば、知らない人達もいる。

以前から少しずつ参加者が増えてはいたのだが、いつの間にか大盛況になっていた。

「雪兎君、久しぶり」

「誰ウサ？」

背後から声をかけられ振り向くと、そこにいたのは大学生の百真《ひゃくま》先輩だった。

「こんにちはウサ。百真先輩も練習しに来たウサ？」

「クク……なるほど、そりゃあこんなに集まるか」

「えっと、どういうことですか？」

ストバスで百真先輩と面識のある汐里が尋ねる。

「知らないの？　雪兎君達が面白いことやってるから、今、密《ひそ》かにバズってるんだぜ？」

百真先輩曰《いわ》く、異様にバスケが上手《うま》いウサギのマスクを被った正体不明の怪人、謎のバニーマンによる道場破りが巷《ちまた》で話題になっているらしい。挑戦しに来ないか待っているバスケ部もいるとかいないとか。小百合《さゆり》先生が注意喚起した以上に、事態は深刻化していた。

勝つとバニーマンの正体が明らかになるというのもそそられる要因なんだって。

バニーマンを一目見ようと集まってきた観戦客、挑戦しようとやってきたバスケ部やストバスチームなどで、野外コートはかつてない賑《にぎ》わいをみせていた。

「俺達にとってもストバスが盛り上がるのは有難いよ。対戦相手に困らないしさ。高校生でも強い学校の子達もいるし、ただこんな方法で盛り上がるのは予想外だったけど」

思えば、先程からあちこちで「バニーマンだバニーマン！」「へー、ホントにいたんだ」「一緒に写真撮っていいかな？」とか、色々と声が聞こえてくる。撮影ＯＫ！

「雪兎お前、マスクをしてもしなくても……」

「言うな。言わないで」

「ユキ、やっぱり目立ってたね！　あ、耳がしゅんってなった」

「こんなつもりじゃなかったウサ……」

怪人『バニーマンからの招待状』は、いつしかバスケ部のステータスになっていく。

俺の知らぬ間に、バニーマンミーム汚染は全国へと静かな広がりをみせていた。

これが、後の『第三次バスケブーム』到来の始まりだった。

◇

「お礼……？」

「君にも世話になったからな」

その言葉に教室内が色めき立つ。当然、私も。

謹慎処分明けのユキがお礼をしたいと言う。確かに、ユキの謹慎処分を撤回しようと頑張ったのは事実だが、悪いのは東城《とうじょう》先輩と学校側であり、ユキには何の落ち度もありはしない。むしろ不当処分で謝罪を受けるべき立場だ。

ただでさえ私を含めてユキには多大な恩がある。返しきれないほどの大きな恩が。

ユキには私達にお礼するような、そんな義理など何一つなかった。

しかしそれでも、その言葉は恋する乙女にとっては猛毒だった。

だって、だってユキがお礼してくれるんだよ！　そんなチャンス逃してもいいの⁉

自問自答はあっさり決着がつく。意志の弱い私は目の前の餌にすぐ飛びついてしまう。

「な、なんでもいいの!?」

「なんでもは無理だ。なんでもとか言うと悲惨なことになるからな。この前も母さんに、なんでもすると言ったら、一緒に寝るのを週五にしてとか恐ろしいこと言ってたし」

「子煩悩すぎない!?」

「その後も大変だった。なんでもするから、週五だけは勘弁してくれと言ったら週六にするとか言い出すし、完全に詰んだ。何が悪かったんだ……」

「なんでもって言うからだよ！」

幸い悠璃《ゆうり》さんがいるから大丈夫だと思うが、ユキは本当に家族から愛されている。

それにしても、これは難題だ。何をお願いすればいいのかな？

スリスリと腕時計に触れる。いつの間にか癖になっていた。プレゼントを貰《もら》うのは気が引ける。ついこの前、私だけのオリジナル腕時計をユキから貰ったばかりだ。それもユキの手作り。詳しくは知らないが、かなり高価なものだというのは分かる。

なにより、ユキの手間と想いが詰まっている私の大切な宝物。

いったい、何をお願いしようかと思い悩み、ふと、昨夜ネットで見た動画を思い出した。

オススメのデートスポットとして、近くの水族館が紹介されていた。イルカショーなどもやっているらしい。水族館なんて、小学生の頃に行ったきりだ。

ユキとデート！　思わず顔がにやける。もう随分とユキのことを追いかけるばかりだった。その先がどうなるかなんて未知数で、毎日が必死で、ただ謝りたかった。

でも、ユキはやり直す機会をくれた。だったら、私だってもう一度ゼロから積み上げてみせる。――この恋を成就させる為に。

全てをリセットして、またここから始めるんだ。

「あのさ、一緒に遊びに行きたい！　触れ合ったりもできるんだって。お魚、見に行こ？」

「なるほど、魚。魚か……。待てよ？　そうだな確認してみるか」

◇

朝焼けが黒く染まった水面を徐々に照らしていく。壮大で幻想的な光景が広がっていた。

思わず言葉を失い目を奪われる。圧倒的なスケールに鳥肌が立った。

見渡す限りの大海。太陽光が反射して、蒼《あお》く光り輝く海面は宝石のように美しい。

カモメが優雅に空を舞う。遠くで魚が水面を跳ねていた。

鼻腔《びこう》に広がる海の香りが新鮮だった。何もかもが初体験。

確かに魚を見に行きたいと私は言った。触れ合ったりできるとも言った。

でも、これはあんまりじゃないかな？　途方に暮れる。

ユキの行動は予想外だが、まだまだ私には九重《ここのえ》雪兎《ゆきと》という人間の理解が足りないらしい。

太平洋を進む船上で、感動と共に、この胸のモヤモヤを吐き出すように、私は叫んだ。

「ユキのバカァァァァァァァァァァァァァァアア！」

「ありがとうございます大将。汐里も楽しんでいるみたいです」

海に向かって、汐里が大声で何かを叫んでいる。どうやら気に入ってくれたようだ。

「ボウズ、確認しなかった俺も悪いが、嬢ちゃんの言う『魚が見たい』は、漁に行くことじゃなくて、水族館のことじゃねぇのか？」

「水族館？　それはないですよ。だって食べられないじゃないですか」

「……ボウズはまず常識を学ぶ必要があるな。それにしても、船に乗ると知っても一緒についてくるってことは、よっぽどボウズのことが好きなんだな。大切にしろよ」

魚が見たいという汐里の要望を叶《かな》える為《ため》、大将にお願いして、漁に参加させてもらった。魚と触れ合いたいなんて、まさか汐里が漁に興味があるとは意外だった。人は見掛けによらないものだ。汐里は泳ぐのも得意だし、海と親和性が高いのかもしれない。

早朝だが、船上から見る景色は眠気を吹き飛ばす。三百六十度広がる海。視界全てが四海に染まり、一人、海に取り残されてしまったかのような孤独感すら覚える。

数日前、大将にOKをもらって船に乗ることを汐里に伝えたら、ポカポカと叩《たた》かれた。そんなに嬉しかったのだろうか。お願いした甲斐《かい》があるというものだ。

俺達、新人船乗りが漁の邪魔をするわけにはいかない。もちろん、汐里に危険なことなどさせられないので、大将に借りた救命胴衣を着てもらっている。

なにせフェリーなどに乗ったことはあるが、所謂《いわゆる》漁船に乗るのは俺だって初めてだ。

手際よく大将が漁を始める傍ら、俺達は釣り竿《ざお》片手にフィッシングだ。

釣り経験のない汐里に一からレクチャーしていく。まずは針に餌を付けるところからだ。

「ちっちゃいエビ？」

「アミエビは似てるけどエビじゃないぞ。撒《ま》き餌《え》と言ってこれで魚を集めたりするんだ」

「でも、エビだよね？」

「エビだけど、エビじゃないんだよ。摩訶不思議《まかふしぎ》だな」

船の上からアミエビを海面にバラ蒔《ま》く。汐里の疑問は尤《もっと》もだ。だって、どう見てもエビじゃん。見た目エビにしか見えないが、アミエビはプランクトンの一種だ。生き物って不思議。

イソメやゴカイも用意しているが、こっちは汐里が釣りに慣れたら使ってみてもいいかもしれない。オキアミも用意している。汐里が半泣きになったので出番はないだろう。

俺が知る限り、虫を得意としている女子は釈迦堂《しやかどう》だけだ。見た目小動物ちっくな釈迦堂だが、ああ見えて一番頼りになるかもしれない。まさに、人は見かけによらない。

「わわっ！　ユキ、これどうやって付けるの？」

針にアミエビを付けるのに難儀している汐里と代わる。船で釣るのは初めてだが、これでも釣りの経験はある。いつ家を追い出されてもいいように、色々勉強してきた成果だ。

もし、このまま遭難して無人島に漂着しても、火起こしスキルと釣りさえできれば最低限生き延びることが可能だ。魚だけだと栄養が偏るのは致し方無い。

「餌を付けたら、こうやって竿を振って投げるんだ」

ブンッと竿を思い切り振れば、針先の重りに引っ張られるように遠方に飛んでいく。

ポチャッと着水したのを確認したら、後はアタリを待つだけだ。

「釣りってこうやってやるんだ。一時はどうなるかと思ったけど、ドキドキしてきた！」

ワクワクしている汐里《しおり》ちゃんには申し訳ないが、釣りとは時に忍耐力が必要になる。釣れないときはマジで釣れない。幾ら場所を変えてもアタリが来ないことだってある。

そもそもその場に魚がいなければ釣れないわけだ。とはいえ、今日は船で釣りに出ている。船には魚群探知機だって設置されているし、一匹も釣れないということはないだろう。

「ユキ！　引いてる！　これって釣れたってこと!?　ここからどうしたらいいの!?」

これもビギナーズラックなのか!?　言ってる傍《そば》から早速、汐里がアタリを引いていた。

……どうやら楽しめそうだ。


「やった！　釣れた！　釣れたよユキ！」

「おめでとう。――アジだな」

悪戦苦闘の末、ついに汐里が釣り上げる。手伝ったとはいえ、初めて汐里が釣った魚だ。

「アレ？……意外と小さい？　あんなに重たかったよ!?」

ちょっとガッカリしている。汐里にとってはそれくらい手応えがあったらしい。俺も最初に魚を釣ったときは、同じ感想を持ったことを思い出す。なんとも懐かしい記憶だ。

「それが命の重さだ。釣られたくないと魚だって必死に抵抗してるからな」

「——ッ……そっか、そうなんだ。これが命の重さ。……私、この魚の命を奪ったんだ」

厳密にはまだ生きているのだが、汐里は自分が釣った魚を感慨深そうに見つめていた。

「怖くなったか？」

「……ううん。でも、理解しなきゃいけないことなんだよね。生きる為に、命を奪って食べてるってことを。デパートとかで魚を買ったりするけど、加工されてるものばかりだし、お寿司《すし》だって食べるけど、そんなこと気にしたこともなかったから」

だからこそ、俺達《たち》日本人は、食事の前に「いただきます」と言うのだろう。

「……私、ユキのことを殺しかけたんだ。私はユキの命を——」

フラッシュバックしたのか、カタカタと震えだす汐里の背中を撫《な》でて落ち着かせる。

「俺はこうして生きてるし、あのとき俺は君に怪我《けが》をして欲しくなかった。生きていて欲しかったから助けたんだ。だから君も命を粗末にするなよ」

「……うん」

「ほら、まだまだ始まったばかりだ。俺だって釣りたいしな」

汐里の背中を押す。命の重さを知り、これでまた一つ汐里は成長するのだろう。

「ユキ。私、頑張るから！」

もう大丈夫だ。ホッと安心する。とうに俺が心配する必要などなかったのかもしれない。

「そうだ。ボウズ、ここで捌《さば》いてみるか？」

大将がウインチを引いて網を引き上げると、網の中には色とりどりの魚がかかっている。

タコなどもいるが、必要なもの以外はリリースだ。大将曰《いわ》く、これで充分な釣果らしい。

「ガッテンです旦那。ふむ、最初は汐里が釣ったアジにしようか」

「切り身を食べるなら、寄生虫に気を付けろよ。見れば分かるからな」

大将に教わった通り手際よくアジを捌いていく。その様子を汐里が熱心に注視している。

「グロいだろ。見てなくていいんだぞ？」

「ううん。これから食べるんだよね。だったら、目を背けちゃ駄目だと思うから。それに、私だって料理できるようになりたいし……」

ゴニョゴニョと自信なさそうなところを見ると、先は長そうだ。

それはともかく、切ったアジを洗って小皿に入れた醬油《しょうゆ》を付けて食べてみる。

「どうだボウズ？」

「新鮮なだけで全然違いますね。汐里も食べてみるか？」

おずおずと汐里も切り身を口に運ぶ。

「私が釣った魚だもん。食べるのも私の責任だよね。いただきます——プリプリしてる！」

汐里が目を見開いている。自分で釣った魚だ。味も格別だろう。アジだけに。

「いい食べっぷりだ。港に戻ったら俺がご馳走《ちそう》してやる。それにしても嬢ちゃん、本当は水族館に行きたかったんだろ？　今日は楽しめたか？」

「あはは……バレてたんですね。こんな風に船に乗るなんて思ってもいませんでした。でも、貴重な経験ができて楽しかったです。今日はありがとうございました！」

「ボウズにはバレてないみたいだがな。どうにもボウズは常識ってもんが欠けてやがる。嬢ちゃんも苦労するだろうが、今度はちゃんと水族館デートだとハッキリ言ってやれ」

「はい！」

「待ってください。汐里は水族館だとは一言も――」

「よし、帰るぞ」

――馬鹿な!? これがイケオジのコミュ力なのか。この短時間で俺より汐里を理解している。ダンディなおじ様がモテる理由を垣間見《かいまみ》てしまった。

「ユキも、今日はありがと。――こんな経験、確かに水族館じゃできないね」

そう満足げに笑う汐里の表情は、光照らす海面にも負けないほど眩《まぶ》しく輝いていた。

◇

登校時間が早い組にとって、朝の教室はゆったりとした時間が流れている。

クラスメイトもまばらな中、ごそごそと鞄《かばん》から目的のものを取り出す。

「私が原因で雪兎に迷惑を掛けたのにお礼なんて貰《もら》えないよ……」

「助けられたのは事実だからな。それにもう作ってしまった」

停学騒動では、灯凪《ひなぎ》は自らを顧みず俺を助けてくれた。過去に苦しんできた灯凪にとって、それは決して簡単な選択ではなかったはずだ。

それでも、彼女は選んだ。俺が助けるとカッコいいことを言いつつ、助けられたのは俺だった。ならば、そのお礼をしなければならない。

「ありがと。可愛《かわい》いし、それに柔らかい……。ふかふかしてる。雪兎って器用だよね」

「そうかな？」

「私なんてボタンを付けるくらいしかできないのに」

ぬいぐるみユキトベアを灯凪に渡す。ついでに灯織《ひおり》ちゃんの分も作っておいた。

最近は母さんが家事の殆《ほとん》どをしてしまう為、めっきり家でやることが減ってしまった。

手持無沙汰になった俺は自己の存在意義に不安を持ち、裁縫の勉強を始めたわけだ。

その成果物の一つが、要望のあったユキト君ぬいぐるみである。

「ただのぬいぐるみじゃないぞ。ここを叩くと、なんと悲鳴が出るんだ。全9種類の断末魔の叫びを収録している。ストレス発散に最適だな」

ペコッと頭の部分を押すと、CV俺で『ぬわぁぁぁぁぁあ！』と音が鳴る。

わざわざ俺を模したぬいぐるみが欲しいということは、ストレス発散用だろう。

腹が立ったときに、踏みつけたり、殴ったり、壁に投げつけたりするのに使うはずだ。

だとすれば、臨場感を高める為にも悲鳴は欠かせない。実にいい仕事をしてしまった。

灯凪がユキトベアの胸部に力に入れる。『んぎゃぁぁぁあああ！』と絶叫が響く。

「なんで悲鳴なのよ！　ホラーすぎるでしょ！　もうホントにアンタは馬鹿なんだから。どうせなら名前を呼んでくれるとかがよかったのに……」

ちょっといじける灯凪ちゃん。次回は要望を聞いて音声を収録しようと思います。

「それと、ほらこれも」

「……これって、本だよね？」

「飛び出す灯凪ちゃん絵本だ」

本を開くと幼い灯凪ちゃんが飛び出してくる。内容は実にシンプルで、冒険に出た灯凪ちゃんが、様々な体験をしながら幸せになっていくハートフル作品に仕上がっている。

「君は絵本が好きだっただろ」

「いつの話してるのよ。でも、すごいよ。こんなの作れるなんて……あれ、最後は白紙？」

ペラペラと捲《めく》っていた灯凪の手がラストのページで止まる。

「君の未来、将来はこれから続いていくからな。エンドになんてならないさ」

「雪兎……」

教育的要素を盛り込んだ絵本の仕上がりに、また灯凪ちゃんが目を真っ赤にしている。

そうだろう、そうだろう。子供の頃、灯凪は絵本が大好きだった。よく俺のところに持ってきて「ゆーちゃん、いっしょによも！」と誘われたものだ。

何故《なぜ》か読み手は必ず俺だった。俺が朗読する横で灯凪ちゃんが「すごー」と感嘆の声を上げていたのがなんとも懐かしい。

「前から思ってたけど、雪兎《ゆきと》って工作とか好きなの？」

「……どうだろうな。そんなつもりはないが」

意識したことはないが、何かに夢中になることが嫌いじゃないのかもしれない。

「私もさ、部活に入ろうと思うんだ。高校生になって、何か新しいことを始めたいから」

潤んだ瞳を拭って、灯凪は笑顔をみせる。白紙のページを歩くように彼女も成長している。入学した当初、俺ばかりを気にして、蔑《ないがし》ろにしてきた自分の人生を歩もうとしている。

余計な言葉は要らなかった。ただその決断を、尊重するだけだ。

「うん、決めた。美術部にする！」

「吹奏楽部じゃなくていいのか？」

灯凪は中学の頃、吹奏楽部に所属していた。今は灯織ちゃんも吹奏楽部だ。

「吹奏楽も好きだけど、私も何か形になるもので、表現してみたいって思ったから」

「そっか」

一歩ずつ成長していく幼馴染《おさななじみ》の姿が、何処《どこ》か誇らしく思えた。

◆

「もう、早く早く雪兎君。お腹《なか》ペコペコ。空腹だよ！」

ぷんすかとお怒りの様子だ。神罰を恐れて、すぐさま謝罪する。

「すみません高皇産霊尊《たかみむすひのみこと》先輩」

非常階段に必ず出現するフロアボスこと女神先輩だが、前もって予定を伝えておいた。

「神格が重たすぎるよ！　それにしても、そのややこしい名前がスラスラ言えるのに、どうして私の名前を覚えられないの？　本当のこと言って。実は覚えてるんでしょ。ワザとでしょ？　二人きりだと恥ずかしいから、照れ隠しで誤魔化してるだけだよね？」

「や、やだなぁ。覚えてるに決まってるじゃないですか」

「じゃあ、言ってみなさい」

やれやれ。随分と侮られたものだ。女神先輩の真名くらいちゃんと覚えている。

「確か、そうだ！　えっと、将棋の変な動きをする駒は違うか。アルジェント——じゃなくて、食戟《しょくげき》でもなくて、待てよ。——ブリンガーだったかな？」

「どうしてそこまで出て思い出せないの!?」

「メラではない」

「メラだよ！　いや、それも違うけど。ソーマでもゾーマでもなく、ソ・ウ・マ。相馬《そうま》鏡花《きょうか》っていう素敵な名前があるんだから。ちゃんと覚えてよね！」

「でも、周りからは女神先輩と呼ばれてるって専らの噂《うわさ》ですよ？」

「君が言い出したから広まってるの！　なにさも関係ないみたいなこと言ってるわけ!?」

「まぁまぁ。フランスパンあげますから」

手に持っていたフランスパンを女神先輩に渡す。気になっていたのか、先程から視線が何度かフランスパンを捉えていたことを俺は見逃さなかった。

荒ぶる女神先輩のお怒りを鎮めるには、供物を捧《ささ》げるのが一番だ。

「雪兎君。お礼に昼食を作ってきてくれるって言ってたよね？」

「市販じゃないですよ。俺が焼きました。これもどうぞ。ドラゴンフルーツジャムです」

家のオーブンでは焼けないサイズだったこともあり、大将の力を借りた。

「それはすごいけど、素直にすごいけど！　やたらつよつよな名前のジャムも気になるけど、お昼にこんな大きくて固いフランスパン貰っても食べきれないよ。――って、まさか、今の台詞《せりふ》を私に言わせるつもりで!?」

「フランスパンがあるのに、ジャパンパンがないのって、絶対響きの所為《せい》ですよね」

「ちょっと、聞いてよ！　私ばっかり恥ずかしい人みたいじゃない」

ジャパンパンってなんだよ。パンパンゼミか。

「分かってますよ。ちゃんと用意してあります。フランスパンは授業中にでも齧《かじ》っててください。さながら餌を溜《た》め込むリスのように。あ、このピスタチオのジャムもどうぞ」

フランスパンとは別に重箱を渡す。

「お弁当も作ってきてくれたの？」

「家庭科室に寄って温めてきました。どうぞ、うな重です」

「豪華！　いきなりグレード上がりすぎだよ。……これってお弁当カテゴリーなの？」

「教えてもらって俺が捌いたんですよ。それからかば焼きにして作りました」

「雪兎君、料理人でも目指すつもり？」

「そんなつもりはないんですけど……」

大将にも「将来困ったら、この店の跡取りにしてやる」とか言われてしまった。大将の息子さんは普通に会社員らしい。特に店を押し付けるつもりはなく、大将の代で終わっても構わないと豪快に笑っていたが、後継者不足に悩むのはどこでも同じようだ。

「ところで、雪兎君の分はないの？」

「俺にはこれがありますから」

紙袋からゴソッと一塊のブロックを取り出す。

「あっ、この頃、めっきり見かけなくなった高級食パン！」

「食べるの初めてなんです」

「私も食べたことなかったんだ。後で少しだけもらっていい？」

「いいですよ。食べきれるかどうか不安だったんです」

「どうして一斤も持ってきたの!?」

タピオカドリンクで渇きを癒し、早速、ちぎって食べてみる。

「どう？」

「味気ない」

「…………ジャム使う？」

「はい」

高級食パンは、高級なりに美味《おい》しかった。

「なんだかブームに乗り遅れた人みたいなラインナップだね」

うっ。現役ＪＫからの容赦ないツッコミに密《ひそ》かにダメージを受けるが、俺はめげない。

「それともう一つ、お礼があるんです」

「ん、まだ何か作ってきてくれたの？」

「食べ物じゃありませんが、これです！　なんと女神先輩撮り下ろしＡ３タペストリー」

「それ前回の特典のやつ！」

「はい？」

「――ハッ!?　私は今いったい何を……」

女神先輩に何か神託が下ったのだろうか。ますます女神じみてきた。

誤解があってはいけないので、一応訂正しておく。

「ただの特典じゃなくて、有償です」

「君、やりたい放題もそろそろいい加減にしようね？　とりあえず貰っとくけど」

怒られてしまった。

「んー美味しい！　でも、鰻《うなぎ》って高いよね。なんだか申し訳ない気分になっちゃうよ」

「原材料費くらいしか掛かってないので気にしないでください。それに知ってました？　土用丑《うし》の日って土曜日関係ないらしいですね。今日、食べても問題ないというわけです」

「へー、そうなんだ！」

昼下がり、こうして俺達《たち》はまた一つ賢くなったのだった。

◆

紀元前より遥《はる》か以前に存在していたとされる、先史文明。

現代より高い技術力を持っていたとされる超古代文明のロマンが尽きることはないが、今を生きる俺達には紀元後、西暦一年以降の歴史を知るので精一杯だ。

壮大な歴史ヒストリーに思いを馳《は》せる一方、忘れてはいけないことがある。

矮小《わいしょう》な歴史ヒストリーに思いを馳せてみよう。

九重家《ここのえ》には、歴史上『旧・俺の部屋時代』と『新・俺の部屋時代』という二つの区分が存在しているが、その変化は極めて劇的だった。

質素で無機質だった俺の部屋は様変わりし、パステル調の淡い色合いが広がっている。

先史文明は崩壊し見る影もない。痕跡を探すことすら困難だ。

そして、知らぬ間にドレッサーが設置されている。昨日までなかったのに!?

もちろん、使用者は俺ではなく、母さんか姉さんのどちらか、或《あ》るいは両者の犯行であることは明らかだ。コンビニ並の気軽さで俺の部屋に入り浸る二人を前に、ささやかに抗議してみるが、まったく取り合ってもらえない。扶養家族は辛《つら》いよ。

シクシクと心で泣きながら、落ち着かない部屋で勉強していると、空前絶後の大ピンチは唐突にやってきた。資格試験で必須の関数電卓を忘れてしまったときくらいのピンチを迎えている。ノストラダムスが予言したアンゴルモアの大王とはこのことだった。

　にじり寄る相手を前に、無力さに打ち震え、壁を背にする。これ以上、後ろには下がれない。俺は強大すぎる相手を前に覚悟を決めると、意を決して立ち向かう。

「正気になるんだ姉さん！」

「私はいつだって正気よ」

　説得を試みるも、姉さんは正気だった。こうなったら仕方ない。ならばこれで！

「正気にならないで姉さん！」

「そうね。私はとうに正気を失っているのかもしれない」

「無敵か？」

　最強無敵理論で俺を完全論破してくる悠璃《ゆうり》さんに成す術《すべ》なく敗北した。とてもじゃないが、悠璃さんの姿を直視できない。が、天啓が舞い降り、解決策を思い付く。

「そうだ、ちょっと待ってて！」

　慌てて自室から飛び出し、目当てのものを取りに行く。

「ふっふっふ。これなら完璧だ。準備できたよ。なんの用かな？」

　ゴツンと足の指を角にぶつけて、痛みにのたうち回る。

「ぎゃおぉぉぉぉぉぉぉおん！」

「なにしてるの!?　大丈夫？　こんなものしてると危ないでしょ」

ポイッと、アイマスクを捨てられる。目にも大ダメージが走った。

「なんで上半身裸なの!?」

「前に胸が大きくなったからサイズ測ってって言ったでしょ。ブラも買い替えないと」

「冗談じゃなかったのか……」

そういえば以前、下着が窮屈になったとか言っていた気がする。

「え、本当に俺が測るの？」

「は？　アンタ以外、誰がいるのよ」

「母さんとか」

むしろ、母さん以外に適任いなくない？　どう考えても俺より適切な人事だ。

「母さんはライバルだもの。今は後塵《こうじん》を拝しているけど、いずれ私が追い抜くわ」

「そうなんだ」

よく分からないので、いい加減な相槌《あいづち》を打っておいた。

「私の裸なんて見慣れてるでしょ。バストサイズを測るくらいで今更何を恥ずかしがってるの」

「見慣れてたら駄目だと思うんだ」

「？」

キョトンと姉さんが不思議そうに首を傾《かし》げる。

「疑問に思う余地あったかな？」

俺も不思議そうに首を傾げた。

「そんなことは気にしなくていいの。さ、測るわよ。メジャー持ちなさい」

姉さんが両手を頭の後ろで組み、大きく両腋《りょうわき》を開く。

思春期の俺には扇情的すぎて目に毒な光景だったが、まるで気にした様子もない。

あまりの完璧すぎる芸術がそこにあった。美しき彫刻のような姿態は、神々しさすら感じさせる。一切の不純物を排除した濃密できめ細やかな肌。その純度、トゥエルブナイン。

ガクリと膝が床をつく。胸中に万雷の拍手が響き渡る。噛《か》み締める――この感動。

現代のルネサンスとの邂逅《かいこう》。胸の奥底から湧き上がる渇望に突き動かされ、喉を震わす。

「……エロのヴィーナス」

「ミロよ」

口が滑ったぁぁぁぁあ！たぁぁぁぁあ！たぁぁぁぁぁあ！（エコー）

「アンタが言うなら、別にそれでもいいけど」

「いいんだ」

恐るべき寛容さに敬服するばかりだ。

「背中からメジャーを回すの。トップとアンダーの差で決まるから」

また不要な知識を仕入れてしまった。今宵《こよい》もシスターハラスメントが炸裂《さくれつ》している。

測定しないとこのまま終わりそうにない。意を決して、メジャーをゆっくり背中側から回していく。トップで交差するように合わせて、数字を……あぁぁあぁもぉぉおおお！

「んっ……くすぐったい……」

早々にこの地獄から抜け出さねばクレジットが不足して人生がコンティニュー不可になってしまう。

「……そこ……擦《こす》れて……！」

何も聞いてない何も聞いてない何も聞いてない何も聞いてない今何回目？

「引き算、そうだ引き算しないと！　えっと……だいたい二十五センチかな？」

這《ほ》う這《ほ》うの体《てい》でサイズ表を確認する。Gカップの欄を見ればいいってことか。

そこで初めて、同じカップの中にも種類があることを知った。男性と違って女性は大変だ。裁縫を学んでいることもあって、案外勉強になる。

「やっぱり成長してたみたいね。これから週一で測るから」

「多すぎない!?」

「成長期だもの」

「成長期ってすごい」

成長期の説得力半端ない。

それはそれとして、測定が終わったのに一向にそのままな姉さんから視線を逸《そ》らす。

「どうしたの？　別に減るものじゃないんだし、好きに見てなさい」

「もう少し慎みをですね……」

「家族でしょ。そんなこと気にしないの」

「そっちがその気なら、こっちにも考えがあるからな！」

ブチッ。流石《さすが》に俺もブチ切れた。忍耐力にも限界だ。幾ら水平器のようにブレないメンタルを持っているといっても、クレカのキャッシング枠のように限度というものがある。親しき中にも礼儀ありというが、家族の中にも礼儀が必要だ。

てめぇ、いい加減にしろよ。こっちが我慢してるっていうのに、その態度はなんだ！

あぁ、分かったよ。上等だ！　そっちが始めた戦争なんだ。徹底的にやってやるさ！

「じー」

まじまじと見る。好き放題見る。視力検査並だ。全身を舐《な》め回すように視線を這《は》わせる。

ふへへへ。どうだ、悍《おぞ》ましかろう。下心満載の卑猥《ひわい》な眼差《まなざ》しの威力を思い知れ！

悠璃さんが一瞬ビクッとなった。勝った！　達成感と共に喪失感。

勝利の代償は大きい。弟失格、嫌悪されても弁明のしようもない。

内心焦っていると、優しく抱きしめられる。

「そう、それでいいの。アンタの好きなようになさい。私が全て受け止めてあげるから。だって……私にはそれだけしか……。私の価値は……私の存在意義は……アンタは気持ちに素直になって、感情を優先して。雪兎《ゆきと》が望むなら私は幾らでも——……」

途端、ハッと我に返ったように悠璃さんが離れる。

「なんでもないわ」

「姉さん？」

ほんの一瞬、その瞳が切なげに揺れる。

言いようのない不安を感じて、視線が彷徨《さまよ》う。今のはいったい……？

仕切り直すように、姉さんが口を開いた。

「下着を買いに行くから、アンタも一緒に行くわよ」

「オ断リックス」

「アンタの好きな下着買ってあげるから」

「そんなお菓子買ってあげるみたいなノリで言われても……」

「は？　行くよね」

「ご一緒させてください」

お出掛けが決まった。徐々に普通の姉弟のように戻れているのかもしれない。

ただ、姉さんが見せた苦悶《くもん》に満ちた表情が、いつまでも脳裏に焼き付いていた。

「やった！　やりましたよ高宮《たかみや》先輩！」

「嘘《うそ》でしょ……。まさか勝つなんて……」

高宮涼音《すずね》は応援席でただ呆然《ぼうぜん》とコートを眺めていた。隣でぴょんぴょんと神代汐里《かみしろしおり》がはしゃいでいるが、到底そんな気分にはなれない。嬉《うれ》しいはずなのに、目の前の現実が受け入れられない。こんなことが起きるなんて、数ヶ月前まで考えられなかった。

　こちらに向けて、ガッツポーズを振り上げる火《ひ》村敏郎《むらとしろう》の姿にカァッと頬が赤く染まる。不覚にも恰好《かっこう》いいと思ってしまった。不覚にも。まったくもって不覚にもだ。

困惑しているのは涼音だけではなかった。視線を向けると、顧問の安東《あんどう》が驚愕《きょうがく》に目を見開いている。弱小バスケ部の顧問を任され、良く言えば伸び伸びと、悪く言えば放任主義でやってきたが、強くなったバスケ部に認識が追い付かないのかもしれない。

学校側の見る目、期待値も変わるだろう。来期は予算が増額されることは確実だ。

インターハイ予選トーナメント。火村敏郎率いる逍遥《しょうよう》高校男子バスケ部は、三回戦を突破した。Ｂブロック四回戦出場。男子バスケ部の実績としては申し分ない。

これまで一回戦突破すら困難だったことを考えれば、大金星、紛れもない快挙。来週の四回戦含め、後二回勝てば決勝リーグに手が届く。その先に待つのがインターハイだ。

もともとバスケ好きが集まって楽しくやる緩い部活だった。大会は記念参加でしかない。しかし、今やその面影はない。今大会に賭ける熱意は決して他校に引けを取らない。面構えを見れば分かる。戦う顔をしていないと強制送還させられそうな部員は何処《どこ》にもいない。表情に滲《にじ》む充実感。決して偶然ではなかった。努力という裏付けのある結果。変わってしまった。変えられてしまった。そのことを誰よりも実感しているのは、他ならぬ男子バスケ部のメンバーだろう。火村敏郎の決断はバスケ部に途轍《とてつ》もない変化を齎《もたら》した。朱に交われば赤くなる。滾《たぎ》る情熱が、迸《ほとばし》る汗が、伝播《でんぱ》していく。

夢は今日で終わらなかった。最後の夏はまだ続く。

「先輩、皆のところに行きましょう！　火村キャプテンも待ってますよ！」

「ちょ、神代さん、引っ張らないで！」

駆け出す後輩の後を追う。歓喜に沸く中、涼音の胸の奥には不安が燻《くすぶ》っていた。

試合が終わり、帰り支度を済ませる。高宮涼音も歓喜の輪の中にいた。

「応援に来てくれてありがとう涼音。君の存在が俺の力になった」

「おめでとう、敏郎」

「もう少し、もう少しなんだ。必ず俺は君に相応《ふさわ》しい男になる！」

そう熱く語る敏郎を好ましく思いながらも、その言葉に表情が翳《かげ》る。

モヤモヤする感情を悟られないように笑みを貼り付ける。

「……えぇっと、千弦学園は久我《くが》先輩のところか。大郷《だいごう》先輩がいる帝旺も勝ったみたいだな。でもDブロックか。決勝リーグまで当たらないのは残念だ」

「絶対勝てないから当たらない方がいいな」

「そりゃそうだけど、夢のないこと言うなよ」

後方で会話する巳芳光喜《みほうこうき》と九重《ここのえ》雪兎の声が耳に入る。

涼音は九重雪兎を苦手にしていた。嫌っているわけじゃない。むしろ好ましく思っている。入学してから数ヶ月で幾度となく話題に上り、波瀾《はらん》に満ちた学校生活を送っている一年生のことを知らない生徒はいない。

嫌っている者もいるが、逆に慕っている者も多く、三年生にもそのファンは数知れない。

涼音のクラスでも、恋愛相談を持ち掛けたクラスメイトがいる。

まことしやかに語られている聖人伝説が何処まで本当かは知らないが、学校中を騒がせた校内放送の一件だけでも、噂《うわさ》の一部ないし全てが事実であることに疑いの余地はない。なにより火村敏郎が九重雪兎をバスケ部に誘った経緯を考えれば感謝しかない。なのに、

(……どうしてなのよ敏郎。私との約束を忘れちゃったの……？)

胸が締め付けられる。結局は醜い嫉妬だ。自分勝手で自己中で我儘《わがまま》な。

二人にとって、敏郎が思い描くような告白なんて求めていない。中学の頃からずっと想《おも》いを育んできた涼音にとっては、互いの気持ちを知るのに特別な言葉など必要なかった。

高校三年生のこの最後の時間を、敏郎と過ごせればそれでよかった。

変化など求めていない。変わる必要なんてなかった。それが、嘘偽りのない本心。

同じ大学に進学する。そう決めた二人にとって、この夏はタイムリミット。

高宮涼音の志望している大学は火村敏郎にとってハードルが高い。夏の大会を最後に部活を引退し、一緒に大学受験に向けて本格的に勉強を始める。そう二人で約束したはずだ。

だが、今、敏郎達《たち》は休日もバスケにのめり込んでいる。それがまるで、一緒にいられる大切な二人の時間を削り取るようで、涼音には耐え難かった。

（いいじゃない、ずっと弱いままで。今更、敏郎達が頑張ったって意味なんてないのに！）

その想いは後輩達に託せばいい。幸い一年生は突出している。過渡期にあるバスケ部を引っ張っていくのは、三年生じゃない。決して口には出せない想い。

一回戦で負けてもよかった。告白してくれるというなら、それがどんな成績でも自分の返事が変わったりはしない。それだけの時間を共に過ごしてきたのだから。

素直に応援したい気持ちと、醜い嫉妬心の狭間《はざま》で涼音は苦しみ続ける。

「まだまだこれからだ。涼音、俺達はどんどん強くなれる！」

熱く語る敏郎の言葉が何処か空虚に聞こえる。三年生がそれを語るには遅すぎた。

火村敏郎と出会ったのは中学二年生のとき。最初はただ暑苦しい奴《やつ》だと思っていた。

でも、違った。正義感に溢《あふ》れ、不器用なまでに愚直で真《ま》っ直《す》ぐ。

あるとき、イジメとも付かない不快な弄りをする女子に火村敏郎が注意をしていた。

思えば、そのとき初めて異性として意識したのかもしれない。

高宮涼音がそんな生き様に惹《ひ》かれるまでに、時間はそう掛からなかった。

不思議とそれからずっと同じクラスになった。奇妙な縁を感じるなという方が無理がある。次第に仲を深めていく中、釣り合ってないと周囲からよく言われたことを思い出す。

もしかして、敏郎はそのことをずっと気にしていたのかもしれない。

それが、火村敏郎が結果に拘《こだわ》る理由だとすれば、九重雪兎は随分と残酷なことをしたものだ。彼は希望を与えてしまったのだから。夢という希望を。しかし、それは毒だ。

振り返ると、九重雪兎は険しい表情でトーナメント表を見ていた。おもむろにノートを開くと、ぶつぶつと何か呟《つぶや》いている。隣にいた巳芳光喜がそのノートを覗《のぞ》き込んでいた。

「――――ッ！」

パタンとノートを閉じると、急に九重雪兎がこちらに向かって歩いてくる。

「高宮先輩、後で少し相談したいことがあります」

真剣な眼差しに気圧《けお》されるように、知らず知らずのうちに涼音は頷《うなず》いていた。

◇

刑事と言えば純情派だが、美術と言えば〇〇派には事欠かない。

古典派や印象派、写実主義など多彩だが、芸術的姉さんを前にして、俺は悠璃《ゆうり》派へと鞍《くら》替《が》えした。ひたすら悠璃さんの美を追求する現代美術の完成こそが俺に課せられた使命だ。

決して疚《やま》しい気持ちはないのだが、流石に疚しい気持ちになってもしょうがないと思う。幾ら俺のメンタルがクマムシのように適応能力最強でも限界があるというものだ。

特にあのしなやかで美しき太股《ふともも》、ふくらはぎ、足首の黄金比は、美脚三原則と言えよう。

それはそうと、放課後、緊張気味の灯凪《ひなぎ》と一緒に美術部に向かう。

時期が中途半端なだけに灯凪が緊張するのも仕方がない。クラスメイトに確認してみたものの、B組には美術部員がいなかったこともあって、どんな雰囲気の部活なのかも未知数だ。俺はただの付き添いだが、灯凪は一度見学して、正式に入部届を出すらしい。

「……ありがと。付いてきてくれて」

「これでも君のことを心配してるんだ。いいか灯凪、ヌードモデルを強要されそうになったら、ちゃんと断るか、すぐに逃げ出すんだ。大人に助けを求めることも忘れるな。文部科学省子供SOS相談窓口の電話番号は――」

「なんの心配してるのアンタは！」

顔を真っ赤にしている灯凪ちゃんだが、学校は常に危険に満ちている。油断大敵だ。想定外を想定することこそが、学校というサバイバル空間を生き残る為《ため》に必要な能力である。

「君に渡しておきたい物がある。これを」

「これって……？」

「美術で使うペインティングナイフだ。いいか、もしものときは、これを相手に突き刺して逃げるんだ。危険を感じたら躊躇《ちゆうちよ》するな。何より身の安全を第一に考えろ」

「アンタは美術部をなんだと思ってるの!?」

「何が起こるか分からないだろ！」

「それは雪兎だけ！」

グサリと言葉のナイフが突き刺さる。早速教えを実践する灯凪ちゃんの切れ味は鋭かった。触れる者を傷つけるジャックナイフ灯凪。ちょっとカッコいい。ご満悦だ。

「ひなぎん、『私に近づくと怪我《けが》するわよ』って、言ってみて」

「？　私に近づくと怪我するわよ。これでいいの？」

「ダッサ」

「ちょ、アンタが言わせたんでしょ！」

プリプリしてる灯凪ちゃんだが、便秘ではないらしい。

理不尽な無茶ぶりに気分がほぐれたのか、一つ大きくため息をつく。

「もう。そんなに心配しなくても大丈夫だよ。三条寺《さんじようじ》先生が顧問だし」

「なんだそれを先に言ってくれ」

この学校の良心とでも言うべき、三条寺先生が顧問なら安心だ。

美術室に入ると、部活の準備を始めている。

その中には見知った顔もあった。この学校で最も厄介な怪物だ。

「おや、こんなところでどうしたんだい？　美術部に何か用かな？」

「怪鳥？」

「会長でしょ。なに魔物扱いしてるの。……えっと、今日は体験入部というか、入部する前に一度見ておこうと思って来たんです。これから、よろしくお願いします！」

「硯川《すずりかわ》さんね。いらっしゃい」

前もって灯凪から話を聞いていたのか、三条寺先生が笑顔で迎えてくれた。

「一年生の入部希望者だったのか。美術部は見ての通り部員が少ないから有難いよ」

「どうして会長がここにいるんですか？」

「これでも私は美術部の部長だよ」

「大丈夫かこの美術部」

大丈夫かこの美術部。

「雪兎《ゆきと》、本音が漏れてるわよ」

灯凪ちゃんも生徒会長に辛辣なのマジウケる。

「こんにちは雪兎君」

「三雲《みくも》先輩、この人が部長でいいんですか？」

「これでも普段はまともなんだよ？」

祁堂《けどう》会長の隣にその人ありと言われる側近の副会長、三雲先輩も当然のように一緒だ。三雲先輩には悪いが、正直、説得力に欠けていると言わざるを得ない。

「ウィーンですか？」

「それはオーストリアの首都だけど……。美術館とか博物館とか有名だから、一度は行ってみたいよね。私、海外旅行とかしたことないから憧れちゃうなぁ」

「実は俺も最近、芸術に嵌《はま》っていて。悠璃派って言うんですけど」

「……悠璃派？」

姉さんはシェーンブルン宮殿を見に行きたいらしい。何故《なぜ》だろう？

「九重雪兎はバスケ部だったな。もしかして付き添いかな？」

「そんなところです」

「私はね、とても悔んでいるんだ。幾ら悔んでも悔み切れない。自分が不甲斐《ふがい》ないよ。前回の礼もまだだというのに、英里佳《えりか》の暴走が原因とはいえ、また君に迷惑を掛けてしまった。それも今度は明確な不当処分だ。悠璃が激怒するのも無理はない。謝ったからと言って、到底許されることではないからな」

目尻に涙を溜《た》め、祁堂会長が思い詰めていた。握った拳が膝の上で震えている。

学校側から正式に謝罪もされたし、灯凪達が頑張ってくれたことで俺の居場所はまだこの学校に残っている。

それだけで充分だ。俺にそんな価値があるとは思わないが、感謝が尽きない。

だが、自分を許せるかどうかは自分次第。俺が許したからといって、それでいいとはならないのだろう。

現に、東城《とうじょう》先輩が誠意を見せようと「頭を丸刈りにします」と言い出したときは驚いた。慌てて止めたが、謝罪でそんなことをされても困るだけだ。こっちが申し訳ない気持ちになってしまう。因《ちな》みに東城パパは氷見山《ひみやま》さんに「謝罪するときは、頭くらい丸めるものではなくて」とか言われていた。怖い。余程腹に据えかねていたらしい。因みにそっちも俺が止めた。東城家にとって俺は髪の守護者、髪様と言っても過言ではない。

ガバッと立ち上がった生徒会長に肩を摑《つか》まれる。お目々グルグルだった。

「こんなもので返せるとは思わないが、九重雪兎。私がヌードモデルになろう！」

「睦月《むつき》ちゃん!?」

「粗末なものだが、私にはこれくらいしかできない！　えぇい、放せ、放すんだ裕美《ゆみ》！」

制服を脱ごうとする祁堂会長を三雲先輩が後ろから羽交い締めにする。

「何を馬鹿なことを言ってるの！　祁堂さんも落ち着きなさい！」

馬鹿なこと？　馬鹿なことだって？　祁堂会長を窘《たしな》める三条寺先生に思わずムッとする。

「なら、三条寺先生が代わってくれるんですか？」

「君も何を言ってるの!?」

「おやおや。どうなんですか先生？　こっちは別にいいんですよ。このまま生徒会長に任せても。その場合、祁堂会長がどうなっても責任は持てませんが」

「クッ！……私を脅すつもりですか？　ですが、生徒を犠牲にするわけには……」

「あーあ、祁堂会長にお願いしちゃおっかなー」

「ほら、裕美。九重雪兎もこう言ってることだし、何の問題もない！　放してくれ！」

「ないわけないでしょ！」

「祁堂会長は話が分かるなぁ。これが責任感ってものなのか。それに比べて――」

「……分かりました。分かりましたから！　これも生徒を守る為です。私が代わりを務めますから、ヌードモデルになりますから、祁堂さんには手を出さないでください！」

「それは先生の態度次第ですかねぇ。……ニチャア」

「なんでアンタが強要してるのよ！」

ポカッと灯凪ちゃんに頭を叩《たた》かれる。――ハッ!?　いったい何を!?　俺は正気に戻った。祁堂会長の目を見たことで、催眠に掛かってしまったらしい。やはり魔眼か。

それにしても、こんなお茶目な冗談にも付き合ってくれる三条寺先生はまさに教師の鑑《かがみ》だ。生徒指導を任されているからといって、煙たがられているのが信じられない。

「雪兎は何かやらかさないと気が済まないの？」

ジト目の灯凪ちゃんから顔を逸《そ》らして、鳴らない口笛を吹いておく。

ノルマのように一連の騒動を終えたところで、美術室はようやく落ち着きを取り戻した。これもある意味、部活前の軽いウォーミングアップと言えるかもしれない。

「ゴホン。そろそろ活動を始めますよ。例の件はまた後で」

いや、後でも駄目だろ。

「ところで、九重《ここのえ》雪兎。今日は君も参加するのか？」

「一応そのつもりです。ちゃんとクレヨンも持ってきたんですよ」

昔、母さんが買ってくれたクレヨン一〇〇色セットを取り出す。

　これといって使い道がなく長らく押し入れに眠っていたのだが、最近になって使う頻度が随分と増えた。悠璃派に目覚めた俺にとっては欠かせないアイテムだ。

「今日は快晴ですし、外に写生にでも行きましょうか」

　三条寺先生が決めた方針に従い、荷物を持って外に向かう。

「楽しみだね！　雪兎は何を描くの？」

「そうだな、君でも描くか」

「わ、私？」

　頬を染めた灯凪ちゃんが俯《うつむ》く。風景画でもいいが、悠璃派の俺は俄然《がぜん》人物画だ。

　思い出したように、三条寺先生が話しかけてきた。

「そういえば、参加は自由ですが、よければ貴方《あなた》達も美術コンクールに応募してみませんか？　芸術の夏というのも素敵なものですよ」

「美術コンクールですか」

「どうするの雪兎？　私は参加してみたい！」

　美術部は毎年活動の一環として参加しているが、美術部以外の生徒も自由に応募可能だ。

「夏休みだし、色々体験するいい機会だ。やってみるか」

「うん！」

「頑張ってくださいね。ふふっ、興味を持ってくれてよかったです」

　会長を除けば、美術部はアットホームで素敵な部活だった。顧問の三条寺先生は優しいし、俺に丸投げしたまま一向に男子バスケ部に寄り付かない顧問の安東《あんどう》先生も見習って欲しいものだ。灯凪もここなら上手《うま》くやっていけるだろう。何の心配も要らない。

モチーフを考えながら外に出る。眩《まぶ》しい太陽に照らされ、俺達《たち》は絵を描き始めた。

◆

銘菓、信玄餅を食べながら、河川敷で懊悩《おうのう》する学生が一名。それがこの俺、九重雪兎だ。

家に帰るのが億劫《おっくう》でならない。家庭環境が荒れ放題のそんな非行少年じみた思考に陥る。

母さんは俺のことなんて興味がないと思っていた。姉さんは俺のことが嫌いだと思っていた。そうだったはずだ。それでよかった。何もかも丸く収まっていた。問題なんてなかったんだ。迷惑ばかりを掛けて、俺がいなくなれば平穏な日々が訪れる。それが親孝行だと信じていた。それが俺の常識だったはずだ。

なのに俺にとっての普通、当たり前の日常は一変してしまった。

どうして、いきなり優しくなったんだろう？

口元に付いた黒蜜をポケットティッシュで拭う。

いや、上位存在たる母さんや姉さんが間違えるはずがない。下等生物の俺とは違う。

母さんも姉さんも最初からずっと優しかった。変わったのは俺だ。

俺が理解していなかっただけ。知らないままここまできた。優しさ、その意味を。

青空と反比例するように気分は憂鬱で、帰宅を引き延ばしながら、こうして黄昏《たそが》れる。

ある日、家に帰ると、母さんと姉さんが逆バニーだった。

雪華《せっか》さんの大暴挙により、九重家では空前の逆バニー旋風が巻き起こっていたのだ。

なんかもう俺は死んだ。

狼狽《ろうばい》を隠し切れず、意を決して姉さんに意図を尋ねた。

「は？　卯年《うさぎどし》でしょ」

仰《おっしゃ》る通りでございますが、返答の正しさを理解する頭脳が俺にはなかった。

氷見山さんの家に助けを求めて逃げるが、氷見山さんも逆バニーだった。

さながら不思議の国に迷い込んだアリスのように、崩れ去る常識。

迷い込んだのは、異世界ではなく貞操逆転世界だったのかもしれない。

ならば今の俺は、出口を探して彷徨《さまよ》い続ける異邦人。

母さんは現在ママ修業中の身だが、俺を幼児か赤ちゃんだと誤認している。

だって、たまに赤ちゃん言葉で話しかけてくるし。バブバブと返事をするのが精一杯だ。

いったい、いつ常識が改変されてしまったのか。俺が安堵《あんど》できる日々は戻ってくるのか。

帰宅すれば、それ即《すなわ》ち『風林火山』。

風の如《ごと》く素早く甘やかされ、林の如く静かに甘やかされ、火の如く苛烈に甘やかされ、動かず甘やかされること山の如し。もちろん、陰と雷の如く甘やかされたりもする。

甲陽軍鑑を用いる母さんと姉さんによって、確実に俺は攻略されつつあった。

スマホにメールが届く。俺を堕落させることに定評のある知将、氷見山さんだった。

その内容に、口から盛大にきな粉を噴き出し、俺は駆け出した。

「結婚式ですか？」

「そうなの。兄さんがね、雪兎君にも是非参加して欲しいって」

意外なお願いごとに、目を丸くする。

思わず、大皿に盛られたサクランボを食べる手が止まった。旬だし、美味《おい》しいね。

氷見山さんから、『赤ちゃん、デキちゃった♪』そんな衝撃的なメールを受け取り、急いでやってきたのだが、今になって考えたら俺が慌てる理由はなかった。

危ない危ない、何を焦っていたのやら……。セーフ
「その……桜桃がですね……」

「どうしたの雪兎君？　サクランボ嫌い？」

汗が噴き出す。脳内は桜花爛漫《おうからんまん》だ。話が全く頭に入ってこない。

バイタルチェックの結果、呼吸、脈拍、血圧、体温、意識レベル、全て異常ありだ。

ホラー映画を無表情で視聴できる最凶のメンタルを持つ俺だが、ガチの心霊現象には手も足も出ない。視線は虚空を彷徨い、無惨にも敗北を喫する。

これまで俺には霊感がなかった。しかし今、残虐ピエロもビックリなそれが見えたら終わりな状況に陥っている。震える手でサクランボを摘《つ》まむ。

見えている。緩い胸元から、氷見山さんの見えてはいけないものが見えている。

「チェリーボーイには刺激が……」

「そんなにサクランボが食べたいの？　いいんだよいつでも」

「ふふ……ふふふ……とうとう俺を怒らせてしまったようだな……」

身体《からだ》ごと寄りかかられ、耳元で甘い吐息と共に話しかけられる。

半導体の性能は一年半から二年で二倍になる。これを『ムーアの法則』と呼ぶわけだが、ムーアと異なり、この氷見山さん、好感度の上昇に終焉《しゅうえん》がない。

これには俺も危機感を抱かずにはいられない。出会ってからここまで、好感度の上昇ペースは二倍で収まりきらない。上がりっ放しだ。頼むから止まってくれ！

このままでは、チェリーを食べている俺が、氷見山さんにチェリーを食べられかねない。

そこでこの軍師九重雪兎《ゆきと》が、東南の風に吹かれつつ一計を案じた。

名付けて『氷見山さんの好感度を下げよう大作戦』だ。

調べてみると、女性が不快に思う男性の特徴として最たるものがセクハラだという。ボディータッチや性的意図を感じさせる発言などが該当するそうだ。

俺だって、善意しかない優しい氷見山さんにこんなことしたくないよ！

でも、ここは心を鬼にしてでも実践する。ごめんなさい氷見山さん！

「へっへっへ。随分とご立派なものをお持ちなようだ。あまり俺を侮るなよ。その美味《うま》そうなチェリーを弄んでアメリカンチェリーみたいにしてやろうか？」

氷見山さんの顎を右手でクイッと持ち上げ、豊満な胸元に触れるか触れないかギリギリに左手を重ねる。催眠アプリを見せるかのように上から瞳を覗《のぞ》き込む。

刹那の静寂。氷見山さんのコクリと唾を飲み込む音だけが響いた。

潤んだ瞳。艶やかな唇が、ゆっくりと開く。

「……本気……なのね。……私は女として失格の烙印《らくいん》を押された欠陥品。そんな私を求めてくれるの？　どうして君はそんなに――」

「あるぇー？」

アレ？　おかしいな。セクハラしてるのに好感度が上がってるぞ。経験値豊富なメタルモンスターを倒したときのようにレベルアップ音が連続している気がする。

そんな、まさかガセ情報を摑まされたというのか!?

いつの間にか左手を氷見山さんにしっかり押さえられていた。放せ放すんだ！

俺の手をどうするつもりなんですか！　ちょっと、サクランボの感触が!?

「ぎゃぁぁぁぁぁぁぁあああああ！」

俺は絶命した。この先は次代の九重雪兎に託すとする。頼んだぜ相棒！

「前にコインくれたでしょう。相手の方がね、とても感動したんだって。それに雪兎君、学校でも大変だったでしょう。だから兄さんなりに、気にしていたみたい」

「お礼をするのは俺の方ですよ」

詳しくは知らないが、謹慎処分の解除に、随分とご尽力頂いたらしい。

氷見山《ひみやま》さんには心から感謝しているのだが、如何《いかん》せん苦手意識が拭えない。

あ、ピンク……。サクランボのことだよ？　他意はない。だから、ないってば！

「兄さんとは長く付き合っていたんだけど、子供ができなくて結婚に踏ん切りがつかなかったの。でも、妊娠が判明してようやくね。兄さんも喜んでいたんだけど、何より高齢出産になるから。そんなとき、君から勇気を貰《もら》ったって喜んでいたのよ」

以前から結婚するという話は聞いていたが、そんな経緯があったとは。

そういえば、氷見山さんも不妊で婚約を解消したと言っていた。

同じ女性として、何か思う所があるのかもしれない。

「でも、完全に部外者ですし、知らない人ばかりですから」

氷見山さんのお兄さんは要職に就いていることもあり、結婚式の規模もかなり大きい。

招待するゲストの人数も一般的な結婚式とはかけ離れている。

そんな中、俺が参加しても式場で借りてきた猫になるのが目に見えている。

「雪兎君は私と一緒の親族席だから安心して」

「親族席!?」

えっ、俺って氷見山さんの親族なの？　怖すぎてこれ以上、言及はできない。

「サクランボの茎を口で結べると、キスが上手いんだって」

チロリと悪戯《いたずら》っぽく出した舌の上で綺麗《きれい》に茎が結ばれていた。六芒星《ろくぼうせい》になっている。

「超絶技巧すぎる！」

いったいキスにどれほどのテクを持つというのか、底知れぬ御方《おかた》だ。

「体験してみる？」

「骨抜きになりそうなので止《や》めておきます」

「あら、残念」

ただでさえ最近、母さんに骨抜きにされつつある現状、これ以上は軟体動物になってしまう。腰砕けもいいとこだ。

好感度を下げるべく繰り出した手が悉《ことごと》く不発に終わった今、俺は無力だ。

これでも色々試したんだよ。どんなファッションが好きか質問されたから、「裸サスペンダーですかね。ま、氷見山さんには無理でしょうけど（笑）」と煽《あお》ってセクハラしたら、本当に着替えて戻ってきたとき、好感度を下げるのは無理だと悟った。

どうして俺は迂闊《うかつ》にもあんな発言をしてしまったのか、後悔が尽きない。

つまり、今の氷見山さんの恰好《かっこう》は（自主規制）

なんとなく、これまで憚《はばか》られてきた質問をしてみる。いい機会かもしれない。

「どうして氷見山さんは、そんなに優しくしてくれるんですか？」

「え？」

空気が凍ったような気がした。先程までの色気は霧散し、苦悶《くもん》に表情が歪《ゆが》む。

なんだろう、その表情に見覚えがあるような……。絞り出すように、言葉を紡いだ。

「……ううん、優しくなんてない。……私は嘘《うそ》つきだから」

力なく笑う。カタカタと身体が震えていた。俯《うつむ》く姿は力を込めたら折れそうなほど儚《はかな》い。

言葉に窮する。無神経にも俺はこんなにも優しい氷見山さんを傷つけてしまった。

「――雪兎君？」

「こうすると、安心するって母さんが言ってました」

腫れ物に触るように、華奢《きやしや》な身体を壊してしまわないように、軽く抱きしめる。

他人でしかない俺にはこれが限界だ。セクハラで訴えられたって仕方ない。

それでも、必要なんだと思った。母さんの教えは絶対だから。

「俺は嘘をつきません」

「――ッ！　そう……ね。君の言葉は真実だった。でも、私はそれを信じなくて……。ずっと悔んでいたのに、また疑って……。信じたい、信じたいよ！」

氷見山さんの嗚咽《おえつ》が零《こぼ》れる。俺の胸に顔を埋《うず》めて、ただ泣いていた。

その涙の意味を知るほど、俺は氷見山さんのことを知らない。知らないままの曖昧な関係。不安定でこんなにも脆《もろ》い。今にも壊れてしまいそうなほどに。

ストレスが溜《た》まっていたのだろうか。社会人は過酷だ。

俺の胸くらいなら、いつだって貸し出そう。それくらいしかできないから。

十分程して落ち着いたのか、氷見山さんが少しだけ化粧を直した後、俺達《たち》はまた二人でサクランボを食べていた。ますます好感度が上がってしまった気がする。

「ご祝儀や服装だって気にしないで。急なお願いだもの。全てこちらで用意するから」

至れり尽くせりだった。そこでふと、思い出す。

「あれ？」

「どうしたの雪兎君？」

「この日、母さんも結婚式に参加するって言ってたような……。会場も同じだし」

「そうなの？」

「ちょっと待ってください。確認してみます」

母さんに電話を掛けると、恐ろしい早さで繋《つな》がる。

『あ、母さん。聞きたいことがあるんだけど。いや、スリーサイズじゃなくて。え、付き合っている人はいないからフリー？　何の話？　好みのタイプは俺？　だから何を——』

聞いていないことを優しくアレコレ教えてくれる母さん。やはり聖母だ。

なんとか用件を済ませる。こんな偶然ってある？

「氷見山さんのお兄さんが結婚する相手、母さんの友達らしいです」

◆

「へぇ、そんな偶然あるのね」

「姉さんはどうするんですか？」

「行くわけないでしょ。呼ばれてもないし、居心地悪いだけじゃない」

「それもそうか」

偶然とは恐ろしい。ご都合主義もいい加減にして欲しいが、俺は自室で姉さんに結婚式に誘われたことを話していた。

結局、母さんは新婦側のゲスト、俺は新郎側のゲストとして結婚式に出席することが確定した。母さんも驚いていたが、嬉《うれ》しそうだった。俺も母さんが一緒で心強い。

そうなると、仲間はずれになってしまうのは悠璃《ゆうり》さんだ。一応、お伺いを立ててみたが、スッパリ断られた。面識のない赤の他人の結婚式に呼ばれても複雑なだけだし、これぱっかりはしょうがないよね。

「ところで、どうして目を瞑《つぶ》ってるの？　それじゃあ測れないでしょ」

「心眼です」

「ふーん」

まさか本当に週一で測定するとは思わなかった。美しさに磨きのかかった神の宿る肉体美。天上世界から降臨したかのような悠璃さんは、まさに人類の最高傑作に相応《ふさわ》しい。

現代美術の完成形を前に、遮光板なしに直視することなど不可能。

俺が盲測の雪兎だ！

「クス……クスクス」

「ハハ……ハハハハ」

珍しいこともあるものだ。姉さんが笑いだしたので、俺も釣られて笑う。

「何が可笑《おか》しいの！」

「キャイン」

蹴散らされた犬みたいな声が出てしまった。

「アンタがそのつもりなら、こっちだって容赦しないから」

不穏な台詞《せりふ》に背筋が凍る。スルスルと衣擦《きぬず》れの音。

しまった！　視覚を封じている所為《せい》で、聴覚が鋭敏になっている！

測定している体勢のまま、姉さんがしなだれかかる。やけに触れ合う体温が温かい。

他の五感も鋭敏になっていた。触覚と嗅覚もレッドアラートを鳴らしている。

まさかそんなはずはない、そんなはずはないんだ！

悠璃さんと言えば、学校でも絶大な人気を誇り、俺からも絶大な人気を誇っている。

幾らなんでも、それをやったらダボス会議じゃなかった、家族会議だよ！

薄《う》っすら目を開け確認し――カッと見開く。

「なんで下半身も裸なの!?」

盲測の雪兎、敗れたり！

「ついでだから、スリーサイズを測ろうと思って。他もサイズ変わってるだろうし」

「ついで？」

「うん」

「誰が測るの？」

「アンタしかいないじゃない」

無理無理無理無理無理無理無理無理無理無理！　俺はスタンド使いか。

「そんなに目を逸《そ》らしていて疲れないわけ？」

「元凶による理不尽な追及!?」

クッと悠璃さんが背伸びをする。その姿さえも神々しいが、そのままストンと踵《かかと》を降ろす。謎の行動に疑問符が浮かぶものの、すぐに意図が明らかになる。

何とは言わないが、プルンと揺れた。くれぐれも何とは言わない。

その動きを咄嗟《とっさ》に目が追う。自然と視線が引き寄せられる。

「フッ。これが視線誘導のテクニックよ。覚えておきなさい」

「心理学の勉強になるなもぉぉぉおおおおおおお！」

まんまと罠《わな》に嵌《はま》っていた。悠璃さんが勝ち誇っている。地団駄地団駄！

言い訳させて欲しい。ペットで爬《は》虫《ちゆう》類《るい》や両生類を飼っていると気づくが、中には生き餌しか食べない生物もいる。餌を与えるときも、生きている昆虫しか餌として認識しない。

これはつまり、動いているものを視界に捉えるのは動物的本能の一つであるということだ。決して、俺がスケベな気持ちで釣られたわけじゃない。ねぇ、聞いてる？

「どうしたの？　別に減るものじゃないんだし、好きに見てなさい」

「それで納得すると思うなよ！」

ＶＩＯ《プライベートゾーン》から目を逸らしまくる。ブチ切れてまじまじ見ることもできない。

「そうね、こっちも週一で測りましょうか」

「多すぎない!?」

「成長期だもの」

「やっぱり成長期ってすごい」

改めて成長期の説得力半端ない。

なんとか地獄の時間を乗り切るが、一向にそのまま居座る悠璃さん。

「大会、応援に行くから」

「ありがとう。先輩達も喜ぶんじゃないかな。それと、できれば服、着てくれる？」

「アンタはどうなの？」

「嬉しすぎて小躍りしそう。あと、そろそろ服、着てくれる？」

「踊ってみなさい」

「えぇ!?」

早く服を着てくれと願いながら、踊った。

「バスケ部なんて、これまで良い成績なんて全然聞かなかった。四回戦でも充分凄《すご》い。アンタはそれだけのことをしたんだから、もっと誇っていいの」

俺は今、褒められているのだろうか。不思議な感覚だった。それはきっと悠璃さんも。

不器用に慣れない様子で言葉を繋いでいく。ぎこちない。それでも確かに一歩ずつ進んでいる。姉さんも俺も手探り状態の距離感。自然になっていくには、まだまだ時間が掛かるのだろう。姉さんも俺もこの場から逃げ出さずに耐えていた。この時間を共有している。なによりもそれが大切で、今はこれでいい。今はこれが俺達の精一杯。

「部活、少しは楽しい？」

「分かりません。でも、嫌いじゃないと思います」

「そう」

こんな時間が続けば、いつか普通の姉弟に戻れるのだろうか。

「学校は楽しい？」

「はい。……楽しいのかもしれません」

高校に入学してから、周りは味方ばかりだ。先生達も、先輩達も、同級生も。いつも賑《にぎ》やかで、居場所を守ってくれた。手を伸ばしてくれた。

この想《おも》いが、『楽しい』という気持ちだと確信する。

いつの間にか俺は、ちゃんと『楽しい』を理解していたんだ。

「そう」

頭を撫《な》でられ、軽くキスされる。そのまま姉さんは自分の部屋に戻った。

九重家《ここのえ》だけヨーロッパ文化圏なのかと勘違いするほど、挨拶代わりにキスしてくるが、去り際の姉さんの表情は何処《どこ》か寂しそうで、俺は過去を思い出していた。

昔、姉さんはいつも笑っていた。俺が大怪我《おおけが》をしてから笑顔は消えた。

笑っていた頃のお姉ちゃんと、不機嫌そうな仏頂面の姉さん。

まるで別人になってしまったような気がする。もう長らく、笑顔を見ていない。

俺が無表情なのはいつものことだが、姉さんの魅力的な笑顔が好きだった。

いつも一緒に遊んでくれた。寂しくないと励ましてくれた。自慢のお姉ちゃんで、俺はそんなお姉ちゃんが大好きだった。捨てずにいた大切な思い出。

笑わなくなったのは俺と同じ。だけど、姉さんは笑える人だ。笑顔で魅了できる素敵な人だ。笑顔を奪っていいはずがない。失わせたままいることなんてできない。

「そうか……悠璃さんはまだ」

牢獄《ろうごく》にいる。深い深い罪の牢獄に。

大怪我をした後、姉さんは事あるごとに謝罪してきた。怒りを忘れた俺は、姉さんを赦《ゆる》し続けた。何度も繰り返したやり取り。それは姉さんにとって、どんな意味があったのか。

大怪我したのは、姉さんの気持ちを考えず、付き纏《まと》っていた俺が悪い。

姉さんが償う罪など存在しない。牢の鍵はいつでも開いている。

なのに、姉さんは自らの意志でその牢に留《とど》まっている。

嫌われているから、距離を置いてきた。でも、そうじゃないとするなら、それは――。

「悠璃さん、姉さん。――お姉ちゃん」

母さんがくれたヒント。ママからやり直すと言っていた。だったら俺も、悠璃さんでも、姉さんでもなく、お姉ちゃんからやり直す必要があるのかもしれない。

どれだけ近づいても、離れている心の距離。

実現したい未来を望む。ただ強く。


――もう一度、お姉ちゃんが笑えるように。


「……あの子はもう大丈夫」

居心地のよい弟の部屋から自分の部屋に戻ると、力なくベッドに大の字になる。

心が温かい。あの子は、雪兎《ゆきと》はもう大丈夫。

いつか尋ねた問いかけ。以前は、部活も学校も、つまらない、楽しくないと言っていたのに、その答えが変わっていることに、あの子は気づいているのかしら。

届いていた。雪兎は知ったんだ。あの子を包んでいる優しさを。

あの子は一人じゃない。これから楽しい毎日が、青春が待っている。

自然と悟る。あぁ、そうか。私は――。

「私の役目は終わったのね。……もうあの子には必要ない」

あの日、誓った決意。雪兎を守ってみせると息巻いてきた。でも、それも終わり。

そもそもあの子の問題解決能力は突出している。何かある度に、誰かが傷つけようとする度に、あの子は強くなっていった。負けないようになっていった。折れない心の強さを身に付けている。

もとより私が出る幕なんてなくて、自分で解決してしまう。

ずっと前から気づかないまま、いや、気づかないフリをしてきた。

だってそれしか、殺人者である私が雪兎の傍《そば》にいる方法がなかったから。

一家の大黒柱である母さんは経済的に我が家を支えている。雪兎は精神的に私達《たち》家族を支えている。私だけが役割がない。私だけが何もしていない。無価値なだけじゃなく、仇《あだ》なす存在。弟を苦しめるだけの殺人者。

残酷な真実。ポカリと胸に穴が空いたように、空虚さが満ちる。

「こんなの馬鹿みたい……！」

いったい私は何をしているのだろう。迷惑だと分かっているのに、弟に干渉している。傍迷惑《はためいわく》な過干渉。柄にもなくこんな恰好《かっこう》で迫って、困らせている。

とっくに用済みの女。そんな事実を受け入れられずに焦っていた。醜い心。

見返りを求めないと言いながら、その実、必要とされたかった。頼って欲しかった。

そんなことあるはずないのに。いったい誰が殺人者を必要と、頼ろうとするのだろうか。

あるのは恨みと憎しみ、恐れと敵意。近付きたいはずがない、言葉を交わしたいはずがない。好きになることなどありえない。

そんな当たり前の現実から目を逸らしてきた。

着実にあの子は好転している。良い機会だ。私は、最後にあの子の願いを叶《かな》えよう。

机の上に置かれている一枚のプリント『進路希望調査』。

高校卒業後の進路について徐々に考え始める時期。

「今までごめんね雪兎」

大学に進学することは決めていたが、新たに決意する。

消えるのはあの子じゃない。あの子は誰からも求められている。消えるのは私でいいの。県外の大学。遠ければ遠いほど望ましい。もし可能なら海外に留学でもいいかもしれない。雪兎に会えなくなるのは寂しい。でも、私のしたことのケジメはとる必要がある。

あの子だって、お正月に顔を合わせるくらいは許してくれるはずだ。だって、優しいもの。これ以上、あの子の迷惑になることは止《や》めないと。なにより私が耐えられなくなる。

これが、弟離れなのかしら。愚かさに反吐《へど》が出る。

いつまでも離れようとしなかったのは、罪悪感だけじゃなく、私はどうしようもなく。

「……愛していたわ。――だから、これでおしまいにしましょう」

未練を残さないように、これからは、普通の姉弟として。

◇

ボールが放物線を描く。その軌跡がスローモーションのように目に焼き付く。

音の消えた世界。周囲の喧騒《けんそう》すら耳に入ってこない。いつしか涙が零《こぼ》れていた。

無音の中、手すりに身を乗り出して、高宮涼音《たかみやすずね》はなりふり構わず大声で叫んだ。

「お願い！――入って！」

勝敗は既に決まった。最後に残ったのは意地だ。力を振り絞って放った最後のシュート。

世界に音が戻る。ガコンとバックボードに跳ね返され、火村敏郎《ひむらとしろう》が放ったシュートは、
リングをくぐることなく外れる。タイマーがゼロになり、ブザーが鳴った。

崩れ落ちる火村敏郎を同じ三年生の仲間が肩を貸し助け起こす。

逍遥《しょうよう》高校男子バスケ部の夏は、四回戦で呆気《あっけ》なく終わりを迎えた。


どんな言葉をかければいいのか、どんな言葉が正解なのか。

マネージャーの神代汐里《かみしろしおり》にも、汐里と同じように一回戦からずっと応援してきた高宮涼音にも分からない。「よく頑張った」「ここまでこられただけでも凄い」そんな言葉が相応《ふさわ》しくないことは、男子バスケ部のメンバーを見ていれば分かる。慰めなど誰も求めていない。表情に悔しさが滲《にじ》む。ここで終わりたくなかった。その先に行きたかった。

それはこれまでの男子バスケ部にはなかった感情。一度希望を見てしまえば、人は望まずにはいられない。可能性を信じずにはいられない。だから足掻《あが》いた、泥臭く。

それでも届かない。分かっていたはずだ。他校も同じように日々切磋琢磨《せっさたくま》している。

最近になって方針転換した敏郎達とは違う。一年の頃から必死にやってきた成果だ。
それでも、立ち塞がった壁は決して届かないとは思わなかった。微《かす》かに指がかかってい
た。もう少し、あと少しだけ時間があれば届いたかもしれない。そんな三年生の無念がバ
スケ部には重く伸《の》し掛かっていた。
口数少なく、会場の総合体育館から撤収を始める。
重苦しい沈黙が続く中、涼音の視線は九重雪兎を捉えていた。この場でただ一人何事も
なかったかのようにいつも通り過ごしている。
その訳を高宮涼音は知っていた。試合結果を事前にハッキリと伝えられていたから。
この試合は勝てない。九重雪兎は涼音にそう伝えた。それは抽象的なものではなく、確
かな根拠に基づいていた。冷静に相手と自分達の戦力を見極めた結果導き出された答え。
何の為《ため》にそれを九重雪兎は伝えたのか。
九重雪兎は男子バスケ部の中で唯一異なる目的、行動原理で動いていた。
話を聞いた涼音は苦手意識を持っていたことを深く恥じた。なにより、的確に自分の中
の感情を言い当てられたことに動揺し、感情を抑えきれなかった。誰かに話を聞いて欲し
くて、誰かに想いを知って欲しくて、吐き出すように吐露していく。
その言葉を、隣で九重雪兎はただ静かに聞いていた。
そして涼音に言った。試合に負けた後、二つの選択肢があると。
「まだだ！　まだこれで終わりじゃない。俺達にはウインターカップがある。涼音、もう

少しだけ待って欲しい。もっと上手《うま》くなってみせる。次は必ず結果を出すから。君に相応しくなれるように、今度こそ、今度こそ俺は――」

九重雪兎の予想通り試合に敗北し、選択するのは火村敏郎。

そして今、火村敏郎が選択した結果は高宮涼音にとって望ましいものではなかった。

九重雪兎は高宮涼音に伝えた。「これ以上、告白を引き延ばすようなら」と。

涼音はこの後に何が起こるのかを知っている。提示された一つのシナリオ。

酷《ひど》く馬鹿馬鹿しい茶番劇。それも使い回しだ。それでも、あの時、誰もがそんな茶番に注目していた。見ている者の心を摑《つか》んで放さなかった。その気高さに、胸を打たれた。

その場には敏郎だけではなく涼音もいた。ただ眺めることしかできなかったが。

自ら一緒にコートに立とうとする姿。神代汐里の覚悟は、その場にいた大勢に届いていた。涼音もまたその覚悟に涙した一人だ。

敏郎も涼音も臆病だった。だからこそ火村敏郎は九重雪兎を求めたのかもしれない。

少なくとも、九重雪兎と彼の周りに集まる者達は皆、強さを持っている。

痛みを、傷つくことを恐れない。感情剝《む》き出《だ》しのまま、ぶつかることを厭《いと》わない。

ある日、涼音は何気なく神代汐里に尋ねた。汐里は笑いながら、自分も臆病だった。今でも臆病で、怖くて仕方ないと答えた。それでも、もう後悔だけはしたくないと語る汐里のことを、涼音は尊敬した。後輩だが関係ない。彼女は紛れもなく自分より強いのだから。

九重雪兎がこちらを見ていた。小さく頷《うなず》く。これから始めるのだろう。盛大な茶番を。

ならばその選ばれたプリマ・ドンナの役目をこなしてみせよう。

彼をもう私達二人から解放すべきなのだから。


「火村敏郎、お前をバスケ部から追放する！」


総合体育館の出口付近、集まる面々を前に高らかと宣言する。

突然のクーデターに周囲がざわついていた。そりゃそうでしょ。

俺だって、こんな真似《まね》しとうなかった。でも、しょうがないじゃない。

「追放？　どういうことだ九重《ここのえ》雪兎？」

「急にどうした雪兎？」

「どうしたもこうしたもあるか。足手まといだと言ってるんだ」

冷然と告げる。困惑の表情。熱血先輩達にはまだまだ伸びしろがある。

鍛えれば鍛えただけ上手くなっていくだろう。しかし、そこに意味はない。

追放を受け入れても、受け入れなくても、熱血先輩は選択しなければならない。未来を。

「待ってくれ！　確かに今はそうかもしれない。でも、ウインターカップまでまだ数ヶ月ある。それだけあれば、もっと上を目指せるはずなんだ。俺はこんなところで終わるわけにはいかない。頼む、九重雪兎、もう一度だけチャンスを――」

「てめぇはいつまで高宮先輩を待たせんだッ！」

「――ッ！」

熱血先輩の胸倉を摑み上げる。突如響く怒声に他校からも注目が集まる。

そもそも出発点を間違えている。バスケをやる動機はそれぞれ違って構わない。

その熱量だって人によって異なる。エンジョイ勢もいればガチ勢もいる。

真剣にやりたいと思うなら、それでいい。その為なら協力しよう。

しかしそんな中で、熱血先輩だけが不純だった。人一倍純粋で、誰よりも真剣に打ち込んでいるのに、何の為に上手くなるのか、何の為に結果が必要なのか、ただ空回りを続けている。手段と目的の乖離《かいり》。

なにより、高宮先輩をまるで見ていない。――彼女は、あんなにも悲しんでいるのに。

「迷惑なんだよ。一人で部活を私物化するのは。いつまで俺達をアンタに付き合わせるんだ、いい加減にしろ。てめぇの為だけにやってるんじゃねぇんだぞ！」

「ユキ、お願いだから止めて！　キャプテンだってそれくらい」

困惑しながら制止してくる汐里には悪いが、ここで終わるわけにはいかない。

「分かってないから言ってるんだ。コイツは高宮先輩のことなんて何も興味がない。自分のことしか考えてない。そんな奴《やつ》にいつまでも居座られたら迷惑なんだよ」

ギリギリと万力のように力を込めていく。

「ち、違う。俺は涼音の為に……隣に立つ資格が欲しかった……俺にはなにもないから」

「隣？　馬鹿を言うな。高宮先輩はとっくにアンタを見限ったぞ」

「なに……？　す、涼音……？」

息も絶え絶えに高宮先輩の方へ視線を向ける。

「……ごめんね敏郎。もうアンタに付き合いきれない」

俺の隣に高宮先輩が並ぶ。摑んでいた手を放すと、ドサリと熱血先輩が地面に落ちる。

「嘘《うそ》だ！　どうして……？」

「それが分からないから、てめぇは無能だって言うんだよ！」

「敏郎が悪いんでしょ！　いつまでもいつまでも、私はそんなこと望んでなかった！」

「違う、違うんだ！　涼音、俺は君のことが本当に――」

「もういい！　私は敏郎のことなんてどうでもいいから」

白熱する熱血先輩と高宮先輩の痴話喧嘩《ちわげんか》。夫婦喧嘩は犬も食わないらしいが、むしろ食べる動物がいたら逆に怖い。栄養価低そうだし、身体《からだ》に悪そうだ。

俺そっちのけで言い争いしているところ悪いけど、超目立ってない？

他校生の中には、のっぴきならない事態になったら止めに入ろうと固唾を呑《の》んで見守っている人達もいる。善人がすぎる。

お、アレは爽やかイケメンの知り合い大郷《だいごう》先輩。おーい、こっちこっち久しぶり！

それにしても、ここまで目立ってしまうのは想定外だ。どうしようこれ……。

そろそろマジで小百合《さゆり》先生にお仕置きされかねない。季節も季節だしお中元でも送ろう。

そうだ、俺にはアレがあるじゃないか！　鞄《かばん》からバニーマンマスクを取り出す。カポッ
「巳芳《みほう》君、これって……」

「そうか！　この流れ、雪兎《ゆきと》お前まさか――」

勘のいい爽やかイケメンと汐里は気づいたか。なにせ二人は前回の当事者だ。

そう、俺は爽やかイケメンのアイデアを借りパクしたというわけだ。

しかし、ただ借りパクするだけじゃつまらない。派手にいこうじゃないか！

「ウサッサッサッサ。涼音はこのバニーマンの嫁になってもらうウサ」

「待ってくれ！　涼音、俺達《たち》はもう終わりなのか!?　もう手遅れなのか……？」

「敏郎みたいなクズより九重く――バ、バニーマンの方が素敵だもの。将来性もあるし」

「可愛《かわい》がってやるウサ」

「敏郎も馬鹿だね。初めてだってもうバニーマンに――」

試合に負けたときよりも、その表情に遥《はる》かに深い絶望を纏《まと》って、熱血先輩が座り込む。

高宮先輩に最後の希望も潰されてしまったのかもしれない。

初めてってなに!?　やりすぎなんですけど！　熱血先輩の心を折ったら元も子もない。

この計画は、古来より受け継がれし伝統芸「追放」↓「覚醒」の二本立てだ。

熱血先輩の奮起を促すつもりが、目論見《もくろみ》が破綻しかけている。

ここから俺と勝負する気力がなければ始まらない。今や腑《ふ》抜けた熱血先輩は消極先輩だ。

計画の修正を余儀なくされていると、察した爽やかイケメンが助け船を出してくれる。

「だったらバニーマン。お前からボールを奪えたら、追放を撤回しろ！」

コイツ、良い奴！　逆に胡散臭《うさんくさ》いけど、コイツ、良い奴！

「自惚《うぬぼ》れるなウサ。このバニーマンからボールを奪えると思ってるウサ？」

「やってやるさ、今度こそ。キャプテン、高宮先輩を取り返しましょう！」

「巳芳、お前は……」

「いつまでもやられっ放しでいいんですか？　不完全燃焼のまま終わりたいんですか？」

「でも、もう涼音は！」

「本当にダサくて恰好《かっこう》悪い男。私、なんでこんな奴を好きだったんだろ」

高宮先輩が煽《あお》り立てる。さっきやりすぎて心を折ったことをまるで反省していない。

だが、不思議とその言葉は熱血先輩の心に届いていた。

「好き……そうか、君はちゃんと、俺のことを好きでいてくれたのか……なのに俺は！」

熱血先輩が拳でアスファルトを叩《たた》く。その目に、闘志を取り戻していた。

「自信がなかった。……怖かったんだ。でもそれは独りよがりで、君を苦しめていたんだな。いつの間にか、一番大切な君のことを見ていなかった……馬鹿だな俺は」

「敏郎、もう遅いよ」

「それでも！」

盛り上がってるところすみません、そろそろ進めていい？

「お前みたいなクソ雑魚が涼音《すずね》を取り戻す？　笑わせるなウサ。だったら、遠巻きに見てるそこの連中もまとめて相手してやるウサ。雑魚ばっかりで欠伸《あくび》が出るウサからなー」

さっきからやたらパシャパシャ写真を撮られたり、握手を求められたりしている。

もしや百真《ひゃくま》先輩の言っていた通り、俺の知らないところで本当にバズってたりする？

いつの間にかシリアスな空気は消し飛び、ほのぼのした空気に包まれているが、気を取り直す。大会のフィナーレにはまるで相応《ふさわ》しくない茶番だが、今更止められない。

「光喜《こうき》、面白いことやってるじゃないか」

「大郷先輩？　ブロック優勝おめでとうございます」

「お前達と決勝リーグで戦えないのが残念だ。そう思わないか凱《がい》？」

「大郷、久しいな。それと光喜も。バスケ、続けてたんだな」

「はい。アイツを見つけましたから」

「アイツ、アイツか。フンッ、忌々しい。会いたくなんてなかったがな。動画でバニーマンの動きを見たとき、もしかしてと思った。隣にお前がいるのも驚きだったが、会ったら聞こうと思ってたんだ。だが、今日の試合を見て確信したよ。あの男、俺達の――」

「どうです久我《くが》先輩。リベンジして行きませんか？」

「この令和に道場破りとは馬鹿なことだと思っていたが、なるほど、面白い」

爽やかイケメンは爽やかイケメンで盛り上がっていた。

ゆらりと、熱血先輩が立ち上がる。

「やろうか、九重雪兎。いや、バニーマン！」

俄然《がぜん》、周囲が沸き立つ。その場のテンションって恐ろしい。この人達、恥ずかしげもなくバニーマンとか言ってるけど、後で絶対後悔するじゃん。その筆頭が俺だ。

「汐里《しおり》、人、集まりすぎじゃないか？」

「自業自得だよ」

こうして『チキチキ花嫁争奪・バニーマンＶＳ学生連合』の世紀の大凡戦は幕を開けた。


「クソッ！　光喜、アイツの体力はどうなってやがる！」

肩で息をしながら、大郷はバニーマンの動きを注意深く観察していた。隙ならあるはずだ。体力だって無限じゃない。突破口を見つけ出そうと、感覚を研ぎ澄ませる。

膨れ上がった参加者。決勝リーグ進出を決めた有力校の選手も次々挑戦する中、バニーマンは依然としてボールをキープし続けていた。

「俺達は今日、一度しか試合してませんからね。体力が余ってるんですよ」

「そういう問題じゃないだろ」

大郷と同じように、久我もまた、一旦引いて態勢を整える。

「なんだ光喜。お前、泣いてるのか？」

大郷の言葉に、返事をせず頬を触る。これはきっと汗じゃない。

試合終了後、光喜の胸中には不甲斐《ふがい》なさが渦巻いていた。悔しさに拳を握る。

四回戦敗退。試合結果に不満はない。全力で挑んで負けた。充実した日々だった。このまま練習を続けていけば、いつかもっと大きな舞台に辿《たど》り着けるかもしれない。そう思っていた。漠然と、ただそう思うだけだった。

「なんだか懐かしいですね久我先輩」

「俺達にとっては嫌な記憶だがな。涙を拭え。なんでそんなに嬉《うれ》しそうなんだ」

大郷、久我。そして当時二年生だった光喜。この三人は同じ中学、そして同じバスケ部に所属していた。光喜は一つ下の後輩だが、共に切磋《せっさ》琢磨《たくま》する仲間だった。

そしてあの日、敗北という屈辱を味わい、光喜は先輩達の想《おも》いを受け継いだ。

光喜の視線の先には、先輩達と自分に立ち塞がった因縁の男が立っている。

「アイツはまだまだ俺達の壁なんだなと思って」

「四回戦であっさり負けといて恰好付けるな」

「そう言っていられるのも今のうちですよ！」

火村敏郎《ひむらとしろう》が突っ込んでいくのを、バニーマンが容易《たやす》くあしらっていた。

入れ替わるように光喜も突っ込むが、バランスを保つことができず、姿勢を崩される。

「届かない、届くはずなんてないよな！　俺達がお前を孤独にしたんだから！」

「なにこのテンションの高い爽やかイケメン。こわっ」

光喜は思う。自分が、少なくとも今の自分が及ばないのは当然なのだと。

光喜は知った。九重雪兎のノートを見てしまったから。

そこにはびっしりと対戦相手のデータが記されていた。レギュラーの詳細、利き腕、どんなタイプの選手がいるか、どんな戦法を得意としているか、すぐに集まるものじゃない。これまでコツコツと時間をかけて九重《ここのえ》雪兎が集めていたのだろう。恐らく武者修行の合間も。研究を重ねて、戦術を練って、戦力を底上げして。

だが、それを共有することはなかった。使わずに終わった切り札。

勝ちたいなら使うべきだ。そんなものがあるなら活用すべきだ。なのに何故《なぜ》？

しかし、それは恥ずべき発想。勝ちたいなら、何故他の誰もそれをしていないのか。

ましてや、入部したばかりの一年生が考慮することじゃない。努力が圧倒的に及ばない。

所詮は人任せ。同じことは誰でもできた。なのに誰もやらなかった。その提案すらも。

逆に何故、九重雪兎だけがそれをしなければならないのか。無責任な責任の押し付け。

もし誰かが一言でも口にすれば、九重雪兎はノートを提示しただろう。

自問自答を繰り返す。自分は本気で相手に勝とうとしていたのかと。

チームメイトの誰も本気で勝とうとしていない、大仰に未来を語るだけの空想家。今この瞬間、勝つことを蔑《ないがし》ろにして、いつだって本気だった男を孤独にさせたのは光喜達だ。

光喜達はこれまで上手《うま》くなる為《ため》の努力をしてきた。武者修行と称した道場破りもその一環だ。効果はあった。確実に力を付け始めていた。火村含め、バスケ部は急速に力を付けて上手くなった。だが、それだけでは足りなかった。

勝つ為の努力。相手に打ち勝つ。ただその為に、何が必要で、どうすればいいのか。

漠然としたまま、それを突き詰めたりなどしてこなかった。ただ一人を除いて。

相手のデータはあった。それがあれば四回戦を突破できたかもしれない。

しかし、その努力をしていたのは結局、九重雪兎だけだった。必然の敗北。

それは紛れもなく、九重雪兎が以前言っていた『甘ったれた根性』に他ならない。

インターハイなど、口にできるはずもない。本気なのだと、口が裂けても言えない。

技術ではなく精神が、同じ領域に達していないことは明らかだ。

熱量が、努力の質が、勝利に対する飽くなき探求と渇望が、何もかもが足りてない。

光喜は思い出していた。過去には自分もそんな努力をしていたことを。二年の夏に敗北し、先輩達と、なんとしてでも次は勝つと、仮想敵を想定し練習に明け暮れた日々。

濃密だったあの期間に、自分は大きく伸びたと、光喜は自覚していた。

だからだろう、それを突き付けられたこの瞬間、そして同じ熱量を持って過ごした先輩達が隣にいることが、楽しくて、嬉しくて、頼もしくて、不甲斐ない自分を叱咤《しった》する。

悔しい。負けたままでいることが、そんな場所に甘んじていることが。

一度挑戦し、満足したのか参加者は徐々に減り始めていた。

結果がどうなるのか、ギャラリーとなって固唾を呑んで見守っている。

そんな中、諦めるわけにはいかない火村敏郎だけが何度も何度も挑み続けていた。

「ぐぅっ！」

「敏郎!?」

「火村先輩！」

ガクリと膝から力が抜け、勢い余って激しく転倒する。

捻《ひね》ったのか、足首を押さえて蹲《うずくま》る火村に、神代《かみしろ》と高宮《たかみや》が駆け寄る。

神代は鞄からテーピングを取り出すと、素早く患部に巻き始めた。

「もう諦めなよ！　敏郎が勝てるわけないでしょ！」

「勝つさ涼音。必ず。今だけは、今日だけは、俺は勝つ！」

「その足でどうやるって言うのよ！」

フラフラと立ち上がる火村の姿に光喜は決意を固める。

「先輩達、協力してくれませんか。部長を勝たせてやりたいんです」

「乗り掛かった船だ。今日こそあのマスクを剝いでやる」

「試合終わりに余計疲れさせるな」

大郷《だいごう》がニヤリと笑い、久我が呆《あき》れたように愚痴を零《こぼ》す。

（いつかお前の隣に並んで、お前と一緒に俺は——！）

勲章を手に入れる。それは何物にも代えがたい青春になるはずだ。

ただ我武者羅に、過去の未練と後悔を断ち切るように、光喜達は駆け出した。

その先に待つのが、栄光だと信じて。


攻防がこれだけ長く続けば消耗するのは当然だ。

流石《さすが》の九重雪兎《ゆきと》ことバニーマンも随分と体力を削られているのか、苦しそうにしている。

それでもまだボールを手離さない。恐るべき技量と気力だった。

巳芳達《みほうたち》も負けず劣らず喰《く》らい付いている。激しい消耗戦。

頼もしくて、有望な一年生達。バスケ部の未来は明るい。

足を引っ張っていたのは、俺達上級生だ。

「……分かっていたんだ。俺は最初から間違えていた」

涼音に活躍する姿を見せたいと九重雪兎をバスケ部に勧誘したが、思えばそれが間違いだった。

いつしか目的はすり替わり、気づかないまま涼音を苦しめていた。

そんな愚かな俺の為に、こんな馬鹿げた大舞台を用意してくれた。

最後に立ち塞がってくれた。最大の敵として。俺の誇りの為だけに。

走馬灯のように思い返す。刺激的な数ヶ月だった。毎日成長していくのが実感できた。

満を持して挑んだ最後の夏は、四回戦敗退。

悔いがないと言えば嘘《うそ》になる。もっと早く真剣に打ち込んでいればと思うが、誇れる結果。俺達は情けない上級生だった。バスケ部を変えたのは一年生。

何もかも依存して、挙句追放され、これほど完璧にお膳立てまでされてしまった。

だったら、俺が台無しにするわけにはいかない。

九重雪兎にこんな茶番をさせたのも、涼音をそんな茶番に乗るほど追い詰めたのも俺だ。

何度となく、足を引きずりながら挑み、あえなく叩《たた》き潰される。

結局、一度だって勝てなかった。部長の肩書が泣いている。

テーピングの感触を確かめる。転倒してから約十五分、違和感なく馴染《なじ》んでいる。

とうに体力の限界を超えていた。恐らくもう何度も立ち上がれないだろう。

それは九重雪兎も巳芳達も同じだ。こんな俺に付き合わせてしまったことが申し訳ない。

エンディングが迫っていた。たった一度きりのチャンス。失敗は許されない。

このゲームを終わらせる資格は、俺にしかない。

その為に涼音も、九重雪兎も巳芳達も必死になりながら藻掻《もが》いている。

地面に這《は》いつくばっていた。満身創痍《まんしんそうい》。だが、それはアイツも一緒だ。

九重雪兎が入部してからの数ヶ月を思い出していた。遥《はる》かな高み、希望を見せられた。

目標を掲げて、力強く前のめりに、俺達は成長してきた。そして、甘えを断罪され、絶望を味わい、今、ボロ雑巾のように地面に倒れ伏している。

まるでジェットコースターのような起伏に飛んだ毎日。とてつもなく楽しかった。

「……九重雪兎に礼を言わなきゃな。ここまで連れてきてくれたこと」

俺は応えないといけない。これまでの日々に。そして、涼音に。

耳を澄ませば声が聞こえる。こんなにも無様な俺を、信じて応援してくれる声が。

重い身体《からだ》で起き上がり、息を整える。奮い立たせるように、言葉を紡ぐ。

「これは試合じゃない。勝負なんだ。どんな手を使っても。だったら――」

まるで物語の主役になったような、世界の中心にいるかのような奇妙な感覚。

そうか、俺の人生の主役は俺だ。そんな当たり前の事実に今更気づく。

他人なんて関係なかった。なのに周囲の雑音を気にして、涼音《すずね》を傷つけた。

痛みを堪《こら》えるように、足を庇《かば》うように、ぎこちない動きで勝負を挑む。

駆け出す俺を、すぐにバニーマンが迎え撃とうとするが、俺は足がもつれ倒れかける。

ガクンッと膝から力が抜ける。一瞬、バニーマンが動きを止める。刹那の躊躇《ちゅうちょ》。大怪我《おおけが》の可能性がよぎったのか、バニーマンが転倒を防ごうと、こちらに手を伸ばす。

何処《どこ》までいっても優しい後輩。生意気でストイックで、破天荒な、それでいて厳しい。

テーピングが巻かれた足でグッと踏み込み、力を込める。

爆発するようなイメージで、身体を投げ出す。

「最後くらい、恰好《かっこう》いいところ見せろ馬鹿ァ！」

涼音の声に後押しされるように、精一杯ボールに手を伸ばす。

「届けぇぇぇぇぇぇぇええええ！」

バニーマンが驚いたような表情を浮かべる。思えば、九重雪兎はいつも無表情だった。

なのにどうだ！　してやったり。俺だっていつもお前にやられてばかりじゃないんだ！

抱きしめるようにボールを抱え込む。絶対に離さない。ボールも涼音も。

勢いそのままに転がりながらギャラリーまで突っ込んだ。

「足の怪我、フェイクでしたか」

「……これくらいしないと、お前には勝てないからな。一世一代の大勝負だ」

「お見事です」

勲章のように、ボールを高々と真上に持ち上げる。

割れんばかりの大歓声が俺を包んだ。

「涼音、俺は君が好きだ！　俺と結婚して欲しい！」

「け、結婚って!?　付き合ってもないのに、一足飛びすぎるでしょ！」

「涼音のことが好きだ！　誰にも渡したくない、離れたくない。隣にいて欲しい。俺は君を悲しませた。馬鹿な見栄《みえ》を張って、くだらないプライドを守ろうとした。でも、もう二度と繰り返さない！　君を必ず幸せにする！　俺は君が、涼音が欲しい！」

「……馬鹿。私も敏郎のことが好き！　待ってたんだからね！」

二人が抱き合う。感動的な光景。悲しいままの夏で終わらずに済んだ。

「ちゃんと勉強しなきゃダメだよ」

熱血先輩がこちらに振り向く。バニーマンマスクは既に脱いでいる。暑いし。

「俺はバスケ部を引退する。もう思い残すことはない。だから九重雪兎、後は頼む」

「だが断る」

「いい雰囲気だったのに、断るなよ！」

「一年生なんで」

「それはそうだが……」

締まらない最後だったが、これだけ大勢のギャラリーがいる前での公開告白に、あちらこちらから祝福の歓声と拍手が飛び交う。俺達も三角帽子でクラッカーを鳴らしておいた。

「それはともかく、おめでとうございます」

「よかったですね高宮先輩！」

「神代さん、いつこんなの準備していたの？」

「これはユキが前もって……」

備えあれば憂いなし。

「巳芳、俺は勝ったぞ！」

「おめでとうございます！　先輩の執念が届いたんですね」

「次はお前の番だ。堂々とコイツを打ち負かせ！」

「はい！」

同じ部活の仲間だというのに、なんか俺だけハブられていた。

ようやく一息つく。このふざけた茶番もこれで終わりだ。とにかく疲れ果てた。

特に俺を執拗《しつよう》に潰そうと画策する爽やかイケメン御一行様の猛攻は偏執的すぎた。

この人達、絶対俺のこと嫌いでしょ？　いつか復讐《ふくしゅう》しようと思います。まる。

「九重雪兎。世話になったな。――俺を追放してくれて、ありがとう」

「追放した側は悪役ですよ」

「ハハッ、そうだな。まったく、その通りだ！　お前は悪い奴《やつ》だよ」

熱血先輩が豪快に笑う。その隣で、高宮先輩も楽しそうに笑っていた。

二人の門出を祝福するかのように、いつまでも拍手が鳴り響いていた。


後にこの騒動が『バニーマンの奇跡』として、全国を駆け巡ることをまだ誰も知らない。

恋愛祈願のアイコンとして、ウサギは長く愛されるようになっていく。

愛の伝道師、怪人バニーマンの都市伝説は、ますます混迷を深めていくのだった。

◆

「上手《うま》くいってよかったね！」

「かなり強引だったけどな」

大会からの帰り道、コンビニで買ったアイスを食べながらユキと一緒に歩く。

暑さで溶け始めたチョコが、口からこぼれ落ちそうになるのを慌ててせき止める。苦戦しながら棒アイスを食べきる平穏で幸福な時間。私の心はフワフワと夢見心地のまま。

「あの二人、どうなるかな？」

「そこまでは責任持てないな」

「そうだよね。……そこから先は、先輩達の物語だもん」

介入できるのは、手伝えるのはここまでだ。二人には手助けが必要だった。

まるで映画のエキストラにでもなったような感動的な体験。奇跡を目撃した。

困難を乗り越えて結ばれた二人のハッピーエンド。ロマンティックで憧れを抱く。

あの場にいた人達の多くが、私と同じように、そんな気持ちだったに違いない。

試合に負けて、落ち込んでいたはずなのに、ユキだけは違うところを見ていた。

そのことが、少しだけ悔しい。ユキと同じ方向を向いていない自分が情けない。

男子バスケ部のマネージャーになった。ユキは受け入れてくれたけど、物足りない。

火村《ひむら》先輩が焦っていることも、高宮先輩が苦しんでいることにも気づかなかった。

ユキの力になりたいと、役に立ちたいと、そう思っていたのに、何も果たせないままで。

「幸せになれるといいね」

「熱血先輩なら大丈夫だろ。覚醒したし」

「うん」

ユキは周囲を幸せにする。傷つけただけの私とは大違い。

私は、ユキから奪うことだけしかできないのに。

「無力だなぁ……」

成長してない。伸びるのは身長だけだ。いつまで経《た》っても、人の気持ちを考えられない。

「君はよくやっていると思うが」

「そんなんじゃないよ。私なんてなにも――」

優しさに胸が締め付けられる。ダメだよ、私はまだ何も返せてないのに！　腕時計を撫《な》でる。出会ってから今日まで、もらってばかりだ。

ユキに助けてもらった。守ってもらった。救ってもらった。作ってもらって、赦《ゆる》してもらった。なにより、沢山の幸せをもらったんだ。返しきれないほど沢山の。

これまで一方的にその優しさを享受し続けてきた。

私はユキに幸せにしてもらったのに、私はユキを幸せにできない。

誰がユキを幸せにするの？　ユキの幸せは何処にあるの？

「汐里《しおり》、君はこれからどうしたい？」

「どうって……」

私がしたいことはいつだって決まっている。ユキの力になりたい。それだけだ。

「バスケ部はウインターカップまで自主練だ。武者修行は続けるが、俺はしばらく美術部に通う。練習メニューは用意してあるし、自分達に足りないものを考えるのも練習の一環だ。それに熱血先輩の問題が解決した今、次の目標も未設定だし」

「……そうなんだ」

ユキは忙しい。美術部に通うのも誰かにとって必要なことなんだろう。

「君も気づいているだろうが、本来男バスにマネージャーは必要ない。これといってやることもないし」

「……そうだね。私、何も貢献できてない」

「誰もそんなこと言ってないだろ。やる気という面で君の存在はプラスでしかない」

私はちゃんと貢献できてるのかな？　役に立ってるのかな？

男バスの部員は少ないし、雑用だって殆《ほとん》どない。そもそもマネージャーがいない部活の方が普通だ。そういう意味でも男バスは特殊だった。ユキが用意してくれたから、私の居場所があるだけだ。

「汐里、君は女バスに参加してこい。部長に話は通してある」

「え？　でも、私はユキと――」

「なら、マネージャーとして籍を置いたままでいい。試合のときに顔を出して応援してくれればそれでいいさ。汐里、君はどうしてこの学校に来た？」

「それは！　ユキを追いかけて……。あのまま終わりたくなんてなかったから」

紛れもない本心。ただそれだけを目的に脇目もふらず走ってきた。

「それでいいのか？」

「……え？」

「否定はしない。これは灯凪《ひなぎ》にも言ったが……なんというか、君達《たち》は盲目的すぎる。もう少し視野を広く持って、幸せに貪欲になれ。欲しいものを全て手に入れるくらいの気概を見せろ。時間なんて幾らでもあるんだから。ＣＧ回収率は一〇〇％を目指すべきだ」

盲目的。そう言われても仕方ない。ユキだけを見て、その背中に追い付きたくて必死だった。他のことを考える余裕なんてなかった。焦燥が不安が私を駆り立てていた。

「汐里、俺は何処にもいかない。俺はここにいる」

「――ッ！」

そっか、もう、ユキの背中を追いかける必要はないんだ。すんなりと理解する。

じわじわとユキの言葉が胸に染み込んでいく。一つの恋が終わったんだ。

追いかけるばかりの、辛《つら》かった恋が。――これからは、

「君は君のことを必要としている場所へ行って楽しんでこい。やりたいことなんて幾つあってもいいんだよ。俺なんてただでさえ時間が足りなくてヒーヒー言ってるのに」

ユキのことだけしか見てこなかったから、火村先輩の焦りにも、高宮《たかみや》先輩の不安にも気づかなかった。まだまだ私は修業が足りない。だったら、より沢山経験を積めばいい。

ユキはいつだってそうしてるじゃない！

もっともっと素敵で魅力的なそんな人間になって、ユキに好きになってもらう。

それが私の、次の目標。

「ユキ、私、女バスを優勝させてくるね！」

「君はそれくらい元気な方がらしいな。高校生なんだ。青春を謳歌《おうか》しろ」

「うん！」

ユキは私のこともちゃんと見てくれていた。それが何よりも嬉《うれ》しくて。

「これからちょっと寄るところがある。ここでお別れだ」

「そっか。じゃあ、また学校で！」

別れ道の踏み切り。カンカンカンカンと警報機が鳴り、遮断機が下りる。

去っていく背中に、居ても立っても居られず、私は叫んでいた。

「――私じゃ、ダメかな！」

声が届いたのか、ピタリとユキが動きを止める。

「――私じゃ、ユキを幸せにできないのかな！」

好きだ。大好きだ。でも、なによりもまず、私は返したいんだ。この想《おも》いを、形にして。

逡巡《しゅんじゅん》するように、振り向くような仕草。

電車が通過し、視線が遮られる。

一瞬とも永遠とも付かない時間が過ぎ去り、開かれる視界。

線路の向こうに、ユキの姿はなかった。

第三章「ＳＮＳ症候群」

吾輩《わがはい》はクズである。名前を九重《ここのえ》雪兎《ゆきと》という。

などと、言葉にしても意味はないが、自然と出てしまうのはしょうがない。しょうがないったらしょうがない。

「暑い……」

今日も三十度を超えていた。初夏を迎え、痛いほどの日差しがじりじりと照りつける。セミの鳴き声をＢＧＭにしながら、俺は至極当然のことに気づいてしまった。

決して眼前の光景にショックを受けたわけではない。セミファイナルにビビったわけでもない。しいて言えばそれは納得だった。すんなり理解する現実。

俺はショッピングモールに向かっていた。育ち盛りなので、身長も伸びている。中学の頃に使っていた水着は小さくなっていた。授業程度でしか使わないので滅多に着る機会はないが、大人のお姉さんに誘われてしまえば、そういうわけにもいかない。

澪《みお》さんとトリスティさんから水着を選んで欲しいと誘われたが、流石《さすが》にそれは断った。

幾ら何でもそんなイベント、これまで彼女がいたことがない俺にとっては無理難題、六波羅探題だ。二人共、スタイルに優れている。特にハーフのトリスティさんは何とは言わないが、出る所が出ていて、色々とスゴイ。アレはもうエアバッグだよ！

駅から出ると、遠目に見知った姿を見かける。エアバッグが揺れていた。

渦中の人物、トリスティさんの眩《まぶ》しいその髪色は傍目《はため》にもとても目立っている。

声を掛けるべきか迷うが止《や》めた。トリスティさんとの関係はとても奇妙だ。

俺は被害者であり、相手は加害者。事故によって偶然知り合ったにすぎない。

だというのに、そんな人物から遊びに誘われるというのも不思議なものだ。

俺はトリスティさんと澪さんからプールに行かないかと誘いを受けていた。

お詫《わ》びだと言うが、今となってはＯＫしたことを後悔している。

トリスティさんは負い目がある所為《せい》か、随分と親身になってくれているが、それに甘んじるのは俺にとっても彼女にとってもよくない。

「そりゃあ、あれだけの美人だし彼氏くらいいるよな」

隣にいるのは彼氏だろう。美男美女。待ち合わせでもしていたのか、やってきた彼氏に満面の笑みで駆け寄ると、トリスティさんは勢いよく抱き着いていた。

抱き合っている二人はとてもお似合いだ。理想のカップルを体現している。

俺は本当に誘いを受けてよかったのだろうか。トリスティさんの彼氏からしてみれば、俺は邪魔者でしかない。事故の謝罪も賠償も済んでいる。関係としてはそれまでだ。

これ以上、トリスティさんが俺に関わる理由は存在しない。

二人きりではないとはいえ、男とプールに遊びに行くなんて、彼氏からすれば良い気分はしないだろう。どうしよう、困ったなぁ……。

暑さにやられ、休憩しようと近くのカフェに入る。ハンカチで汗を拭き、アイスコーヒーを注文すると、俺は昨日のことを思い出していた。

昨日、汐里は野球部の次期エースだという二年の鈴木《すずき》先輩から告白されたらしい。わざわざ俺のところに来て、「ちゃんと断ったよユキ！」と、いつも通り快活な笑顔で教えてくれた。律儀と言えばそれまでだが、神代《かみしろ》汐里はモテる。俺のお墨付きだ。

思えば、そのときにも感じていた違和感。汐里は俺に好きだと伝えてくれている。灯凪もそうだ。だが、俺はその返事をしていない。


俺って、ただのクズじゃね？


キープ野郎じゃん。むしろ俺がキープアウトだよ！

よくよく考えてみれば、俺は彼女達が向ける「好意」に対して何も返事をしていない。とんでもないクソ野郎である。万死に値する。

マジ最悪なんですけど……。今まで俺は他者に目を向けることがなかった。拒絶されていると思っていたからだ。俺の世界は俺だけで完結していた。

でも、そうじゃないことを知ってしまった。伸ばされた手を摑《つか》んでしまった。

鈴木先輩がどんな人かは知らない。でも、もし汐里のことが本当に好きで、真剣に告白したのだとしたら、鈴木先輩は俺よりも遥《はる》かに真《ま》っ直《す》ぐ汐里のことを見ている。

汐里が断った告白の中に、もしかしたら、ちゃんと汐里を幸せにしてくれる人が、汐里が向ける好意を受け止められる対等な存在がいたかもしれない。

いつまでも「好意」を探している俺とは違う。

汐里は断ってよかったのか？　あまりにも烏滸《おこ》がましい考え。

本人の意思で断った以上、俺が何かを言う資格はない。

しかし、俺がもっと早く答えを出せていたなら、例えば、俺が汐里の気持ちには応えられないとハッキリ返事をしていたなら、汐里には新しい選択肢があったのかもしれない。

本気だった誰かの告白が報われることがあったのかもしれない。


——俺は残酷なことをしている。

俺は再び誰かを好きになれるのだろうか。いつとも知れないその日が来ることはあるのだろうか。なによりも、そんなことにいつまでも彼女達を付き合わせていいのか？　答えを保留したまま、「好意」が分からないと避けたまま、ずっと同じ場所で停滞していることは、彼女達の未来、可能性を奪うことなのかもしれない。

俺は、彼女達の近くにいていいのかな？

「レオン、久しぶり！　これからは日本にいられるの？」

「あぁ。ようやく俺もこっちに来ることができたよ」

トリスティが兄のレオンと会うのは三年ぶりのことだった。トリスティ達、家族が日本に引っ越してくる中、兄のレオンだけが仕事で海外に残っていた。

そんな兄もようやく仕事の引継ぎを済ませ、この夏から日本で暮らすことが決まった。

しかし、まだ日本の夏に慣れていないのか、うだるような熱気に大量の汗を掻《か》いている。

「早く店内に入ろう。クーラーが恋しいよ」

「日本の夏、暑いもんね。すぐに慣れるよ」

そうは言いつつも、日差しの厳しさから逃げるように、モールに向かう。

「レオンの家は遠いの？」

「駅から二十分だから、いつでも会いに行けるよ」

「そうなんだ。パパもママも喜ぶね！」

「それにしても大変だったね。事故を起こしたんだろ？　大丈夫だった？」

「うん。相手の子がとっても良い人だったから」

「母さんから聞いたときは驚いたよ。トリスティが何事もなくて何よりだ」

兄妹らしいたわいもない雑談をしながら、一緒にモールを回る。

こうしてここでトリスティがレオンと落ち合ったのは、兄が暮らすのに必要なものを揃《そろ》える為《ため》だった。レオンは一人暮らしすることが決まっている。

「……これで必要な物はだいたい揃ったかな。トリスティはどうする？」

「じゃあ次は私の番だね。こっちこっち！」

ひとしきり兄の買い物を済ませると、トリスティは目的の場所へ向かう。

「あれ、水着を買うの？」

「レオンも選びなよ。持ってないでしょ？」

「なんだか随分派手な水着を選んでるけど、彼氏でもできたのかい？」

「ち、違うから！　彼はそんなんじゃ……」

「おっと、図星だったか。今度、紹介してくれよ」

「違うってば！　ユキト君は事故の相手で――」

「事故？　なんだい？　運命の相手ってこと？　ジャパニーズカルチャーだね」

「そんなんじゃないの！」

ワタワタと否定するが、顔がサッと赤くなるのをトリスティは感じていた。

真剣な目で水着を選ぶ妹の様子をレオンは微笑《ほほえ》ましく眺めるのだった。

◇

「アウェーとはこのことか……」

夏に差し掛かり、日が暮れるのも随分と遅くなっている。

夕暮れから夜の暗闇に移り変わろうとしている。空を見上げると、曜変天目のような鮮やかな藍色に染まっていた。

俺は随分と場違いなところに来ている。ここにいるだけで俺の陰キャとしてのアイデンティティがクライシスしようとしている。俺は誰だ？　九重雪兎だ。本当にそうか？

陽気な周囲の喧騒《けんそう》を尻目に俺の心は曇り模様だった。

「ユキト君、お待たせ！」

「ちょっと、そんなに慌てなくても逃げないわよ」

「俺としては逃げ出したい限りです」

しかし、回り込まれてしまった！　更衣室から二人が出てくる。一気に華やかになった。

俺は澪さんとトリスティさんに誘われてナイトプールに来ていた。

陰キャには大ダメージを受ける呪文である。既に青息吐息だ。

夏といえば、B級サメ映画を観《み》て過ごすくらいしかやることがない俺には到底縁のない場所と言える。プライオリティ低めである。

よりにもよってそんなところに来てしまうとは、陰キャ界の風上にも置けない男がこの俺、九重雪兎であった。

澪さんとトリスティさんを一目見て、自然と口から感想が漏れる。

「エッッッッッッ！」

「ちょ、直球すぎないかな!?」

「そんなに見られると恥ずかしいわね……」

「布面積足りてなくないですか？」

「ちょっと派手だった？　気合入れてみたの！」

「はぁ。スタイルがいいと得よね。羨ましい限りだわ」

「どっちもどっちだと思う」

「どっちの水着が君の好み？」

「そうだよ。どっちが好き？」

「そういう不協和音しか生まない選択肢を突き付けるの止めてもらっていいですか？」

それ絶対、友情に罅《ひび》が入るやつじゃん。誰も得しない。

「私を選んでくれたらサービスしちゃうんだけどなー」

「俺、サービス残業は認めない主義なんで」

「じゃあ、選ばなくてもサービスしてあげるねっ！」

「残業代払います」

トリスティさんにサービス（？）された。嬉《うれ》しかった。

お詫びをかねて遊びに行こうと誘われたのはいいが、まさかナイトプールだとは予想もしていなかった。日中よりは快適かもしれないが、俺には暗くてジメジメした鍾乳《しょうにゅう》洞《どう》か風穴の方が向いている。しかし、そんなところに誘ってくれそうな知り合いはいない。

ま、知り合い自体少ないけどな！

そんな自虐をかましていると、早速両脇に並ばれ退路を塞がれてしまった。

「今日は思いっきり遊ぼうね！」

「雪兎《ゆきと》君、どう似合ってる？」

「素敵です。さながらロココ様式のような」

「誉《ほ》め言葉《ことば》と受け取っていいのかしらそれ？」

「それはもう」

水着の感想を求められた俺はありのままを答える。

だいたい、この状態で否定的な意見など述べられるはずがない。

澪《みお》さんはオフショルダーのビキニ、トリスティさんもビキニだが、スタイル抜群のトリスティさんがビキニを着ているとモデルにしか見えない。

早くも周囲の視線を釘付《くぎづ》けにしている。にもかかわらず、くっついてくるが、今は全員水着である。この状態で接触されるとダイレクトに肌が触れ合ってしまう。

「両手に花ね雪兎君」

「荷が重いです」

「自撮りしようよ自撮り！」

「それ大丈夫ですか？　後でSNSが炎上したりとかしません？」

「大丈夫だよ！　友達しか見てないし」

「特定とかされたくないなぁ……」

「もうされてると思うけど」

「いつから俺の人権がフリーパスに？」

これがSNS社会の闇なのか。

「ねぇねぇ。ユキト君って、普段なにしてるの？」

「普段ですか？　そうですね、トラブルに巻き込まれたりとかでしょうか」

「前回、巻き込んだ私が言うのもなんだけど、あまり怖いこと言わないで」

「ごめんね……。痛かったよね！」

「いえいえ、気にしないでください。いつものことですから」

澪さんとトリスティさんがシュンとしてしまった。

いかんいかん、こうして遊びに誘ってくれたんだ。楽しく過ごさないと損だ。

それに幾ら体質的な問題とは言っても、トラブルが四六時中起こるわけじゃない。

「お姉さん、俺達《たち》と一緒に遊ばない？　そこの子はどっちかの弟とか――」

腕を捻《ひね》り上げ、人のいないプールに投げ捨てる。盛大に水飛沫《みずしぶき》が上がった。

「浩二《こうじ》ぃぃぃぃぃぃぃぃぃぃい！」

「お前、いきなり何を――」

腕を捻り上げ、人のいないプールに投げ捨てる。盛大に水飛沫が上がった。

「信二《しんじ》ぃぃぃぃぃぃぃぃぃいい！　待て、待ってくれ！　悪かった！　俺達は別に無理矢理誘ってるわけじゃ――」

腕を捻り上げ、人のいないプールに投げ捨てる。盛大に水飛沫が上がった。

「俺は雄二《ゆうじ》だぁぁぁぁぁぁぁぁああ！」

フェードアウトしていく自己紹介を聞き流しながら、俺は安堵《あんど》していた。

「今日は平和だな」

トラブルと無縁の一日だってあるさ。この治安の良い日本で、そんなに毎日毎日騒動が起こっていたら俺の身が持たない。こんな平穏な日が続いて欲しいものだ。

「君って、本当にアレだよね」

どれだよ。

「ユキト君の近くにいるのが、一番安全な気がする！　遊ぼ遊ぼ！」

やれやれ。と、思わず肩を竦《すく》める。ついついそんなやれやれ系主人公ぶってみる俺だったが、正直、遊びまくった。どうやら俺にやれやれ系は向かないらしい。

だってプールとか久しぶりなんだもん。

「それにしても、なにかあったんですかね？」

「当事者意識皆無よね君」

先程から、陽キャなお姉さんやお兄さんからやたら声を掛けられる。

爆笑していたお兄さんが奢《おご》ってくれたフランクフルトを食べながら、疑問に思う。

「こんなに貰《もら》っちゃった……」

澪さんとトリスティさんも、奢ってもらった食事やドリンクに戸惑っている。

そういえば、さっきポイ捨てした三人組こと3Gは、近くにいたお姉さん達から、声を掛けられたりして満更でもなさそうだ。実に微笑ましい光景だった。

自称陰キャぼっちの矜持《きょうじ》として、これまで無闇やたらと陽キャやパリピを敵視していたが、なんだ良い人達ばっかりじゃないか！　俺の目が曇っていただけだ。

「澪さん、このナイトプールって、善人しか入れない規約でもあるんですか？」

「どうしたらそんなに曇った目で現実を見られるのかしら……」

「ユキト君が面白いから、注目されてるんだよ！」

「君なら、将来どこでもやっていけそうな気がする」

はて、俺が注目される要素あったかな？

「そうだ、将来で思い出したけど、雪兎君って将来の進路決めてたりする？」

澪さんからの質問に考える。離島で蜜柑《みかん》は却下された。独立した母さんを手伝うという選択肢もあるが、灯凪《ひなぎ》に否定されたとはいえ、俺はまだ諦めていない。

「野垂れ死にコースかと」

「怖すぎるよ！　ブラック労働どころの問題じゃないよ」

「雪兎君、発言がホラーなのは夏だけにしましょうね。とにかく、何も考えていないというのは分かったわ。でも、それを言うなら私達も変わらないのかも」

困ったように澪さんが苦笑する。

「進路がどうかしたんですか？」

「私達はほら、そろそろ就活を考えないといけないから。こうして遊んでいられるのも今だけなの。これからどんどん忙しくなっていくのよね。はぁ、憂鬱だわ」

「もし、どうにもならなくなったら、ユキト君もパパにお願いすれば、なんとかなるから言ってね！　私はこんなんだけど、立派なパパなんだよ」

なにやらトリスティさんのお父上は、外資系企業の日本法人で役員をやっているらしい。

俺は強力なコネを手に入れた！　悪いけど人生コネだよ。それが現実だ。

それにしても、大学生ともなると社会に出る一歩手前だ。いよいよ本格的に将来の人生設計を見据えていく時期に差し掛かっているのだろう。

澪さんやトリスティさんが、自分の望む道へ進めるよう願うばかりだ。

「ユキト君、何か飲む？」

「スポーツドリンクがいいです」

遊び尽くした俺達は着替えて休憩していた。心地よい疲労感に包まれている。

水泳は全身運動だ。思っている以上に体力を消費する。帰ったらすぐに眠ってしまいそう。時間は二十時を過ぎていた。そろそろ帰らないと後が怖い。

「今日は楽しかったわ。雪兎君はこの後どうするの？」

「帰ります。未成年なので、そうそう深夜まで遊んでいるわけにもいきません」

「そっか、そうだよね。また誘っていいかな？」

「はい。それはもう。俺も楽しかったので」

澪さん達と出掛けることを伝えたら母さんと姉さんがやたら不機嫌だった。

これで深夜帰りなどしたらどうなるか分からない。

「あの、よかったらユキト君、今度家に遊びに来ない？　家族でＢＢＱするんだ」

「トリスティさんの家にですか？　それはちょっと抵抗が……」

「ダメかな？」

悲しそうな様子で、伏し目がちになるトリスティさんだが、本当なら今日もこうして遊んでいる中、気になっていたことがあった。

「流石《さすが》に彼氏さんに悪いですよ」

「彼氏？　誰に？」

「あれ、トリスティさん彼氏いますよね？」

「い、いないよ。そんな人！」

「え、でもこの前、モールの前で抱き合っている姿を偶然見かけたんですけど」

「どういうことなのトリスティ？」

「本当にいないから！　モールって……ひょっとして、お兄ちゃんのこと？」

「お兄さんだったんですか？」

「うん。この前、水着を買いに行ったとき、お兄ちゃん――レオンもやっとこっちに来ることができたから会ってただけで彼氏とかじゃないから！」

「彼氏がいるのに俺なんかと遊んでいてよかったのか心配だったんです」

「違うから！　絶対、絶対に違うからね！　なんならレオンも会いたいって言ってたし。パパもママも会いたがってるから、今度、家に来てくれないかな？」

「まぁ、それだったら」

いつの間にか面会希望者が増えているが、そうかレオンさんというのか。

トリスティさんとは美男美女のカップルだと思ったが、トリスティさんの兄ならイケメンなのも頷《うなず》ける。ひとまず俺の杞憂《きゆう》だったらしい。

どうやら修羅場は回避されたようだ。よかったよかった。

◆

ごめん嘘《うそ》、全然回避されてなかったわ修羅場。

「これどういうこと？」

自宅に帰って早々、俺は正座させられていた。姉さんは今日も美人だが、今はその怜悧《れいり》な眼差《まなざ》しが俺を射貫《いぬ》いている。だんだん快感になってきた俺です。

スマホにはトリスティさんが送ってくれた自撮りが表示されていた。

「見たままなのですが……」

「随分と楽しそうね。デレデレしちゃって」

「はん、常日頃、真顔すぎて怖いと好評を博している俺がデレデレなど」

「自慢げだけど、全然一切これっぽっちも好評じゃないわよ」

「嘘だろ……」

「自己認識どうなってるのよ。で、どういう関係なの？」

「被害者と加害者というか……」

「は？」

「ひぃん」

以前、トリスティさんは家族で謝罪に来た。おかげで母さんはトリスティさんを知っているが、その場にいなかった姉さんは知らない。

かくかくしかじかと事情を説明すると姉さんに呆《あき》れられる。俺もそう思う。

被害者と加害者が仲良く遊んでいるなど、一見して意味不明である。

「アンタから年上に気に入られるオーラでも出てるのかしら？」

「なにそれ怖い」

姉さんがげんなりと呟《つぶや》いているが、女運の悪さに定評のある俺にとっては笑えない話である。俺にとって女性といえば厄介事という印象が強いが、それでも、俺はそうやって全てを切り捨てることを止《や》めて前に踏み出した。

過去の俺なら今日のような誘いも受けなかっただろう。

それは俺が他者との関係を築きたいと思ったからだ。俺が変わる為《ため》には俺以外の力が必要だった。一方的に向けられている感情をただそのままにはしたくない。

それは卑怯《ひきょう》で罪深い行為だと、そう自覚してしまった。どんな答えであれ、返事をしなければ誰にとっても不幸なまま終わってしまう。停滞はもう沢山だった。

俺はハーレム主人公のような無自覚さで振舞うことはできない。

「これはもう私がマイクロビキニを着るしかないわね」

「見たい！　ハッ!?　思わず本音が……」

「アンタも大概正直ね」

「違うんですこれは条件反射のようなものであり、パブロフの九重雪兎《ここのえゆきと》であって、決して本音というわけでは」

「見たくないの？」

「見たい」

「よろしい」

「いいのか本当に？」

疑問がよぎるが姉さんがヨシと言っているのだからよいのだろう。悪鬼羅刹蔓延《はびこ》るこの九重家で、細かいことを気にしたら負けである。

「で、アンタはその……誰か好きな相手とかいないの？」

「普通、姉弟でそんな話しないのでは？」

「これまで普通とは言えない関係だったでしょ。いいじゃない」

「それはそうなんだけど……」

「それに私だけじゃないわ。母さんも交えて家族会議ね」

「それだけは、それだけは止めてクレメンス……」

「さ、行くわよ」


この後、めちゃくちゃ尋問された。

◇

月曜の朝、教員も生徒も等しくダウナーな空気に支配されている。

憂鬱な気分で「隕石《いんせき》でも落下して学校休みにならないかな」などと、そんな不謹慎なことを誰もが考える中、校内一不謹慎な男がフラッと教室に現れる。

「どうしたの雪兎!? 顔、真っ青だよ！」

慌てて硯川《すずりかわ》が駆け寄る。ただならない様子に、すぐに神代達《かみしろたち》も集まる。

「ユキ、体調悪いの？ 保健室行く？」

「どうしたんだマジで？ 隈《くま》が酷《ひど》いぞ。寝不足か？」

心配した様子で巳芳《みほう》が尋ねる。九重雪兎は息も絶え絶えに呟いた。

「……ギャンブルは……ダメ。ゼッタイ」

ガクリと九重雪兎がその場に力尽きた。

「雪兎、しっかりして！　雪兎ってば!?」

この男がどうしてこんなにも疲労困憊《ひろうこんぱい》なのか、その理由は前日に遡る。


「……酷い雨。一緒に出掛けようと思っていたのに」

母さんが窓の外を眺めながら小さく嘆息する。釣られて俺も空を見上げた。

朝から降り続く雨は勢いを増すばかりだ。切れ目なく分厚い雲が何処《どこ》までも続いている。

昼だというのに、うす暗い室内。家で大人しくしているのが正解だろう。

「そうだ！　たまにはゲームでもして遊びましょうか」

「ゲーム？」

名案を思い付いたとばかりに、母さんがポンと手を叩《たた》く。

これまで母さんと二人でゲームをして遊んだ記憶などないが、やることもなくリビングで暇しているだけに、たまにはいいかもしれない。親子水入らずだ。

「麻雀《マージャン》でもやりましょう」

「二人で？」

「悠璃《ゆうり》がいるじゃない」

「それでも三人だけど」

三人打ち麻雀もあるにはあるが、ルールも変則的だし、三人なら麻雀に拘《こだわ》る必要もない。

いつの間にか部屋から出てきた姉さんがテキパキと雀卓《ジャンたく》を用意している。

「何故《なぜ》我が家に雀卓が？」

消化しきれない謎が幾つも浮かぶ中、チャイムが鳴った。

「ユキちゃん、ハロハロー！　お菓子沢山買ってきたんだ。一緒に食べよ！」

「雪華《せっか》さん？」

おあつらえ向きに、不自然なまでに自然な流れで四人が揃《そろ》う。

こんな悪天候の日に何か重要な用事でもあるのかと思ったが、特にこれといって何もなく、単純に遊びに来ただけらしい。唐突に雪華さんの参加が決まった。

「じゃあ、準備も終わったし着替えてくるね」

「着替え？」

「楽しみにしててねユキちゃん」

あれよあれよと進んでいく状況に付いていけず、ただオウム返しに尋ねる。

一人ぽつんとリビングに取り残され困惑していると、数分後、母さん達が戻ってきた。

「ななな、なにその恰好《かっこう》!?」

「どう、似合うかしら？」

何故か三人はチャイナドレスを着ていた。魅惑の光景。

優雅な足取りで見せつけるようにターンすると、妖艶な色香がこれでもかと溢《あふ》れ出る。

スリットからはみ出る足を惜しげもなく披露して、スラリとした美脚に視線が釘付《くぎづ》けになる。どういうわけか、室内なのにシューズまで履いている拘りっぷりだ。

悠璃さんに至ってはミニだった。挑戦的すぎる。これが若さか……。

これ見よがしに足を組んで椅子に座る。これ見よがしに、そう、これ見よがしにだ！

悠璃さんに羽根扇子で顎を撫《な》でられる。フッとうなじに吐息を吹きかけられた。

「こんな天気だもの。気分くらい盛り上げないとね」

母さんが至極尤《もっと》もらしいことを言っているが、この場から無性に逃げ出したい。

全員、悪の女幹部にしか見えない。「裏切り者には死を」とか言いそう。

「じゃあ、ユキちゃん。早速、始めましょうか」

こうして、俺の理解が及ばぬまま『第一回・九重家麻雀大会』は幕を開けた。


「ロン！」

東《トン》一局、母さんが切った八筒《パーピン》を「やったぜ！」とばかりにロンで上がる。

幸先《さいさき》が良い。雪華さんが買ってきたかりんとうをバリボリ食べながら、内心ほくそ笑む。

チャイナドレスには驚いたが、麻雀大会、勝者にはなんらかの特典があるはずだ。

この勝負、俺がもらう！

「はぁ……。いきなりとかホント姉さんって堪《こら》え性《しょう》がないわよね」

「無理しないのオバサン」

「黙りなさい！　恥ずかしいけど仕方ないわよね」

呆れたような雪華さんと姉さんを無視して、母さんが頬を桜色に染める。

母さんは立ち上がると、大胆に開いた左右のスリットから両手を入れ、穿《は》いていたショーツを股下から下ろしていく。ゆっくり足を抜くと、隣のカゴに入れた。

輝くような眩《まぶ》しくしなやかな太股《ふともも》に見惚《みと》れていたのだが、咄嗟《とっさ》に我に返る。

「……ど、どうして急に脱衣を？」

「麻雀は、相手に振り込んでしまうと、服を一枚脱がなければならないの」

「そんなルールがあって堪《たま》るか！」

母さんがさも当然とばかりに大嘘をつく。幾ら俺が常識知らずの無知とは言え、流石《さすが》にそんなルール聞いたこともない。暴挙を止めるべく姉さんに確認する。

「そうなの？」

「そうよ」

えぇぇぇぇぇぇぇぇぇ!?　だが待て、恐らく母さんと姉さんが共謀しているだけだ。頼む、そうであってくれ！　ですよね雪華さん！

「そうなの!?」

「そうよ」

「そうなんだぁぁぁぁぁぁああ！　すごいねぇぇぇぇぇぇぇぇぇぇぇ！」

魂の叫びが木霊する。え、俺がおかしいの!?　麻雀にそういうルールあるの!?

「主に九十年代にアーケードで流行《はや》ったローカルルールだけど、採用ね」

親切な雪華さんが説明してくれるが、いったい何故そんな野蛮なルールが……？

今やゲームセンターと言えば女性向けを重視したプライズに支配されているが、歴史を紐解《ひもと》くと、かつてはビデオゲームが全盛だった時代があったそうな。

その頃は治安も悪く、店内は薄暗く灰皿が飛び交うような修羅のたまり場だったと聞くが、麻雀の謎ルールもそうした時代の遺物だったのかもしれない。

不味《まず》い、これは不味いぞ！　得体のしれない恐怖に身が竦《すく》む。

この感情こそが『恐怖』だ。まさか母さん達は俺にそのことを教えるつもりで――。

「さ、早く続きを打ちましょう」

麻雀大会には、徐々に不穏な空気が垂れ込め始めた。


「馬鹿な!?　そんなことはありえない！」

東四局、九巡目。姉さんが三萬《ワン》を強打。目を疑う光景に慌てて河を確認する。

ここまで萬子《ワンズ》は捨《す》て牌《はい》で殆《ほとん》ど切られていない。よって誰かが萬子の染め手であることは濃厚。そして捨て牌の傾向から、その可能性が最も高いのは俺だ。

俺はリーチしていて三《サブ》ー六萬《ローワン》の両面《リャンメン》待ちテンパイ。この麻雀は振り込んでしまうと服を脱がなければならない特殊ルールが存在している。

誰だってそんなことはしたくない。母さん達だってなんとしても避けたいはずだ。

だからこそ俺は、相手が待ちを読み易《やす》いようにバレバレのテンパイでリーチした。

萬子、それも三ー六萬を避けるだけの簡単なお仕事。

だというのに、姉さんは超危険牌の三萬をノータイムでツモ切り。自殺行為だ。

「どうしたの？　さっさとロンで上がりなさいな」

「――ッ!?」

疑惑は確信に変わる。完全に俺の待ちを読み切った上でアタリ牌を放銃。

「アンタまさか、見逃してツモ上がりしようなんて思ってないわよね？　真剣勝負でそんな真似《まね》したら許さないから。ペナルティよ。覚えておきなさい」

「……ロン」

為《な》す術《すべ》もなく上がるしかない。力なく牌を倒す。

「あらあら、困ったわ。でもルールだもの。しょうがないわよね。だってルールだもの」

悠璃さんが背中に手を回す。ホックを外したのだろうか、柔らかに揺れた。

服の下から真紅のブラを取り出し、カゴに入れる。

何故だ、何故そんな真似を……――まさか！

「謀ったな！」

「測ってるのはアンタでしょ」

確かに俺は最近、悠璃さんを測っているが、この状況は塞っている。

捨て身の戦術に戦慄を隠せない。そんなにも負けたいというのか!?

このままだと俺は、勝負に勝って脱衣に負ける。うん、よくわからん。

「安心してユキちゃん。私、これ一枚しか着てないから」

「雪華、アナタ抜け駆けしたわね！」

「姉さんみたいなふしだらな母親にそんなこと言われる筋合いないから！」

「どっちもどっちでしょ。大丈夫、アンタには私が振り込んであげるから」

悠璃さんのありがたいお言葉も、今の俺には悪魔の囁《ささや》きにしか聞こえない。

俺はようやくこのデスゲームを理解した。そういえば、さっきから母さん達の間ではロンでの上がりがない。奴等《やつら》はグルだ。負ける為《ため》に手段を選ばない。思えば、雪華さんが家に来たタイミングも怪しすぎる。最初から全てが巧妙に仕組まれていた。

これはつまり、上がってはいけない麻雀。

ロンで上がることは厳禁のツモ上がりのみが許される縛り麻雀ということ。母さんも姉さんも雪華さんも虎視《こし》眈々《たんたん》と俺にアタリ牌を放銃するチャンスを窺《うかが》っている。

極度の緊張。ジョッキに注いだキンキンに冷えたコーラで喉を潤す。ふと、気づく。

「もしもですけど、脱ぐ服がなくなったらどうなるんでしょうか……？」

「心配要らないわ。ちゃんと身体《からだ》で払うから安心して。それに私なんて、脱衣麻雀ゲームで言う所の一面に登場するサービスキャラみたいなものだから、ユキちゃんなら簡単に攻略可能よ。頑張ってねユキちゃん♪」

一片の曇りすら存在しない屈託のない笑顔で雪華さんが言い切った。

「アンタが負けた場合も払ってもらうから」

悠璃さんがその鋭い眼光をギラギラと光らせている。

「クゥーンクゥーン」

飼い主が外出中、留守番で寂しい犬のような声が出た。

よくよく考えたら、どちらの場合でも俺にとって同じ結果にしかならない。

待てよ？　そこで起死回生の一手を閃《ひらめ》く。策士策に溺れるとはまさにこのこと！

これは脱衣麻雀。ならば、ロンを避けつつ相手の点数を削り、役満や倍満などを狙って、高得点の役で一気にトバして点数をマイナスにしてしまえばいい。

「卑劣な奸計《かんけい》、恐るるに足らず！　トバしてやる。トバして強制終了してやるぞ！」

「トンだ場合は責任取ってちゃんと全部脱ぐから安心して」

「ぐぬぬ……」

血も涙もなかった。スポーツ競技において、欧州は勝てないとすぐにルールを改定して自分達《たち》に都合良く物事を進めようとするが、権力を持たない俺は服従するほかない。

戦況を分析する。東四局が終わり残るは南場。発言が事実だとすれば、一枚しか着ていない雪華さんの放銃さえ回避すれば大惨事は避けられるかもしれない。

俺の勝利条件は点数ではなく、如何《いか》に自分の待ちを隠蔽しつつ、相手からの振り込みを避けツモ上がりするかどうかだ。最悪、残りは流局でも構わない。

いつしか外は強風が吹き荒れていた。風に飛ばされた雨粒が窓を叩く。

蒼白《あおじろ》い閃光《せんこう》。近くに落雷が落ちたのか、稲光が雲を切り裂き、雷鳴が轟《とどろ》いた。

一瞬の停電。すぐに回復し照明が灯《とも》る。だが、その瞬間、俺は見てしまった。

三日月のように悪魔じみた笑みを浮かべる三人の姿を！

「――連荘《レンチャン》、するから」

悠璃《ゆうり》さんの口から致命的な言葉が放たれる。グギギギ……拒否できない。

ここにきて家族に逆らえない俺に史上最大のピンチが訪れていた。

全力で打開策を考える。テストより格段に頭を使っている。

ヤバい、この窮地を脱するのにどうすればいい？　教えてくれゼロ!?

「ロン、あ」

「やった！　やっと私の番ね」

うっかり上がってしまい、ウキウキと雪華さんがチャイナドレスに手を掛ける。

「ほ、ほら。折角着替えたんだし、もっと堪能しましょ？　雪華さんのチャイナドレス姿、とっても素敵だからずっと見ていたいなぁって。だから、ね？　ね？　ね？」

「もうユキちゃんったら、そんなに好きなの？　後で好きなだけ着てあげる」

必死に懇願するも、何故かこういう時に限って必ず聞く耳を持ってくれない。

「どいつもこいつも！　えぇい、こうなれば全員ケツの毛まで毟《むし》って、身ぐるみ剝いでやるからな！　覚悟はいいんだな!?　お願い、いいって言わないで！　お願いだから！」

負け犬の遠吠《とおぼ》えに過ぎないが、ファイティングポーズだけは取っておく。

「貴方《あなた》にそんなところまで見られてしまうなんて恥ずかしいわ」

「私は母さんと違って手入れしているから恥ずかしくなんてないけど」

「失礼ね。私だってちゃんとお手入れしています。身ぐるみ剝がされるのとっても楽しみだわ。優しく剝がしてね？」

「私はアンタの身ぐるみも剝ぐから」

「ユキちゃんに身ぐるみ剝がされちゃった――やん♪」

「もうやだこの家族」


こうして悪夢の一日は続く。

『絶対に上がって《ロンで》はいけない麻雀《マージャン》二十四時』はまだ始まったばかり。

◇

「ＳＮＳですか……」

「ええ。大学時代の友人から誘われたのですが、どうにも疎くて」

生徒指導室で三条寺《さんじょうじ》先生とまったりお茶を飲む。今日はどんな指導かとワクワクして足を運んだら、珍しく三条寺先生のお悩み相談だった。

茶飲み仲間としては力になってあげたいところだ。

「本来、私が生徒達に使い方を指導する立場ではありますが、如何《いかん》せんこれまで触れてこなかったので、迷っているのです」

「なるほど……」

「とはいえ、ＳＮＳを使ったトラブルも増えていますからね。主に君のことですが。いつまでも疎いままま、知らないままというわけにもいきませんから」

本当に教育熱心で素敵な先生だ。しかしながら、ＳＮＳといっても世代間格差が存在する。流石に三条寺先生が友人から誘われたＳＮＳが十代向けだったりはしないだろうが、この際、色んなＳＮＳを試してみるのも面白いかもしれない。

「なら、一緒に始めましょう！　俺も初心者ですし、徐々に使い方を覚えていけばいいじゃないですか。まぁ、俺なんて誰もフォローしてくれないと思いますけど」

「君ほど、交友関係の広い人を私は他に知りませんが……」

「え？」

腑《ふ》に落ちないまま、狐《きつね》につままれたような微妙な空気が支配する生徒指導室を後にし、俺は教室へと戻るのだった。

「雪兎《ゆきと》アカウント作るの？　じゃ、じゃあ私も作るね！　やった！　これで相互だ。へへ。後で灯《ひ》織《おり》にも教えてあげなきゃ」

灯《ひ》凪《なぎ》ちゃんマジエンジェル。飴《あめ》をあげよう。

「私も今すぐ作るから待っててユキ！」

「しばらく放置してたけど、雪兎が始めるなら俺も再開するか」

「九重《ここのえ》ちゃんマジ？」

「これはビッグニュースだよビッグニュース！」

俺がSNSのアカウントを作ることを話すと、クラスメイト全員からフォローされることになった。当然相互だ。アカウントがないのに、わざわざ作ってフォローしてくれる人までいる。このクラス、なんて良い人ばっかりなんだ……。グスグス

因《ちな》みに驚きだが、クラスで最もフォロワー数が多かったのは意外にも釈迦堂《しゃかどう》だった。爬《は》虫類《ちゅうるい》仲間が大勢いるらしい。レプタイルズサークルの姫がそこにいた。

際立った趣味があるとそれだけ繋《つな》がり易いのかもしれないね。

「まぁ、そんなに頻繁に使うこともないと思うけど」

「そうなのか？　でもなんで最初の挨拶が『それがこの俺、九重雪兎です』なんだ？　自己主張強すぎるだろ。それってどれなんだよ」

「ぽいかなって」

「ぽいか？」

このとき俺は、迂闊《うかつ》にも些細《ささい》なことだと勘違いしていた。

しかし、俺の知らぬ間に事態は予想もしない方向へ拡大していくのだった。

一方その頃、悠璃のクラスでは、

「悠璃聞いた？　弟君アカウント作ったらしいけど」

「は？　どういうこと？」

「なんか話題になってるけど」

「……ホントだ。どうしたのかしら急に」

「私もフォローしちゃった。なんかフォロワーが爆速で増えてて怖いんだけど」

「こうしちゃいられないわ。すぐに母さんにも教えてあげないと……」

「そんなに大事？」

「大事になるに決まってるじゃない」

なんなら生徒会長達も、

「なに？　九重雪兎がSNSを始めただと？」

「うん、さっき聞いてきたから間違いないよ。それにほら、クラスメイトからもフォローされてるし——って、どうなってるのこの人数!?」

「こうしてはいられないぞ裕美《ゆみ》。すぐに私達も作ろう！」

独り寂しい女神だって、

「えぇ、雪兎君が!?」

とあるラブラブカップルも、

「九重雪兎が？　部活仲間に伝えておくか。ところで、どうやって使うんだ？」

「敏郎《としろう》も少しは興味持ちなよ……」

近所の好感度青天井お姉さんは、

「雪兎君がSNSを？　あら、それに相互は涼香《すずか》先生？　抜け目ないんだから」

反省中の県会議員らしき人、

「お父様、九重さんがSNSを始めたそうです！」

「九重先生が？　英里佳《えりか》、こうしてはいられない。すぐに花輪を送るぞ！」

「それは迷惑なんじゃ……」

大学では、

「あ、ユキト君だ！　これってパパの会社の……」

「なんか、すごいことになってない？」

？？？

「ほんま、お義兄様《にいさま》は素敵なお人やわぁ。祇京《ききょう》は、またお会いしとうございます。でも、こうしてお義兄様の姿を拝見できるだけで、今は我慢やね」

関西では、

「カハ！　おもしれぇ。おもしれぇぞ！　和毅《かずき》！」

「落ち着きやケースケ。こいつが噂《うわさ》のバニーマン？　ほんま敵《かな》わんで」

北陸では、

「おいおいマジなん？　海産物でも送る？　迷惑かな？」

「知らんけども。やめーや」

北の大地では、

「ククッ。そうですか、見つけましたよ遂《つい》に！」

南の外れでも、

「本土は遠いっちゃねぇ」

「九重君！」

「おはようございます。どうしたんですか、そんなに慌てて？」

翌日、登校するなり三条寺先生に捕まり連行される。

「君はアカウントを見ていないのですか？」

「そういえば昨日一緒に作りましたけど、それがどうかしたんですか？」

「確認してみてください！」

「はぁ」

これといって何か投稿するようなネタもなく、SNSでありがちな嘘《うそ》くさいエピソードに登場する架空の友人もいなければ、インプレッションにも興味がない。

アカウントを作ったはいいがそのままにしていたのだが――。

「なんじゃこりゃぁぁぁぁぁぁぁあ！」

フォロワーが四千人を超えていた。今もリアルタイムで増え続けている。

「こっちがなんじゃこりゃぁぁぁぁぁあです。いったいどうしたのですか？」

「分かりません。俺は特に何もしてないのですが……」

来ているリプライを確認する。

『先生、今後ともよろしくお願いします！』

「あの……これ、東城《とうじょう》議員では？」

「これがクソリプってやつか」

ブルーバッジ付きの認証アカウントだ。議員歴の長い東城パパが丁寧な挨拶リプを送っていることもあり、ひょっとしたら重要人物なのかもしれないと、他の議員からもフォローされ始めていた。傍迷惑《はためいわく》にもほどがある。

何せ俺のアカウントは数十万のフォロワーを持つ氷見山《ひみやま》事務所からもフォローされているからな！　なんで!?（困惑）

トリスティさんが自撮りを貼り付けている。案の定、特定されまくっていた。

他にも、『バニーマンに相談があります。三年に好きな先輩がいるのですが――』といった恋愛相談も大量だ。何故《なぜ》か俺がバニーマンであることがバレていた。

眩暈《めまい》に襲われる。俺の知らない間に何が起こってるの!?

「これ、母さんが勤めている会社のアカウントだ」

「案の定というか、なんというか。どうなってるんですか君の交友関係は？」

そうこうしている間にもフォロワーが五千人に到達しつつあるが、公式マークのある認証アカウントまで入り乱れるカオスなフォロワーが形成されていた。

とても一介の高校生のアカウントとは思えない。

「あ！　エッチなＤＭが来てる！」

「釣られてはいけませんよ九重君！　そういうのは詐欺なんですから。見るのもダメです。貸してください私が削除しますから――って、美咲《みさき》さん!?」

「あれ？」

ＤＭの主は氷見山さんだったのか。保存保存っと。

「それにしても、君と比べるとなんだか自信を無くしますね。数が多ければ良いというわけでもありませんし、あまり公にするようなアカウントでもありませんが、所詮、一介の教師など高が知れています」

「元気出してください」

三条寺先生がちょっと落ち込んでいる。どうにかして励まさないと……そうだ！

「先生、ちょっといいですか？」

「どうしました？」

「これにしよう。『一イイネ毎《ごと》に一ミリずつスカートが短くなる三条寺です』」

「ちょっと、なに投稿してるんですか！」

イイネとシェアしておく。

するとあっという間にグングン伸び始める。

「待ってください！　これどうしたらいいの？　この短時間で三百イイネ!?　三十センチってことですか？　まだ増えてますけど、無理です、これ以上丈を短くするのは無理ですから！　こんなの二十代でも穿《は》いたことありません！」

「これ校長じゃ……」

「直ちに訴えてきます！」

急に激増した三条寺《さんじょうじ》先生のフォロワーだが、投稿は削除し、最終的に知り合いとだけ相互フォローの鍵垢《かぎあか》となった。

俺達《たち》はSNSの怖さを学び、こうしてまた一つ大人になったのである。

「じゃあ、四十八センチということで」

「絶対、拡散しないでくださいね。絶対ですからね！」

(この人、本当に良い人だなぁ……)

後日、膝上ギリギリまで攻めた三条寺先生の画像が送られてきたのは内緒だ。

◇

文化の違いは多々あれど、それを否定しないのがこの俺、九重雪兎である。

所謂《いわゆる》、デカルチャーと呼ばれるものだが、この言葉が通じるか通じないかも文化の違いだ。多様性は他者に強制するものではなく、自らが許容するものだ。

母さん曰《いわ》く、親子で一緒に入浴するくらい当たり前なんだって。これも文化の違いだ。

決して……若干……微塵《みじん》も俺は疑ったりはしない。多様性だよ多様性！

ガラパゴスの何が悪いというのか。いつの間にかネガティブな意味合いで使われがちだが、独自進化はそれ自体が多様性そのものだ。

むしろ世界が均一化してしまえば、あっという間に滅びを迎えてしまうだろう。

日本は島国だ。利点も多いが、時には海外に行って見聞を広めるのも良い経験になるだろう。価値観が大きく変わるはずだ。

「あ、ユキト君。来てくれたの！　こっちこっち！　今、パパの車洗車してたんだ」

「まさか実在したのか、ビキニカーウォッシュ！」

ビキニ姿でパーカーを羽織っているトリスティさんがスポンジ片手に迎えてくれる。

ビキニカーウォッシュとは、洗車の際、服が濡《ぬ》れることを防ぐ為《ため》、ビキニで洗車する海外のパリピ特有の文化だ。主にＢ級ホラー映画で散見される。

無論、Ｂ級ホラー映画なので、パリピは皆殺しだ。だが、安心して欲しい。ここは日本だ。トリスティさんの安全は守られている。スプラッターは勘弁してくれよな。

トリスティさんの家は豪邸だった。お嬢様だったようだ。

俺と澪《みお》さんはトリスティさんからホームパーティーに誘われていた。

庭でＢＢＱをやるらしい。文化の違いにちょっとした感動を覚える。アメリカナイズされたホームパーティーとか映画でしか見たことがない。

九重家では過去にパジャマパーティーが開催されたが、パジャマを着ていたのは俺だけだった。ルール違反も甚だしい。俺は無心でシャンメリーを飲み続けた。

「お待ちしていました。さ、こちらへ」

トリスティさんのママが穏やかに微笑《ほほえ》みながら迎えてくれる。

「待っていたよクールガイ！　今日は楽しんでいってくれ！」

「誘っていただきありがとうございます。お土産にケーキ買ってきました」

「Ｏｈ……クールガイ！　気にしなくていいのに悪いね。さぁ、ＢＢＱを始めよう！」

テキサスハットの恰幅《かっぷく》のいい金髪ダディに捕まり、グイグイと連れていかれる。

誰もが一目見てアメリカン親父《おやじ》だと分かる風貌をしているが、特に反論もなく、その通りだ。如何《いか》にも西部劇とかに出てきそうな、誰もが一目見て分かるアメリカン親父である。

すっかり陽気なオジサンだが、トリスティさんの自転車事故で我が家に謝罪に来た時は、トリスティさん同様、両親共々それはそれは顔面蒼白《がんめんそうはく》だった。

今にも、切腹デース！　とか言い出さないか心配になるくらいだった。

示談で解決しなかった場合、トリスティさんの経歴に大きな傷が付くことになる。悲壮な覚悟だったに違いない。幸い大きな怪我《けが》もなく、俺は訴えることもしなかった。

トリスティさん達は泣きながら謝罪を繰り返し、その後、紆余曲折《うよきょくせつ》ありり仲良くなった。

その結果、こうしてホームパーティーに呼ばれているわけで、人生とは分からないものだ。

「やぁ、会うのは初めてだね。妹が迷惑を掛けて済まなかった」

顔面偏差値測定不能の超絶イケメンが話しかけてきた。敵だ。無駄に反抗的になる。

「どう落とし前つけるんですか？　あぁ？」

「えっ!?　これが日本文化特有の落とし前……。だったら、どうだろう妹をあげよう」

「レオン！　なに言ってるの！」

いきなりの人身売買に憤るトリスティさん。海外との文化の違いを感じた。ドン引きだ。

「ところで、ユキト君……だったよね？　ちょっといいかな」

「はい？」

レオンさんに呼ばれて、隅に移動する。

「これでも感謝してるんだ。事故を起こしたときは、塞ぎ込んでいると聞いていたしね」

「怪我もなかったし、気にしなくていいとは伝えていたのですが」

「俺からも改めて謝罪させて欲しい。本当にすまなかった。妹を許してくれてありがとう。これからもできれば仲良くしてあげて欲しい。――そ、それとなんだけど……」

急にしどろもどろになったレオンさんが、澪さんにチラチラ視線を送る。

この超絶イケメン、意外と初心《うぶ》だった。

「君と一緒に来たあの美しくて可憐《かれん》な女性、誰か教えてくれないかな？」

まさか、澪さんに一目惚《ひとめぼ》れしたの？　こんなことある？

かー、これだからイケメンって奴《やつ》は！

ここでもまた文化の違いを感じるのであった。

本場のBBQは凄《すご》かった。まず肉が違う。焼肉などの肉は一口サイズにカットされているが、そんなことお構いなしに豪快に焼いていく。肉汁滴るぶ厚いステーキをナイフでカットして口に放り込む。ソーセージもやたらデカい。文化の違いはとかく新鮮だった。

そんなこんなで色々と話を聞くと、トリスティさんのパパは某SNSの日本法人で役員を任されているらしい。というのも、巨大SNSでありながら赤字を垂れ流し続けてきた旧経営陣が買収により一掃。日本法人も大多数が解雇となり、立て直しの為に本社から派遣されたのが、以前から日本へ転籍の希望を出していたトリスティさんパパなんだって。

「そうだ、パパ！　ユキト君もアカウント作ったんだよ！」

トリスティさんから見せられたアカウントにダディが目を見開く。

「クールガイ、君はインフルエンサーだったのか!?」

「そんなつもりは一切ないのですが……」

いつの間にか、俺のアカウントはフォロワー数が一万人を超えていた。

なんなら企業PRの案件もドンドン入ってくる。ボク、ただの高校生。手に負えない。どうすることもできずに、増え続けるフォロワーに戦々恐々とするばかりだ。

「都市伝説？　怪人？　ティーンエイジャー達に企業や政治家まで……BOTではなく、本物のフォロワーばかりだ。HAHAHA！　面白い！　面白いぞ！　君は何者なんだ？　すぐに君のアカウントを認証済みにしておこう！　今後、クレイジーガイに仕事を頼むかもしれない！」

アメリカン親父が上機嫌にスマホで何処《どこ》かへ電話すると、数分後、俺のアカウントが認証済みになり、ブルーバッジが輝いていた。仕事が速すぎる。文化の違いだ。

「こら、ユキト君を困らせないの！　ごめんなさいね、この人もはしゃいでいるみたい」

「待ってくれ！　クレイジーガイは逸材だ！　今のうちに何としても取り込んで――」

「はいはい。お仕事の話はまた今度にしましょうね」

お酒が回ってきたのか、ウザ絡みしてくるほろ酔いアメリカン親父を奥ゆかしい夫人が背中を押して連れ去っていく。奥さんが強いのは世界共通の文化なのかもしれない。

「パパが迷惑掛けてごめんね！　そうだ！　ほら、一緒に自撮りしよ？」

「フォロワー数爆増の原因が今ここに!?」

トリスティさんとハートマークを作った自撮りを投稿する。即、炎上した。

「ねぇねぇ、雪兎《ゆきと》君。この企業のアカウントって、どうして雪兎君のことフォローしてるのかな？　なにか繋《つな》がりでもあるの？」

「あぁ、この会社ですか。母さんが働いてるんです」

澪さんがスマホの画面をスクロールして指差したのは見覚えのある企業だった。

「ウソ!?　この会社、私の憧れなんだ！　第一志望で、今度、インターンに行くの」

「そうなんですか？　いつも人手不足だって嘆いてますし、よければ伝えておきますよ」

「で、でも……いいの？」

澪さんだけでなく、母さんの力になれるのなら断る理由など一切ない。

「遠慮が美徳とは限らない。いいかいお嬢さん。学力とは別に人脈もまた力だ。大成するのに必要なものが分かるかい？　それは運さ。機を見るに敏というだろう。クレイジーガイと知り合ったのも、お嬢さんの運。だったら、チャンスをみすみす逃してはいけない」

「また、すぐに絡んで。まったくもう。この人、ユキト君のこと気に入ってしまったみたい。ほら、シャキシャキ歩く。お水飲んで少しは酔いを醒《さ》まさないと嫌われますよ」

「それはいけない！」

再び連行されるアメリカン親父。

「あのさ、じゃあ、お願いしていいかな？」

「澪さんには以前、助けてもらいましたから」

「君って律儀だよね。あんなの巻き込まれただけなんだし、気にしなくていいのに」

「そういうわけにはいきませんよ」

澪さんが救ったのは俺だけじゃない。祁堂《けどう》会長や三雲《みくも》先輩も救われたはずだ。

あのまま騒動が拡大していたら、彼女達も無事では済まなかった。会長達と俺の関係は修復不可能で険悪なものになっていただろう。

「そうだ、トリスティさんは就職、どうするか決めてるんですか？」

「就職……か。恥ずかしいけど、私はまだ全然想像できないや」

トリスティさんが落ち込んだ様子で、ポツリと呟《つぶや》く。その表情は冴《さ》えない。

「子供の頃、将来なりたい職業ってあるでしょう？　ああいうのいつも困ってたんだ。昔から、やりたいことなんてあんまりなかったからさ。パパはゆっくり探せばいいって言うけど、周りは皆目標に向かってしっかり準備してるのに、なんだか私だけ取り残されてるような気がして」

　将来への不安、自分自身への問いかけ。見失っている目標。

　社会に出るということは、航路のない旅路へと漕《こ》ぎ出すことなのかもしれない。

　思わずトリスティさんを尊敬してしまう。立派な人だと思った。迷いは彼女の糧になる。

「俺なんて、将来を考えたこともありませんよ。今を生きるのが精一杯で、未来に思いを馳《は》せる余裕もなかった。なんとなく野垂れ死にするだろうと考えていたくらいです」

「……ユキト君？」

　心配げな表情。トリスティさんの未来は明るいはずだ。だって、こんなにも真剣だ。

「迷走していいじゃないですか。遠回りしてもいいじゃないですか。五十歳や六十歳になってから、やりたいことを見つけたって間に合いますよ。人生は長いんです。最短距離で目的に辿《たど》り着くことだけが正解じゃないと思います」

　思い出すのは家族や幼馴染《おさななじみ》、クラスメイトのことだ。随分と遠回りして、随分と寄り道して、一度は諦めていたのに、それでも俺達は少しずつ互いを知って、歩み寄り始めた。

「無駄なものなんてありませんよ。トリスティさんの悩みも、今こうしている時間も」

　未来なんて誰にも分からない。大学を卒業して就職したからといって、そのまま定年まで同じ会社、同じ仕事を続ける人がどれだけいるだろうか。所詮、その程度のことだ。

　俺達はあるかもしれない未来ではなく、今を生きている。

「だから――楽しみましょう？　ね？」

「うん！」

「なんだか君って、精神安定剤みたいなタイプだよね。話していると落ち着くっていうか、聞き上手っていうか。色んな相談事を持ち掛けられてそう」

「何故《なぜ》それを？」

「やっぱり」

澪さんが類稀《たぐいまれ》な推理力を発揮したり、アメリカン親父が戻ってきてトリスティさんを自社の広報部に就職させようとしたり、レオンさんが軽くあしらわれたり、ドタバタとした楽しいホームパーティーは夜まで続くのだった。

……食べ過ぎた。お肉はしばらく遠慮します。

◇

「……綺麗《きれい》ね」

「うん」

祝福に包まれる会場。俺も一緒になって、心の底から拍手する。

見えないはずのもの、けれど確かにそこにあって、幸せは形となり存在している。

新郎新婦の二人を繋ぐ信頼、これまで抱き続けてきた想《おも》いが、実在となって見えていた。

花嫁は泣いていた。隣に並ぶ新郎のお兄さんも目が赤い。

親族席で泣いている人がいる。母さんも涙を拭っていた。

万感の思い。伝わってくる喜び。綺麗だった。内面から溢《あふ》れる美しさ。

それはイデア。だからこそ祝福したくなるのだろう。まさにアナムネーシスだ。

母さんと並んで、二人の門出を見送る。後は帰るだけ。

俺と母さんは結婚式に参加していた。当初は氷見山《ひみやま》さんの親族席にいたが、あまりにもチヤホヤされて気苦労が耐えなかったこともあり、母さんに泣きついた。

だってさ、どう考えてもおかしい。氷見山さんのご両親や祖父母、時間がないにもかかわらず、新郎のお兄さんにまで挨拶されてしまった。「美咲《みさき》を頼む」頼まれても困る。挙句、氷見山家（本家）に正式に招待されてしまった。氷見山さんの家ですら敷居が高いのに、本家ってどういうこと？　外堀を埋められているような気がしてならない。

更には、知らない方々から次々と挨拶され名刺を三十枚くらい貰《もら》った。「利舟《りしゅう》先生の秘蔵っ子」「後継者」「まだ高校生みたいだが、いずれは……」漏れ聞こえてくる声が怖い。

幸い母さんが同じ会場にいてくれたので心労は軽減されたが、料理は美味《おい》しかった。

なんと会場の料理は全て大将が監修していた。道理で最近忙しくしていたはずだ。

余韻に浸りつつ会場を後にする。この先は新郎新婦二人の時間であり、家族との時間だ。

「恵《めぐみ》は今が人生で一番幸せな瞬間ね」

噛《か》み締めるように、母さんがそんなことを呟く。

「……それはなんだか残念な気がする」

「どうして？」

「結婚式が一番幸せな瞬間なら、これから先は落ちていくだけな気がするから」

「恵は苦労したから、幸せの価値を分かっていると思うわ」

「幸せを積み重ねて、もっともっとこの先もずっと幸せになって欲しい」

「……貴方《あなた》は優しい子ね」

頭を撫《な》でられる。いつしか母さんはこういうママムーブをするようになった。

暴走気味だった母性も徐々に落ち着きつつあるのかもしれない。よかったよかった。

新郎新婦の二人は幸せそうだった。「好意」の結実。俺が失ってしまったもの。

赤の他人同士が互いに好意を抱き、恋をし、結ばれて、家族に至る。

それがこんなにも幸せなことなのだと教えてくれた。

いつか俺も、あんな風に祝福される日が来るのだろうか。幸福を望むことが、許されるのだろうか。思い返す表情はいつだって泣き顔ばかりだ。母さんも姉さんも雪華《せっか》さんも氷見山さんも灯凪《ひなぎ》も汐里《しおり》も会長も、他の多くの人達《たち》も、いつだって悲しませてきた。

幸せどころか、これまで数多《あまた》の不幸を振り撒《ま》いてきた。そんな俺なのに――。

「母さんもウェディングドレス着たい？」

「私？……――もういいかな。一度、失敗してしまったもの」

自嘲気味に笑う。でも、母さんの視線は何処か羨ましそうで、それに言っていたじゃないか。一番幸せな瞬間だと。だったら、もう一度くらいそんな瞬間があっていい。

俺は決めた。俺は不幸を振り撒くだけの最低最悪クズ人間だが、少なくとも俺の周囲だけは、幸せにできるように頑張ろう。いつも笑顔でいられるように、これ以上、悲しませないように。幸せを奪ってきた分、不幸にしてきた分、今度は俺が与えられるように。

「今度は成功するかもしれないよ？」

「貴方がいる今が一番幸せだもの。再婚なんて考えられないわ」

母さんは最近コスプレに嵌《はま》っている。先日は白衣の天使、ナース服だった。看病してあげると張り切っていたが、俺は無症状だ。それを伝えると「じゃあメンタルケアね」と言い出し、おかしなことに十分で一〇％ずつ俺のメンタルは削られた。

ケアとはいったい……？　宇宙の法則が乱れる。

そんな母さんがウェディングドレスを着たくないはずがない。

ははーん、なるほど。さては遠慮してるな？

考えてみれば、コスプレ趣味の為《ため》に、ウェディングプランナーにウェディングドレスをレンタルしたいなどと相談するのは難しい。試着だってお店に行く必要があるし、何かと手間が掛かってしまう。そうそう気軽にはできない。

待てよ？　俺は最近、裁縫スキルを磨いている。だったら、俺がウェディングドレスを作ればいいのでは？　そうだよ、なんだ簡単じゃないか！　そこではたと立ち止まる。

それだけでいいのか？　ウェディングドレスをただ着るだけでいいのか？

そんな中途半端は許せない。やるなら徹底的にだ。俺の辞書に妥協という文字は存在しない。ヘアセット、メイク、ジュエリーだって欠かせない。花嫁にはやることが沢山ある。

俺は親孝行ガチ勢、九重《ここのえ》雪兎。家族の幸せが俺の使命だ。

そういえば、殆《ほとん》ど使っていない高価な一眼レフもあるし、撮影だってできる。

「だったら、俺が母さんにウェディングドレスを着せてあげるよ」

「──えっ？」

ドゥフフフフ。待ってろよ母さん！　俺が母さんを完璧な花嫁にしてしんぜよう！

それで花嫁写真入りの年賀状を作って、幸福を全方位に拡散してやる。

新たなる挑戦に腕が鳴るというものだ。腕「ギュイィィィイイイン」

「母さんのウェディングドレス姿、見たことないからさ」

「貴方が……私に？　私を花嫁にしてくれるの？」

「任せて！」

グッと親指を立てる。ポロポロと母さんのつぶらな瞳から涙が零《こぼ》れ落ちた。

ええ!?　また母さんを泣かせてしまった。すっかり九重雪兎のお家芸だ。

「あぁ……そんなこと──どうして……これ以上は──雪兎……うぅぅぅぅ！」

「どーしたの大丈夫!?」

狼狽《ろうばい》しながら、慌てて背中を撫でる。

「こんなのもう無理よ。……だから、ごめんね」

顔を上げた母さんに抱きしめられた。

「……私の一生を賭けて――貴方を愛することを誓わせて」

「お馴染《なじ》みの展開みたいになってるけど、またもや顔が近く――ん――ん――ん!?」


トクントクンと早鐘のように胸が高鳴っていた。抑えようにも抑えが利かない。まるで中高生の思春期に遡ったように、時間を逆行したかのような、トキメキ。気づかないフリをしてきた。気づく必要がなかった。何故なら家族とは、恋愛の果てに辿り着くものだ。時計の針を戻すように、恋をすることなんてありえない。

なのに、隣を歩く息子が、隣を歩く彼の言葉が、脳裏に焼き付いて離れない。

（嬉《うれ》しい……嬉しい、嬉しい！）

声にならない言葉。有言実行を是とする息子は、言ったことは必ず成し遂げる。この子が私にウェディングドレスを着せると言ったなら、私は再びウェディングドレスを着ることになる。そう分かっているのに、信じられない。

そのとき、隣に立つのは雪兎《ゆきと》だ。思わず、その姿を幻視してしまう。

こんな幸せがあっていいの？　こんな幸せが許されるの？

許されるはずがない、許していいはずがない。落ち着きなさい桜花《おうか》。

決して踏み越えてはならない一線。息子の様子から考えて、他意などないはずだ。優しい雪兎が、私が喜びそうだからと提案してくれただけに違いない。

そんなに羨ましそうな目をしていたかしら？　聡《さと》い息子にはそう見えたのかもしれない。

ただその言葉は私にとって、とうに捨てたはずの恋心を思い出させるのに充分だった。

どうしよう！　恥ずかしくて息子の顔がまともに見れない！

あの日から、世界が変わってしまった。乳がんかもしれない。その可能性を突き付けられたとき、私は時間が有限であることを思い知った。

残された時間を計算して恐怖が押し寄せる。直面する自らの死。

息子を大切にしてあげなかった。愛してあげられなかった。今になって、今更になって後悔する。足りない。取り戻すにはあまりにも。

このまま死んでしまうのかと、居ても立ってもいられなくなって。

なのに、絶望の淵《ふち》に沈む私を救ってくれたのは、私が愛してあげなかった息子だった。

無理だ。我慢なんてできるはずない。関係を改善しようと、現状を変える為に多少強引な手段を取ったかもしれないが、それでも否定せずに、雪兎の優しさは私を包んでくれた。

息子だもの。嫌いになることなんて一切ない。ましてや反抗期すらなかった。

それもそれで心配だったが、毎日毎日好きになる。昨日より今日、今日より明日。

このままいけば、私はどうなってしまうのかしら。正直、自分が恐ろしい。

けれど、そんな不安さえも、さっきの言葉は吹き飛ばしてくれた。

もっと好きになっていいと、愛していいと、ウェディングドレスを着せてくれると言ってくれたから。幸せだった、心から。

それがどんな意図で発言したにせよ、私はもうこの子に――堕《お》とされている。

唯一、懸念があるとすればそれは――。

「最近、姉さんの様子がおかしい気がする」

「気づいていたの？」

「そりゃあ、母さんが週七で俺の部屋で寝てれば気がつくよ」

「そ、そうよね。ごめんね？　嫌だったよね？」

年甲斐《としがい》もなくはしゃいでしまったかもしれない。

流石《さすが》にやりすぎたかしら。反省しないと……。

「そうでもないけど。前は姉さんと半々くらいだったでしょ」

許してくれた。息子、しゅきぃ……。かわいい、食べちゃいたい。

「あんまり部屋に来なくなったし、うーん……」

雪兎が難しい顔で悩んでいた。私はその理由を知っている。悠璃《ゆうり》に相談された進路。

留学。それが叶《かな》わなければ、遥《はる》か遠い大学への進学を希望していた。

それは悠璃にとって耐え難いほど辛《つら》い選択。あの子はまだ罪に囚《とら》われたまま。

「お願い。こんなこと貴方に言うべきじゃないことは分かってる。けど、無力な私は悠璃を助けてあげられないの。だから、貴方が救ってあげて。貴方の言葉しか悠璃には届かないから。貴方だけしか、悠璃を助けてあげられないから」

私が救われたように、悠璃を救えるのは雪兎だけ。

確かに罪を犯した。赦《ゆる》されたまま十年以上。それはまるで懲役のように悠璃を苦しめ続けた。それでも、あの子はまだ足りないと、自らを罰し続けている。いつまでもいつまでも。いつ終わるともしれない贖罪《しょくざい》を。

「俺が？」

「お姉ちゃんを守ってあげて」

「……俺にできるかな？」

「――大丈夫。貴方は誰よりも強いもの」

子供を救うのは親の役目なのに、息子に任せようとしている。母親失格。胸中で首を振る。とっくに落第している。ママからやり直している身分の私にはそんな資格などない。でも、分かる。私は悠璃の母親だから。あの子が今必要としているものが何なのか。心配なんてなかった。雪兎は私達を必ず幸せにしてくれるのだから。

The girls who traumatized me keep glancing at me, but alas, it's too late.

第四章「朱夏の願い」

チュンチュンチュンと朝チュンをBGMに目覚ましが鳴る前に目を覚ます。

ガバッと起きる。寝起きのボンヤリした頭のままボーッと壁を眺める。

クリーム色の壁にはB1ビッグサイズ母さんポスターと姉さんポスター（サマーシーズン水玉コラ仕様）が貼られている。

水着姿が夏の息吹を感じさせてくれるが、なんとこのポスター。特製水玉コラシートを重ねると裸に見えるという力作だ。途方もない無駄な労力が掛けられていた。

むに。ん？　手に伝わる柔らかな感触。魔性の手触り。俺を駄目にしてくる。むにむに。寝惚《ねぼ》けたまま、低反発な魅力に逆らいきれず、まさぐる。むにむにむにむにむにむにむに
「――んっ……そこ……ダメよ……」

「何奴《なにやつ》!?」

咄嗟《とっさ》に振り向くと、隣でネグリジェ姿の母さんがスヤスヤ気持ちよさそうに寝ている。

一気に眠気が覚めた。〇日ぶり十一度目の新記録だ。反省する気が微塵《みじん》もない。

昨日は自室で寝るって言ってたよね？　しかし、これもまた平常通りだ。

俺は母さんが実は病気ではないかと疑っている。

というのも、乳がんの疑いこそ晴れたものの、母さんは夜中にトイレに行くらしいのだ

が、その後、いつも自分の部屋と俺の部屋を間違えてしまう。夢遊病かもしれない。

俺は家族を決して疑わない男、九重雪兎である。発言は全て真に受ける。

心配になり大丈夫かと尋ねるといつもはぐらかされる。そんなに深刻なのだろうか……。

今日は平日だ。学校に行かなければならない。このままだと母さんの低反発を枕にして二度寝してしまいそうだ。起こさないようにベッドから這《は》い出す。

そういえば、SNSのアカウントを作ったはいいが、全く投稿していないことを思い出した。俺は女神先輩と違って承認欲求や自己顕示欲にそこまで熱意を見出《みいだ》せないのだが、いざ投稿しようと思っても、いったい何を投稿すればいいのか思い付かない。

日常とかでいいの？　でも、日常とか呟《つぶや》かれても何が面白いんだよって話だよな。

あ、そうだ！　面倒だしこれでいいや。ポチポチ『母さんなら俺の隣で寝てるよ』

「あれ？」

気になるDMに目が留まる。悪戯《いたずら》かと思ったら公式アカウントだし、それはない。

驚愕《きょうがく》の内容だが、どうしよう、働かない頭では判断が付かない。後で相談しよ。

さ、朝ご飯でも作ろーっと。

◇

午前中の休み時間。何故《なぜ》か俺は悠璃さんの友達二人に捕まっていた。

因《ちな》みに、朝の投稿は引くほどバズっていたが、それは別にどうでもいいのでスルーした。

「なんかね、どうもこのところ悠璃が元気ないっていうか、上の空なんだよね」

「そうそう。授業中も休み時間も心ここにあらずだし。弟君、どうしてか知らない？」

人気のない廊下で聞かされたのは、意外な相談事だった。姉さんの様子が変らしい。

原因に心当たりはないが、俺としても同じ違和感を抱いていただけに見過ごせない。

「学校でもそうなんですね。俺も気になってたんです。家でも様子がおかしくて」

「悠璃のことだから、きっと弟君が原因だと思ったんだけど……」

「おかしいって、家だと悠璃はどうなの？」

普段と違い、揶揄《からか》う様子は微塵もなく、先輩達《たち》は純粋に姉さんを心配していた。

なんとか原因を探ろうと、記憶を掘り出していく。

「最近は俺の部屋に入り浸らなくなったし、測定も止《や》めて意味もなく脱がなくなったし、うっかり間違えてお風呂に入ってこなくなったし、でも、怒ってたり機嫌が悪いって感じでもなくて、うーん、なんでしょう。至極普通っていうか……」

「……あのさ、それって正常じゃない？」

「まさか悠璃さんがそんな普通のお姉ちゃんみたいなことするはずないじゃないですか」

「くぅ！　反論できない！」

先輩達が何やら悔しがっているが、客観的に見て俺と悠璃さんの関係は正常化していた。

まるで普通の姉弟のような距離感になっている。だが、言いようのない気持ち悪さがある。どことなく姉さんが自分の部屋に閉じこもり気味になっているのも気になる点だ。

今日だって、別々に登校しているし、朝から一度も顔を合わせていない。

これは今までになかったことだ。姉さんは毎日、俺の様子を確かめるのが日課だった。

もしかしたら、俺が何か気に障ることをして避けられているのかもしれないが、その割に会話するときは、以前にも増して優しく接してくれるだけに、何を悩んでいるのか分からない。母さんも姉さんが苦しんでいると言っていた。姉さんは俺と違う。幸せになるべき存在だ。不幸になっていいはずがない。

「弟君にも分かんないなら、しょうがないか」

「多分、というか絶対弟君絡みだろうし、気に掛けてあげて」

なんとなく、過去を思い出していた。小さい頃は、いつも姉さんの後をつけ回していた。

あれから嫌われて、これまで知ろうとしてこなかった。近づかなかった。

でも、今は――。

「大丈夫ですよ。必ず俺がなんとかします。悠璃さんは――大切な家族だから」

「悠璃のことは弟君に任せるとして……私も相談があるんだけどいい？」

先程までと打って変わって、妙にもじもじとし始めた銀杏《いちょう》先輩が、恐る恐る口を開く。

二人の名前を聞いたら、世良《せら》先輩と銀杏先輩というそうだ。

「恋愛相談なんだけど、私、Ｄ組の熊崎《くまさき》のことが好きなの」

「先輩に限りませんが、何故俺に恋愛相談を？」

「え、だって弟君。恋愛成就の神様でしょ？『勇者』だって弟君のお陰だし」

「とりあえず弟君に相談するのが、この学校のマストでしょ」

「道理で相談事が絶えないと思った」

俺は知らぬ間に神格を得ていた。『勇者』とは熱血先輩のことだ。

俺が熱血先輩をバスケ部から追放した一部始終が、何者かの手により動画でアップロードされていた。バニーマンに扮《ふん》する俺を倒し、衆人環視の中、公開告白を成功させた熱血先輩は、その潔さからいつしか『勇者』と呼ばれ、その知名度は全国の高校生へと広がっているらしい。

バスケ部は四回戦敗退だが、恋愛では勝者とか言われている。やかましいわ！

「それに『勇者』だけじゃなくて周防《すおう》先輩とか、一年の『吟遊詩人』の子だって、弟君でしょ。恋のキューピッドだって、学校内じゃ有名だよ？」

「いったい、いつからこの世界はファンタジーに？」

この世界、女神とか天使とか聖母とか多すぎじゃない？　そのうち聖女も出てきそう。

そんな経緯もあり、俺のところにはやたら恋愛相談が持ち込まれる。

生まれてこの方、彼女いない歴を更新し続ける俺に恋愛相談などできるはずもないが、

「おめでとうございます」

「……え？」

多数の恋愛相談が持ち込まれるということは、必然的に複雑な人間関係を知ることになる。俺のもとには複雑怪奇な人間相関図が集まっていた。

「俺は熊崎先輩からも恋愛相談を持ちかけられています」

「……嘘《うそ》!? 熊崎から? だって、アイツ恋愛とかそういうの全然興味ないって──」

「ねぇ、弟君。おめでとうってことはもしかして……」

「銀杏先輩、よかったですね」

「やったじゃん、麻友《まゆ》!」

「うん、うん! そっか、アイツが……信じられない」

世良先輩は手を叩《たた》いて喜んでいる。銀杏先輩が姉さんの友達ということもあり、熊崎先輩は相談してきたのだが、なんともあっさりと解決してしまった。

これでまた俺の名声が高まってしまう。ガハハハハハハハハハ
「でも、そこから先は先輩達次第ですからね」

「それは当然だよ! 教えてくれてありがとね弟君! 嘘みたい……まだ信じられない。何かお礼させて。悠璃のことだって任せちゃったし。そうだ、少しだけなら触ってもいいよ? なんなら薫《かおる》のでもいいし」

「ちょっと麻友、私を犠牲にしないで!」

「止めてください。いいですか先輩? 相手のことが本気で好きなら、勘違いされるようなことは慎むべきです。サプライズで渡すプレゼントを異性と買いに行ったり、相手の好

意を試そうとしたり、自分の感情を偽って思ってもないことを言ったり、えてしてこの世はそういうバッドエンドに導くフラグというのが蔓延《はびこ》っています。だから、自分と相手を大切にしてください」

懇々と先輩に説いていく。説教ではない説法だ。銀杏先輩の瞳が光を失っていく。

「私が悪かったの。教祖様、本当に申し訳ありませんでした」

「幸せはいつだって目の前にあります。自分に素直になりなさい。されば道は開かれん」

「麻友、なんか洗脳されてるよ麻友!?」

「やめて薫。教祖様はそんな人じゃないから」

「ついでに悠璃《ゆうり》さんとこれからも仲良くしてあげてください。それをお礼としましょう」

「はい、教祖様。これからも悠璃とはずっと友達です」

「丸く収めようとしてるけど絶対ヤバいって！　お布施しようとしないの。恋愛成就の神様ってこういうことなの!?　なんか思ってたのと違うし、弟君も麻友を洗脳しないで！」

「そんな洗脳って勇者じゃないんだから」

「火村《ひむら》先輩って洗脳使うの!?　全然ロマンティックじゃなかった！」

つつがなく恋愛相談を終え、休み時間は過ぎていった。

◆

「そういえば悠璃は林間学校参加するの？」

「男子じゃないんだし行かないわよ。アウトドアとか好きじゃないの」

「まぁ、インドアっぽいもんね悠璃」

「それよりこの子、どうしたの？」

「止むにやまれず洗脳されたっていうか……」

「洗脳？」


「お姉ちゃん、一緒にお昼ご飯食べよ！」

バーンッと、教室のドアを開け放つ。ギョッとした視線が俺に集まる。ピースピース上級生の教室だぁ？　んなこと俺に関係ねぇんだよ！

思えば俺は悠璃さんのことを殆《ほとん》ど知らない。将を射んと欲すればまず馬を射よ。何か悩みがあるなら、その手助けをするなら、まず悠璃さんを知ることが肝心だ。虎穴に入らずんば虎子を得ず。迷ってる暇があるなら、相手の懐に飛び込むべし。

そこで、俺はお昼休み、一緒に昼食を食べようと姉さんの教室まで来ていた。

姉さんは、ちょうど午前中相談に来た二人と一緒に並んで座っている。

「…………………………………………………………は？」

呆然《ぼうぜん》とする悠璃さん。いつものキレがない。

ポロッと手に持っていた箸が落ちそうになるのをダッシュで受け止める。

「弟君もう行動に移したの？　やっぱ、デキる男って仕事が早いね」

「教祖様！　こっちですこっち」

銀杏先輩が席を用意して手招きしてくれる。

「どどどどどど、どーしてアンタがここここ、此処《ここ》に？」

「一緒にお昼食べようと思って。はい、ミネラルウォーター」

「ありがと」

買ってきたペットボトルを渡すと、無造作にキャップを開け、頭からぶち撒《ま》けた。

一見すると普段通りだが、突然の奇行、明らかに動揺している。

「お姉ちゃん、お水は飲み物だよ？」

「当たり前じゃない。美味《おい》しい」

「一口も飲んでないし、ビショビショになってるけど」

「そう……これは夢、夢なのね。だって痛くないもの」

姉さんが自分の頰を抓《つね》る。ダメージに飽き足らずゴンゴン顔面にパンチし始めた。

「悠璃、落ち着きなさい！　銀杏も止めて！」

「もう！　教祖様が悲しむでしょ。悠璃、目を覚まして。これは現実よ」

「痛く……ない。ズキズキするけど、痛くなんてないもの。雪兎《ゆきと》から誘ってくれるなんて、そんなことあるはずないんだから。これは夢？　もしかしてパラレルワールド？……私が間違えなかった未来？　或《あ》いはメタバース？　それともマルチバース、オメガバース、バックスクリーン三連発……」

ぶつぶつと謎の呪文を呟《つぶや》く姉さん。目の焦点が合っていない。そのバースは多分違う。

「お姉ちゃん、懐に入っていい？」

「いいよ」

何故《なぜ》か、姉さんの膝に座らされた。懐に入るって、有袋類のカンガルーじゃないと思うの。でも、嬉《うれ》しいのでそのままちょこんと座っておく。

「まさか悠璃がここまでポンコツだったなんて……」

世良先輩が呆《あき》れている。全く同感だが、俺のミッションは悠璃さんの悩みを聞き出すことだ。元気のないお姉ちゃんを見るのは心苦しい。

「ところでお姉ちゃん、いつ買い物に連れて行ってくれるの？　待ってるのに」

「麻友、薫。私達は早退するから。後はよろしく」

ガタッと鞄《かばん》を手に持ち、姉さんが立ち上がる。膝に座っていた俺も釣られて立ち上がる。

「アンタ……楽しみにしてくれていたの？　前に約束したものね。ごめんなさい。忘れていたわけじゃないの。じゃあ、行きましょうか」

「待ちなさい悠璃。学校終わってからにしたら？」

「文句あんのかコラァ！」

口が悪いにもほどがある。荒ぶる姉さんが落ち着くまで五分の時間を要した。

「……少し落ち着いたわ。どうしたの雪兎、急に？」

ようやく沈静化して言葉が通じるようになった姉さんが不安げに聞いてくる。

「最近、お姉ちゃん教室に来てくれないから寂しくて。朝も会えなかったし」

「分かった。休み時間毎回行くね」

「全然、落ち着いてないじゃない」

律儀な世良先輩。三人でお弁当を食べているが、俺が姉さんの教室に来る前に、さりげなく熊崎先輩に両想《りょうおも》いであることを伝えた結果、ついさっき銀杏先輩は熊崎先輩にお昼を誘われてそそくさと出て行ってしまった。ますます俺に対する信仰度が高まった気がする。

「そうだ、お姉ちゃんアウトドア好き？　一緒に日帰りでキャンプ行こうよ」

「大好きよ。日帰りじゃなくてもいいけど」

「未成年だし、それは難しいんじゃないかな？」

「残念ね」

「弟君。この女、信用しちゃダメ！　滅茶苦茶《めちゃくちゃ》嘘つきなんだけど!?」

「文句あんのかコラァ！」

「口も悪いし」

アメリカン親父《おやじ》のところで本場のＢＢＱを学んだが、夏休みを前に本格的にキャンプスキルを磨くのもいいかもしれない。この地球にいつダンジョンが発生するか分からない。

「アンタのしたいことは、なんだって私が叶《かな》えてあげる。――今のうちに言いなさい」

そうだ、この目だ。この物悲しい姉さんの目。言葉の裏に見え隠れする本心。

それを知りたくて、俺は今ここにいる。救ってみせるさ、必ず。

俺が原因だと言うなら、俺が理由だと言うなら、敵ばかりのこの世界で、いつだって味方でいてくれたそんな存在を、誰よりも隣にいてくれた大切な家族を、絶対に不幸になんてさせない。

「俺のしたいこと？　お姉ちゃんと、もっと仲良くなることかな」

それが俺の嘘偽りのない本心だった。

◆

「あら、そのモチーフはお姉さんですか？」

「そうです。どうでしょう？　悠璃さんに見えますかね？」

「とても素敵だと思いますが、どうしてお姉さんを？」

放課後、俺は美術部に飛び入り参加していた。期間限定の仮入部だ。

夏の大会も終わり、先輩達《たち》が引退したことでバスケ部は一段落している。

ひとまずウインターカップに向けて努力しているが、淡々と日々の練習メニューをこなす自主練期間となっている。やることがない汐里《しおり》は女バスに派遣中だ。

そもそも未《いま》だ部員の少ない男バスにマネージャーなど本来必要ない。汐里を本当に必要としているのは運動部だ。汐里は気にしていたが、俺がしばらく美術部に参加することを伝えると納得してくれた。できれば汐里にはこのまま自分の能力を最大限発揮できる部活で頑張って欲しい。

「姉さんを、俺の所為《せい》でとても苦しめてしまったんです」

絵を描くのは孤独だ。だが、不思議と苦はない。あまり気にしていなかったが、コツコツした作業は向いているのかもしれない。

様子を気にして、三条寺《さんじょうじ》先生が声を掛けてくれる。随分と集中していたのか、帰宅時間ギリギリになっていた。帰ってしまったのか、既に他の部員の姿はない。

静かな美術室で、俺はただ無心でキャンバスと向き合っていた。

美術コンクールに出展する絵のモチーフとして姉さんを選んだが、この絵はあくまでも俺の想像にすぎない。姉さんに見えるかどうか不安だったが、三条寺先生の言葉に安堵《あんど》する。どうしてと聞かれて言葉に詰まる。ここは一つ、三条寺先生に相談してみようか。

これは変化だ。今までの俺なら決して話そうとはしなかったし、一人で解決に奔走していただろう。でも、知ってしまった。向けられる好意を。

そうじゃない人も、敵も沢山いるけど、それでも味方だって大勢いてくれる。困ったら助けてくれる。頼ることは間違いじゃない。

灯凪《ひなぎ》だって成長した。他人を頼ることを学んだ。俺は過去に姉さんと何があったのか話した。何か答えを期待したわけじゃない。ただ誰かに聞いて欲しかったのかもしれない。

「君は……えぐ……何故……ずびび……そんなに優しくできるんですか？」

三条寺先生が号泣していた。慌ててハンカチを渡す。

「……ありがとうございます。私、昔からどうにも涙腺が弱くて、恥ずかしい話ですが、大人なのに映画とかでもすぐに泣いてしまうんです。……堪《こら》えていましたが無理でした。ハンカチは後で洗って返しますね」

「いいですよそんなの。一緒に洗濯するだけですから」

咄嗟《とっさ》に渡してしまったが、三条寺先生だってハンカチくらい持っている。

「俺は姉さんにとってずっと足枷《あしかせ》だったと思います」

姉さんの人生だけじゃない。性格すらも歪《ゆが》めてしまったことを今更ながらに自覚する。それだけ俺は姉さんの苦しみから目を逸《そ》らしてきた。知ろうとしなかった。

「そんなことありません！　お姉さんだって君の優しさに救われているはずです」

「周りにいる人が優しさを教えてくれたから、俺も返したいんです。相互利益ですよ」

決して綺麗事《きれいごと》じゃない。一方的では駄目だ。無償の献身など、いつしか疲弊してしまう。

「あ、もちろん先生もです。いつも優しくしてくれてありがとうございます」

「私は君にお礼を言われる資格なんて……。どうして、どうして今になって……君はあの頃からずっと優しさを持っていたのに、なのに私は――！」

三条寺先生が両手で顔を覆いまた泣いてしまう。先生にも何か思う所があるのかもしれない。尊敬できる先生など数少ない。三条寺先生に救われた生徒だって多いはずだ。

「三条寺先生が先生でよかった」

「……これ以上、私を泣かさないでください」

「ごめんなさい」

理不尽に怒られてしまった。困った……。あ、そういえば、うっかり忘れていた。

「ところで先生、例の件ですが」

「……これ以上、私を泣かさないでください！」

藪蛇《やぶへび》だった。仕方ないので、泣き止《や》むまで雑談しながら、ゆっくり待つことにした。

「……コホン。すみません、不甲斐《ふがい》ないところを見せてしまいました」

「まさか先生に投稿雑誌で文通相手を募集していた過去があったなんて……」

今の時代、通話やチャットで双方向のやり取りも容易だが、それこそ過去には遊びに行くときも、事前に待ち合わせ場所を指定しておかないと、出会えなかったりしたらしい。ましてや文通なんて返事がくるまで最短でも三日は掛かる。昭和平成世代恐るべし！

「くれぐれも秘密にしてくださいい、内緒ですからね。……それにしても、君の絵、これは美術コンクールに出すのは止めた方がいいかもしれません」

「そうなんですか？」

「この絵の価値は、君とお姉さんにしか分かりません。他人では正当に評価などできないでしょう。君の話を聞いた私でも無理です。大衆ではなく、ただ一人の個人に向けた、とても美しい絵です。……これが君の理想なんですね。お姉さんには秘密にしておきたいのでしょう？　なら、完成したら持って帰って自宅に飾ってみたらどうですか？」

「そうですね……そうします」

「喜んでくれるといいですね」

「はい」

まだ下描き状態のキャンバスは真っ白だ。色を塗って完成させるには時間が掛かる。

それまでに、なんとか姉さんの悩みを解決しよう。決意を新たに拳を握る。

「それに君も例の件なんてどうせ口だけなんでしょう？　揶揄《からか》うのは止めてください。知ってますから。私なんて生徒達から陰で行き遅れババアとか言われているのに。好き好んで行き遅れてるわけじゃありません！」

「先生ってほんと生真面目ですよね」

誰だよそんな酷《ひど》いこと言う奴《やつ》！　でも、安心してください先生。俺は本気です！

帰る準備をしながら、俺達は例の件について話し合うのだった。

◇

「あれはつい先週のことだった。暑苦しい深夜、急に息苦しくなって目を覚ますと、全身が金縛りにあっていた。ピクリとも身体《からだ》を動かせない。耳元でスースーと聞こえる不可解な異音。すると、ドアの向こうからスルリスルリと人が歩く音が聞こえてきたと思ったら、俺の部屋の前でピタリと音が制止した。――ガチャリ」

「ゴクリ。それでどーなったの九重《ここのえ》ちゃん？」

峯田《みねだ》が身を乗り出す。夏と言えば欠かせないのが怪談話。

蒸し暑い夏にひと時の涼を取るべく、休み時間に怪談話をすることになったのだが、どうしてか灯凪ちゃんが盛大にため息をつく。

おどろおどろしい雰囲気を醸し出しつつ、怪談師、九重雪兎《ゆきと》のトークは続く。

「キィッと、ドアが開いて、ぬるりと髪の長い女が部屋に入ってくるのを視界に捉えた」

「峯田さん、本気にしないの。どうせ雪兎のことだから、金縛りなのは隣で寝てるお母さんに抱きしめられてて動けないだけで、部屋に入ってきたのは悠璃《ゆうり》さんなんでしょう？ 分かりやすいのよ」

「オチをバラすなよ。ルール違反だろ」

「ある意味、怪談より怖い話だったな」

顔面バスキングライトも困惑しきりだ。

「だったらこの話はどうだ？　昔、俺が雪華《せつか》さんと一緒に京都に行ったときの怪談エピソードだ。雪華さんと離れて京都の町をブラブラ探索していると、日本人形のような少女が一人で歩いていた。これといって気にせず通りすぎようとしたが、どうやら女の子は困っている様子だった。声を掛けるとその女の子は迷子だという。仕方なく俺は一緒に保護者を捜すことにした」

「はぁ……」

な、なんだよ灯凪ちゃんのその疑わしそうな目は!?

「すると、向こうからやってきた女に急に誘拐犯だと叫ばれそのまま警察に――」

「だから怖さのベクトルが違うのよアンタは！　それのどこが怪談なの!?」

初めて行った京都で体験した身も凍る恐怖エピソードだったんだが……。

「雪兎に期待した俺達が間違ってたな。だいたいこの男が怪談で怖がるはずないか」

嫌な信頼だった。霊とか怖いし……多分。

「それにしても、毎日本当に暑いよねー」

峯田がパタパタと扇《あお》いでいる。予報を見ると真っ赤だ。猛暑日が続いている。

連日の危険な暑さに疲労は溜《た》まる一方だ。これではやる気にもならない。

だが、俺はこの暑さに対して秘策がある。

姉さんと一緒に買い物に行くついでに、前から気になっていたアレを導入する計画だ。

学校に革命を起こすこのアイデアがスタンダードになる日も近い。

発明家九重雪兎と呼んでくれたまえ。楽しみだなぁ。フヒヒヒヒヒ

◆

「それファンが回ってるやつだっけ？　制服にそんなの付けて大丈夫なの？」

「まずは本当に涼しいのか実験してみようと思って」

「音がうるさいんじゃない？」

「暑さに比べたらマシじゃないかな。ところで、今日は何を買いに来たの？」

暑さ対策に悩んでいた俺は、建設現場などで作業員の人が着ている服に目を付けた。

学校の制服にも応用が利くはずだ。その名もズバリ『空調制服』。夏場のみ利用するとすれば、一年間で使う頻度は五十回に満たない。リチウムイオン電池は数百回充電できるという。ならば、バッテリーの寿命を考慮しても三年間なら充分に持つ計算だ。クーラーと併用することで電気代の節約にも繋《つな》がる。

誰もが得する素晴らしいアイデアと言えよう。校長にゴリ押ししよう。

電車に乗り繁華街まで足を伸ばすと、人口密度が一気に変わる。とりあえず空調制服は後回しだ。姉さんからショッピングに誘われ二つ返事で了承したのだが、荷物持ちくらいは任せて欲しい。母さんにも姉さんの友達からもお願いされたし、折角のこの機会、なんとかして姉さんが抱えている悩みを解消できるように全力を尽くすまでだ。

よーし、頑張るぞー。えいえいおー！

「言ったでしょ。下着」

「そうだ、迷惑動画の配信者にＢＡＤ押す作業があるの思い出したから帰るね」

「後にしなさい。さ、行くわよ」

いやだぁぁぁぁああ！　放せ、放せぇぇぇぇぇぇぇぇぇぇぇぇえええ！

「あの女性に似合う下着をこれで」

「楽しようとしないの」

　ドンッと、財布をレジカウンターに置き、店員のお姉さんに対応を丸投げしようとするもあえなく失敗する。ここは未知の秘境、ランジェリーショップ。男子禁制の禁足地である。探検隊もお断りだ。

　こんなところにいられるか。俺は帰らせてもらう！（死亡フラグ）

「フルカップ、ロングライン……1／2……へー、こんなに種類があるんだね」

「アンタの好きなの選んでいいよ」

　カラーバリエーションも豊富で色とりどりだが、その種類にも目を見張る。精々サイズくらいしか気にしない男性の下着とは全く異なる文化が広がっていた。

「そんなこと言われても……。こっちは相手の好みとか全然知らないのに、おすすめの作品教えてとか言ってくる無神経な奴くらい何を選んでいいか分からないよ」

　いるよねーそういう人。それでいておすすめした作品が合わなかったとかダメ出ししてきたりとかさ、もうウザすぎて最悪。だったら自分で探せよっていう。

「……そんなに私のことが知りたいの？」

「こんなにあると、無知すぎて選べません」

　いい加減に選んで身体に合わない下着だったりしたら目も当てられない。

「そう。なら、試着室行きましょう。今着ている下着とか、隅から隅まで教えてあげる」

「そこまで知りたいわけじゃ――」

「アンタがよく読んでる動物図鑑や怪獣図鑑だって、詳細が載っているでしょう。なら、アンタも私の詳細を知っておくべきね。悠璃図鑑に記載しておきなさい」

インド象も十秒で倒せる。弟特攻◎　弟に対して効果抜群、四倍のダメージを与える。

「その細腕の何処《どこ》にそんな力が!?　店員さん、見てないで助け――」

「ごゆっくりー」

営業スマイルの店員さんに手を振られ、抵抗虚《むな》しく試着室に連れ込まれるのだった。

五分後、悠璃図鑑の達成率は八割を超えた。

「アンタが詳しくなったところで、早速選びましょうか」

「とりあえず今着ている下着のサイズ違いでいいんじゃないかな？」

まずはそれが一番無難な選択だろう。その上で他を試すかどうかは悠璃さん次第だ。

「なに、そんなにセクシーランジェリーがいいの？　仕方ないわね」

「おかしいな。架空の俺と会話してるのかな？」

急に言葉が通じなくなり困惑する俺を尻目に悠璃さん無双が炸裂《さくれつ》する。

「え？　黒のベビードール？　レースも素敵だけど、こんなの紐《ひも》じゃない。待って、これは流石《さすが》に……。透けてお尻だって殆《ほとん》ど見えてるし。前も全然隠せて……分かった、分かったわよ。そんな残念そうな顔しないの。恥ずかしいけど、ちゃんと着てあげるから。

もう、アンタはしょうがない子ね。今夜、楽しみにしてなさい」

「いや、あの……。おーい、悠璃さーん？」

「フロントホックだと嬉《うれ》しい？　そう、嬉しいのね。じゃあ、これも買いましょうか」

「とうとう何も言ってないのに会話が成立しだした!?」

新たなる真夏の怪談誕生だった。マジで怖い。

そのまま姉さんと下着を見て回る。サイズ違いだったり、過激なガーターランジェリーや用途不明のボディストッキング、ロングラインやビスチェ、ナイトブラなど、姉さんと架空の俺が次々と選んでいく。この疎外感、もしや偽者は俺の方では……？

だが、姉さんは何処となく楽しそうだ。買い物がストレス発散になっているのかもしれない。しょうがない、架空の俺に頑張ってもらうとするか。

「ふぅ。沢山買ってしまったわね。え、貴方《あなた》も期待してくれているの？　ふふっ、満足させてあげるからね」

「そいつ、除霊した方がいいんじゃないかな？」

そろそろ架空の俺がとんでもないことを言い出しそうで危機感を覚える。

「なによ、誘惑って私は別にそんなつもりじゃ……。もう！　そうよ、認めるわよ。誘惑しようと思ってたの！」

「うぉぉぉぉぉぉぉぉ悪霊退散悪霊退散！」

ランジェリーショップで必死にお祓《はら》いを続けるのだった。

「どうして私の方には寄ってこないのかしら？」

「なんとなく表情が怖くて、雰囲気がピリついてるからじゃないかな？」

「アンタだって真顔じゃない」

俺と姉さんは猫カフェに来ていた。手っ取り早く人気を獲得したいならモフモフに限る。

動画サイトでも大人気だし、異世界に転生したら、獣人とフェンリルは欠かせない。

お猫様のヒーリング効果で姉さんを癒してくれることに期待したのだが、何故《なぜ》か俺ばかり猫に絡まれる。寂しげなので、一匹、姉さんの膝に乗せてあげる。

「にゃー（人間、媚《こび》売る……これも仕事……）」

「ニャー（オラ、遊べ！　もっと構え！）」

「ゴャアァァァァアー（私を撫《な》でる権利をあげましょう）」

頭の上でグデーンとしている猫のおかげで頭部が生温かい。どいてくれる？

「こうして見ると、猫も可愛《かわい》いわね」

姉さんが優しい目をしながら、猫を撫でている。モフモフの本領発揮だ。

「飼ってみる？」

「可愛がるのはアンタだけで充分だもの」

「なんてこった……。俺は九重家のペット枠だったのか……」

衝撃の事実発覚だが、我が家における俺のヒエラルキーを考えれば、それも妥当かもしれない。悲しいかな、現状の扱いに全く苦はない。調教されすぎていた。

愛玩動物だと普通なのに、愛玩人間だと俄然《がぜん》闇が深い。人間牧場並みのブラックさだ。

「そうだ、姉さん何か悩みでもあるの？」

闇に堕《お》ちかけている場合ではない。本命はこっちだ。

「……藪《やぶ》から棒《ぼう》にどうしたの？」

「悩んでいる気がしたから」

姉さんの視線が虚空を彷徨《さまよ》う。何かを口に出そうとして、すぐにそれを引っ込める。

迷っているのだろうか。それとも弟に弱みを見せたくないのか。

「……心配かけてごめんなさい。でも、大丈夫よ」

「――本当に？」

真意を見透かすように瞳を覗《のぞ》き込む。これまで姉さんと距離を置いてきた俺に、複雑な心のうちを推し量ることなどできない。その黒曜石のような瞳に吸い込まれそうになる。

「雪兎は何も心配しなくていいの。アンタの望みは私の望み――……なんだから」

「俺の望み？　そんなの悠璃さんが元気になってくれることだけど」

「そうね、アンタは優しい子だもの。…………こんな私にさえ」

ヒンヤリした手が頬に触れる。その表情は儚《はかな》げで、いなくなってしまいそうに見えた。

そっと、その手を握る。俺の手は猫のおかげで温かい。

「夏休み、楽しみだね。一緒に沢山遊ぼうよ」

「雪兎《ゆきと》、アンタは……」

「さっき、岡山県の物産展やってたからコレ買ってきたんだ。後で一緒に食べようね」

戸惑う姉さんを追い詰めるのは本意ではない。今は話してくれなくても、この先はどうか分からない。そんないつかを目指して、まずは姉さんともっと仲良くなることが肝要だ。急《せ》いては事を仕損じる。焦る必要はない。時間はあるんだ。ゆっくりでいい。

話を変えるべく、袋から箱を取り出す。惹《ひ》かれて思わず買ってしまった。

「きびだんご？」

「岡山県と言ったら桃太郎。桃太郎と言ったらきびだんごだよね」

きびだんごと言えば、言わずもがな、桃太郎が鬼退治に向かう道中、猿、雉《きじ》、犬に与えて仲間にしたおとぎ話に登場するマジックアイテムだ。

正直、きびだんご一つで鬼退治はブラック労働すぎるが、あの時代に労基はあるまい。

物産展でその地域独自のお菓子が販売されていると、ついつい買っちゃうよね。

「きびだんごってことは………アンタ、そんなに私を仲間にしたいの？」

「ん？」

何か聞き捨てならない発言しなかった？

「ペットなのは、私の方ってことか。……いいよ、それでも」

「ねえ、何の話？」

「なってあげるわよ。ベッドでペットに。使い魔、それとも従魔かしら？」

「まだ架空の俺を浄化できてなかった!?」

「私になにさせたいの？　お手？　それともチン――」

「もうちょっと自分を大切にしようよ！」

「好きに躾《しつ》けてみなさい。どんな芸でも覚えてあげる」

「おのれぇぇぇぇぇ！　架空の俺めぇぇぇぇぇぇぇぇぇぇぇえええ！」

しまった、なんてことだ！　除霊失敗で最早《もはや》、取り返しのつかないことになっていた。

悠璃《ゆうり》さんの瞳が爛々《らんらん》と怪しく輝いている。なにやら元気が出たらしい。

「後でチョーカー買いに行きましょうか。ちゃんと首に着けてね。アンタのものにされた証《あかし》なんだから。母さんに自慢しよっと」

「お願いしますから、それだけは、それだけはやめてください！」

必死に懇願するも意に介さない。マズイ、このままだと母さんにきびだんごを渡しても同じことになってしまうかもしれない。なら、雪華《せつか》さんなら？　もっと、ダメだ!?

「もしアンタがリードを着けてくれるなら、私は何処にも――いいえ、なんでもないわ」

姉さんが雑念を振り払うように首を振る。酷《ひど》く悲しそうな、そんな表情。

胸が締め付けられる。その一瞬に去来した想《おも》いが何なのか、俺は知らない。

けれど、晴れの国岡山のように、その胸の靄《もや》を晴らしてみせると、俺は誓った。

◇

「よもやリアル鹿威《ししおど》しを聞くことになるとは……雅《みやび》だ」

カコーンと心地よい音が定期的に響く。鹿威しとはモンスターの名前ではなく、水流を利用して竹筒の上下運動で音を鳴らす設備のことだ。眼前に広がる日本庭園と実にマッチしている。風流だねぇ……心が洗われるようだ。

現実逃避しといてなんだが、ここは氷見山《ひみやま》家の総本山。結婚式では正式に挨拶できなかったからと、改めて招待された。

「儂《わし》からもお礼を言わせて欲しい。孫娘を助けてくれてありがとう」

「そんなこちらこそ。助けてもらったのは俺ですから」

「まったく子供相手にロクでもない連中め。痛い目を見て然《しか》るべきじゃな」

憤慨しているのは氷見山さんの祖父、利舟《りしゅう》さんだ。好々爺《こうこうや》だが、時折見せる眼光は鋭い。

少し調べただけで氷見山利舟の功績は幾らでも見つかる。

既に引退しているが、かつては政治家で、大臣だけではなく、党三役も務めていた重鎮だ。中でも幹事長は実質的なナンバー2であり、人事と金を握る要職。引退後も、党に対して絶大な影響力を持っているとは、東城《とうじょう》パパ談。東城パパが顔面蒼白《がんめんそうはく》になるのも当然だった。オーバーキルすぎて申し訳ない。

先程までは氷見山さんのご両親がいたのだが、二人きりで話がしたいと、こうして客間で向き合っている。大丈夫？　俺、殺されたりしない？

「美咲《みさき》が、あんなに笑顔でいるところをもう何年も見ていなかったからのう」

遠い目で利舟さんが日本庭園を眺めていた。何処となく嬉しそうだ。

俺は詳しい事情を知らなかったのだが、ここまで感謝される背景には、どうやら氷見山さんは不幸なことが続き、長らく塞ぎ込んでいたらしい。

家族が心配になるほど落ち込んでいたそうだ。意外な氷見山さんの秘密を知る。

紆余曲折《うよきょくせつ》あり、環境を変えようと心機一転引っ越したが、そこで俺と出会った。

「美咲から連絡があったときは驚いたわい。あの怒り様、君に対する理不尽が、よほど許せなかったみたいじゃな。あの子は、教師を目指して挫折し、妻を目指して役目を果たせなかった。誰でも一度心が折れてしまえば、立ち上がるのは難しい。儂もなんとかしてやりたいと思っていたんじゃが、叶《かな》わんかった。だからこそ、幾ら感謝してもしきれん」

「氷見山さん……美咲さんは、そんなに酷い状態だったんですか？」

「一時は体重も激減して、食事も喉を通らんくらいじゃった。点滴を打って入院していたこともある。これから先、まだまだ美咲の人生は長い。あの子に不幸はもう充分だ。だから頼む、これからも気に掛けてやって欲しい。どうしてか、美咲は君のことが大のお気に入りだからのう」

「それは身に沁《し》みてます」

好感度を下げよう大作戦が失敗した後、逆転の発想をしてみた俺は、逆に好感度を上げよう大作戦なら、好感度が下がるのではと予想し実行したが、えげつないほど好感度が上がって身の危険を感じた。ガバガバすぎる。

「構わんではないか。可愛がってやれば。身内目線だが、美咲は美人じゃろうて」

「だから困るのですが……」

魅力的だからこそ手に負えない。だって、思春期だもんボク。

「源蔵と知り合いなのも驚いたぞ。君は源蔵のところで修業しておるらしいのう。居待月を継ぐ気でもあるのか？　あそこは昔からの付き合いじゃが、なにせ継ぐ者がおらん」

「そんなつもりはないのですが、大将にはよくしてもらっています」

「不思議なものじゃ。やはり君は氷見山と縁があるらしい」

源蔵とは大将の名前だ。俺の中では大将という認識だったので、最初は名前を言われてもピンとこなかった。氷見山家とは家族ぐるみの付き合いで、数十年来の仲だという。

確かにあそこならどんな密談をしても外に漏れることはないし、大物政治家なら、そういう店の一つくらい持っておくべきなのだろう。招待されることが一つのステータスにもなるそうだ。

「それにしても、君は随分と有名なようじゃな。悪いと思うたが、少し調べてみた。じゃが、どういうわけか曖昧模糊《あいまいもこ》として儂にも全貌が全く摑《つか》めん。ただ本物なのは間違いない。実に愉快だ」

利舟さんがニヤリと笑うと、書類の束を見せてくれる。

「どれも魅力に欠けるのう。そうは思わんか？」

「候補者ですか……？」

渡された書類は、言ってみれば極めて詳細に書かれた履歴書のようなものだった。

……これ俺が見ていいリストじゃなくない？

「儂は引退した身じゃが、地盤はまだ持っておる。公認を得ようと集まってくるのはいいが、どうにもイマイチな者ばかり。君は政治家に必要な資質が何か分かるかな？」

「なんでしょう、実務能力とかでしょうか？」

「それも必要かもしれんが、絶対条件ではあるまい。息子や美咲の兄はそういうタイプじゃな。ただえてしてそのタイプは選挙で弱いのが難点じゃて。悲しいかな人気がない」

氷見山さんのお兄さんは実際に中央官庁で働いているが、真摯で実直そうだった。

「政治家に必要な資質、それは人を惹きつける魅力だと儂は考える。細かい仕事は官僚に任せておけばよい。大局的視野、未来の展望、それらを果断に実行する力。ともすれば、人間力とでも言うべきか。利益がなければ人は動かんが、徳がなくては支持されない。なんとも得難い能力よ」

「なるほど」

人間関係を円滑に進める秘訣《ひけつ》は、政治と宗教と野球の話をしないことだ。

あまり深入りしたくない話題なので、さりげなく相槌《あいづち》を打ちながら、どう切り上げて帰ろうか模索する。なんかさっきから嫌な予感が止まらないんだよね。邪気だよ邪気。

「――お主、儂の後継者にならんか？　地盤を継ぐといい。なに、急ぐ必要はない。まだまだ若いし時間もある。ゆっくりで構わんからのう。高校生だというのに、これだけ人を惹きつけられる、お主のような人間こそ、政治家に相応《ふさわ》しい。どうじゃ？」

「どうじゃと言われましても」

「ハッハッハ。なに、任せておきなさい。お膳立ては全て済ませておこう。何年も先の話じゃ。長年、後継者問題には頭を悩ませていたからのう。これでようやく肩の荷が下りた。儂も安泰じゃ。しかし、そうはいっても次の選挙までには選ばねばならん。誰かおらんか……」

俺の就職先が勝手に決められていた。豪放磊落《ごうほうらいらく》にもほどがある。そこで気づいた。もしや結婚式で知らない人からやたら挨拶されたのは……。ガクガクブルブル
あれからやたらSNSに堅苦しいフォロワーが増えた。いったい高校生の俺に何を期待しているのだろうか。既に根回しが進んでいるのでは？

「ふぅむ。美咲と婚約でもするか？」

「ちょ待てよ」

そんなの爛《ただ》れた性活一直線だ。このままだとリアル氷見山さんの親族になってしまう。待てよ？　そういえば東城パパが困ったら力になると言っていた。これだ！

「利舟さん、ピッタリな候補者がいますよ」

面倒事は東城パパに全て擦《なす》り付けよう。国政への進出を目標としていたが、氷見山さんに怒られて頓挫したと言っていた。まさにベストな人材。

俺を後継者にとか言われても困る。蜜柑《みかん》も育てたいしさ。

「ほう。君はあの愚かな男を許すというのか。なんと寛大な。敵対した者さえも受け入れる、器もデカい。魑魅魍魎《ちみもうりょう》跋扈《ばっこ》する政界において、それもまた必要な資質よ。ますます後継者にしたくなったわい」

氷見山さんの家系って、もしや俺に対する好感度が無条件に上がる法則でもあるの？

「東城パパは素晴らしい方です。お眼鏡に適《かな》うかと」

「ふむ、よかろう。ならばここはお主の言葉を信じてみようかの」

利舟さんが何処《どこ》かに連絡している。勝手に話を進めてるけど、これ大丈夫かな？

でもまぁ、気の毒だがこれも東城パパの自業自得。甘んじて生贄《いけにえ》になってもらおう。

◇

「あ、おはよー美紀《みき》ちゃん！　インフルエンザはもう大丈夫なの？」

「香奈《かな》ちん会いたかったよー！　熱はすぐに下がったんだけど、出掛けられないし誰にも会えないから暇で寂しくて。毎日連絡ありがとね」

「いいのいいの。友達じゃない私達《たち》」

「香奈ちん！」

「美紀ちゃん！」

二人がひしっと抱き合っている。インフルエンザでしばらく学校を休んでいた峯田《みねだ》が久しぶりに登校し、エリザベスとの再会を喜んでいた。

インフルエンザと言えば、主に空気が乾燥する冬に流行するが、実際には一年中発症する恐れがある。感染予防に、うがい、手洗いは重要です。

そんな様子を横目に見つつ俺は作業を続ける。もう少しで完成っと。

「あのさ香奈ちん、ちょっと気になったんだけど、学校の雰囲気なんかおかしくない？　気のせいかもしれないけど、妙に甘ったるいというか……」

「美紀ちゃんもそう思う？　私もそんな気がしてたんだ。少し変だよね？」

「なんだろうこれ？　ぞわぞわする」

「おいおい二人共忘れちゃないか？　この学校で起こるおかしな出来事の大半はアイツが原因だろ」

平然と女子の会話に割り込んでいくコミュ力最強の爽やかイケメン。

「で、雪兎《ゆきと》。今度は何をしたんだ？」

「失礼な。何の話だいったい？」

「というか今何をしてるんだ？……待て。どうしたんだよ雪兎！　なんでそんな教科書に落書きとか普通の学生みたいなことしてんだよ!?」

「現代に転生した空也《くうや》がブレイクダンスで踊り念仏を普及していくパラパラ漫画だ」

「全然普通じゃなかった！　無駄にクオリティすげぇ!?」

孔明がパリピになるくらいだし、こういうのもアリだろ。

パラララと教科書を勢い良く捲《めく》っていくと本当に僧侶がブレイクダンスを踊っているように見える。目の錯覚を利用した表現技法だ。

「なになに貸して！」

「こいつ動きがキモい！」

「ええじゃないかええじゃないか」

教科書は俺の手を離れクラスメイトの手を渡っていくのであった。

ええじゃないかええじゃないか。

「ねぇねぇ巳芳《みほう》君、ホントに九重《ここのえ》君が原因なの？」

「ええ」

「ええじゃないが」

勝手なことを抜かす爽やかイケメン。

「漫画の話じゃなくてだな。どうして雪兎、最近になってお姉さんのことお姉さまって呼ぶようになったんだ？」

「悠璃《ゆうり》さんが嵌《はま》った漫画にそういうキャラがいたらしくてな。羨ましいからしばらく呼んでくれと言われただけだ」

「漫画の話だったかー」

尤《もっと》も、その漫画でお姉さまと呼ぶのは同性の後輩だったりするので、果たして弟の俺がそう呼んで満足できているのかどうかは未知数だ。

「母さんまでママと呼んでくれなんて言うもんだから大変だったぞ」

「……それはちょっと恥ずかしくないか？」

「日頃お世話になってるし、それくらいお安い御用というものだ」

「そういう問題じゃない気がするが……。しかしそれでか」

「どういうこと巳芳っち？」

「コイツが急にそんなこと言い始めるもんだから、それが校内に広がってるんだろ」

「影響力大きすぎない!?」

「女バスの方でも、雰囲気が甘くなって、急に一年がお姉さまお姉さま言い出してたからな。十中八九原因はそれだな」

「なんでもかんでも俺の所為《せい》にしすぎだろ!?」

ささやかながら抗議するがまったく取り合ってもらえない。

峯田達も納得したようだ。どうして納得しちゃうの!?


――あれは一週間前に遡る。

リビングで漫画を読んでいた姉さんがパタンと本を閉じると、立ち上がり、おもむろにこちらにやってくる。

「お姉さまって呼んでいいよ」

「主語述語って習いませんでしたか？」

「以心伝心でしょ」

「全然違うけど」

「……。お姉さまって呼んでくれたら良いものあげる」

思わず顔を顰《しか》める。姉さんの言う良いものってどうせアレでしょ。肩叩《たた》かせてあげる券（十枚綴《つづ》り）とかそういうの。

姉さんの肩を叩かせて頂ける有難い券なのは間違いないが、使い切るのに二年掛かった。

最後の券を使ったのはつい五日前のことだ。

「弟専用ＡＳＭＲ」

「いらないかな」

「特典もあるよ」

「いらな――」

「なんと実際に体験できちゃう」

「いら――」

「トラック10は必聴ね」

「い――」

「は？　欲しいよね？」

「はい」

実際、ちょっと内容が気になってしまったのは秘密だ。

「あら、悠璃ばかりズルいわ。よかったら私もママって呼んでみてくれないかな？」

なんか母さんまで参戦してきた。期待に満ちた目が突き刺さる。

これで断ろうものならガッカリさせてしまうのは明らかだった。これまで失望ばかりさせてきた。家族の期待に応えるのが俺の役目であるからして。

「分かったよ。呼べばいいんでしょママ」

「んぎゃわぃぃぃぃぃぃいいいいいい！」

途端、膝からくずおれたママが奇声を上げて床をのたうち回る。

さながら陸に打ち上げられた魚のようだ。

「ど、どうしたのママ!?　ママ大丈夫？」

「んほぉぉぉぉぉぉぉおおおお！」

「そ、そうだ！　急いで救急車呼ばなきゃ」

「だ、大丈夫だから！　ちょっと衝撃が強すぎただけでなんでもないの」

なんでもないことないよね!?　ママが下腹部を押さえて苦しそうにしていた。

やっぱり何か病気なんじゃ!?

「ママ、ぽんぽん痛いの？」

「フッヒィ！　ち、違うのよこれは！　この辺がキュンキュンして喜んでいるだけなの」

「なんだ、そっか！　あれ、でもそれはそれで何か病気なんじゃ！　どうしよう。お姉さま、ママが大変なの！」

「あぁぁぁぁぁぁぁぁぁあ！」

振り返るとお姉さまが壁に頭をガンガン打ち付けていた。怖すぎる。

「お姉さままでどうしたの!?」

「れれれ、冷静よ私は。興奮してしまっただけよ」

「お姉さまおでこ赤くなってる。撫《な》でてあげるね」

「あぁぁぁぁぁぁもぉぉぉぉぉぉぉぉ！」

おでこをナデナデすると再びお姉さまが壁に頭を打ち付ける。啄木鳥《きつつき》か。

「ぎゃわいいぃぃぃぃいいいい！」

「しゅきぃぃぃぃぃぃぃぃぃぃぃいいいい！」

悶《もだ》えている二人を尻目に、俺はどうしたものかと途方にくれるのだった。

「――ということがあったくらいで、これといって特に変わったことなんてなかったぞ。概《おおむ》ね平常通りだ」

「それの何処が平常なんだ？」

「むしろ変わったことしかなかったよね今っ!?」

「いつもいつも日常にそんな事件ばかり起こるわけないだろ。この世界は漫画やゲームじゃないんだぞ。ましてや何でも俺が原因とか、いい加減なことばかり言うんじゃない！」

「ブーメラン突き刺さってるぞ」

「ブーメランって刺さってる側は気づかないっていうけど、ホントなんだね」

なんでもかんでも俺が原因だなんて、そんなことあるはずない。

あるはずがないんだ！　あるはず……ないよね？

◆

「見てください！　英里佳《えりか》お姉さまのおかげで成績が上がったんです！」

「いいえ。久美さんの頑張りのおかげよ。自信を持って？」

「あ、ありがとうございます！　また教えてくれますか？」

「ええ。いつでもいらっしゃい」

お昼休み、後輩と二人だけの緩やかな時間が流れていた。わざわざ手ずからお茶を淹《い》れたりしないが、それでもこの時間は、そんな貴重なティータイムなのだと東城《とうじょう》英里佳は実感していた。それはきっと同席している後輩の彼女も同じだろう。

「あの、一つ聞きたかったんです。お姉さまに付き纏《まと》っているあの人、なんなんですか？　危ない生徒みたいだし、許せない！」

プンプンと憤る久美の態度に、それが誰を意味するのかはすぐに理解《わか》った。

顔が強張《こわば》る。キュッと拳を握り締め、深呼吸で心を落ち着かせる。

「久美さん。彼は付き纏ってなんかいません。どちらかといえば、それは私の方かもしれませんね。それに彼は私の大切な友達なんです。本当に大切な。たとえ貴女《あなた》でも、馬鹿にすることは許しません」

「ご、ごめんなさい！」

思わず冷たい声が出てしまった。俯《うつむ》いてしまった可愛《かわい》い後輩にどう声を掛けようか迷う。

こんなにも慕ってくれている。その気持ちを蔑《ないがし》ろにしたくはない。

彼女は何も悪くない。ただ自分を心配してくれただけ。頭ごなしに言われても、感情が納得しないだろう。このままでは暴発してしまうかもしれない。

そしてそのとき傷つくのは、あの時と同じようにただただ理不尽に迷惑を掛けられた彼と、今度は自分ではなく目の前の彼女だ。

そもそもあの件にしても、何も公になっていないのだ。結局は彼一人が泥を被《かぶ》った。彼に対する印象が悪いまま変わらないことに心を痛める。

彼がしてきたことは明らかになったが、あの暴露の中に私の名前はない。

本来ならば停学、しでかしたことの悪質さを考えれば退学でもおかしくはない。

こうして安穏としていられるのも、彼がしてくれたことの一つだ。

ただでさえ何かと目立っている。それをよく思ってない人も当然存在している。

彼の信用回復に努めているが、積極的に言いふらすこともできない。

しかし、ここで逃げるわけにはいかない。今ここで逃げれば、これから先の人生、ずっと自分を許せないまま生きることになる。だから、伝えよう真実を。

「聞いてください久美さん。彼は決して貴女の思うような人ではありません。それどころか、まるでヒーローのようで。彼は——」

滔々《とうとう》と語り掛ける。彼女はどう思うだろうか？

失望されるかもしれない。彼女が憧れる理想の先輩にはなれそうにない。

それでもこの場で自らの愚かな行為を隠すような真似《まね》はできない。

彼は私の——友達だから。

「人はとても醜いものです。もちろん、それは私も。貴女はとても真っすぐで、昔の私を思い出します。だから心配なんです。貴女の持っているその綺麗《きれい》なものを、私は曇らせたくないの」

その純真を護《まも》りたいと、そう思う。あまりにも人間の醜悪さが可視化されてしまっているこの時代。気が滅入《めい》るほど、悪意が満ち溢《あふ》れている。

自分もそんな風に流されてしまうことは簡単だ。純粋であればあるほど傷ついてしまう。

そして疲れて、いつしか同じように染まってしまう。

でも、今この時だけは。卒業するまでの間だけでも、この学校という閉じた世界の中では、綺麗なままでいられるように。理想は理想のまま。無理だとしても、彼女が求めるお姉さまでありたいと思ってしまう。

頑張りたかった。いつまでもこんな穏やかな時間を過ごせるように。

彼女も彼も。誰もが優しくいられるように。

「貴女のことを大切に思っているわ久美さん。だから貴女も大切に思える人を沢山増やして欲しいの」

同級生だけではなく、男女問わず後輩達《たち》の相談にも親身に乗ることから、彼女は絶大な支持を得ていく。常に優しく、寄り添い、慈愛に満ちた態度。

後に、いつしか東城英里佳、彼女はこう呼ばれるようになっていく。

——聖女先輩と。

◆

「お父様、私はどうなっても構いません！　ですから助けてください！　このままだと私のせいで九重《ここのえ》さんが——……そんなこと絶対にあってはなりません！」

英里佳は急いで家に帰ると、慌てて父の書斎に駆け込む。娘の狼狽《ろうばい》した様子に、困惑しながらも秀臣《ひでおみ》は英里佳を落ち着かせると、コーヒーを淹れ言葉を促す。秀臣にとっても最重要事項だ。

「何があった英里佳？」

「須藤《すどう》さんが——」

須藤武文《たけふみ》。須藤家の長男で現在二十歳。

そして英里佳に婚約を持ち掛けてきた人物でもある。

武文の父親が代表を務める会社は四年前ナスダックに上場を果たした。秀臣は何度か会ったことがあるが、典型的な成金という印象であまり好ましい相手とは思えなかった。

そんな人間が次に何を望むかと言えば人脈だ。須藤が目を付けたのが東城だった。

秀臣は現在苦しい状況に置かれている。公認を外され、無所属の立場だ。

周囲からも落ち目だと見られているが、事実その通りであり、秀臣に挽回《ばんかい》の術《すべ》はない。

美咲《みさき》に頭を下げ正式に謝罪したことで許されたとは言っても、氷見山《ひみやま》に睨《にら》まれている東城を敬遠するのはリスク管理の点からも当然の帰結だった。現に他の人物がそのような状況に陥れば、秀臣もまた関係を見直すだろう。それほど隔絶した影響力の差がある。

選挙には金が掛かる。党という後ろ盾を失った秀臣は厳しい戦いを強いられることになるだろう。これまでのように数に頼った戦いはできない。現在の立場さえも砂上の楼閣であり、秀臣の椅子を狙っている候補者は幾らでも存在する。

抜け目ない須藤はそこに目を付け、息子の武文を英里佳の婚約者とすることを条件に援助を申し出た。憤慨した秀臣は撥《は》ねのけたが、須藤の強引とも言える圧力は日々強まっている。武文が優れた人物ならまだしも、秀臣には到底そうは見えなかったし、英里佳も嫌悪していた。純粋に娘を愛する父として、道具にするようなことなどできない。

須藤には家柄、格が足りない。秀臣には協力者が足らない。

どちらにも利があるように見えて、その実、東城家の乗っ取りであり、英里佳と婚約することになれば武文が東城の名を継ぐことになるだろう。須藤は歴史を手に入れることになる。到底許容できることではなかった。

「あの男がそんなことを……。なんと馬鹿な。ハハ、クハハハハハハハハハハハハハ！」

「お父様？　どうされたのですか？」

「スマンスマン、胸のすく思いとはこういうことを言うのだろうな。英里佳。何も心配することなどないさ。九重先生にそのような障害など無意味だ」

英里佳の話では、放課後、校門前で武文に待ち伏せされ、しつこく食事に誘われたという。偶然、通りかかった九重雪兎《ゆきと》が仲裁に入ったが、その際、武文は九重雪兎とその家族を脅すような発言を口にしたそうだ。逆上していたのか、それとも須藤にそんな力があると自惚《うぬぼ》れたのかは分からないが、いずれにせよ悪魔を敵に回したようなものだ。

「我々はますます頭が上がらなくなってしまったな。英里佳、この縁を大切にしなさい。結婚相手にこれほど相応《ふさわ》しい人物もいないが、それを置いても九重先生との関係は絶ってはならない」

「どういうことですかお父様？」

「次の選挙。私は国政へ打って出る」

先程掛かってきた一本の電話。それが秀臣の苦しい現状を一変させた。

興奮冷めやらない。久しく忘れていた高揚感。返答を求められ、一も二もなく即答する。

武者震い。東城家の悲願、それを齎《もたら》したのは他ならぬ、一度はその夢を奪い去った彼だ。

「九重先生が利舟《りしゅう》先生の後釜に私を推薦してくれたそうだ。いずれその地盤は正式に後継者となる九重先生が引き継ぐらしいが、それまでの間、私を支援してくれるらしい」

なんと豪胆な男だ。秀臣は舌を巻く。どのような経緯で決まったのかまでは分からないが、敵として自分に不利益を負わせた相手を許すどころか救ってみせるなど、並大抵のことではない。英里佳もまた九重雪兎に救われていたが、紛れもなくこの先、偉業を成す傑出した存在になることに疑いはない。ならばそれまで、秀臣は議席を守り抜こうと誓う。

いや、それでは駄目だ。勢力を広げ支持を増やし、地盤を今よりも強固に、大きくすることが秀臣に課せられた使命。

「多大な恩を受けてしまった。到底返しきれるものではないぞ。ならばこの恩、働きで報いるまでだ。九重先生の道は私が切り拓《ひら》こう」

今はその気はないという。ならばこの先、何十年か先のことだろう。時間はたっぷりある。それまでの間、秀臣はこの国の為《ため》に尽くすと決めた。

「……お父様、九重さんは何者なのでしょうか？」

英里佳は東城家の悲願を潰したことに心を痛めていた。だというのに、今度は彼を家の事情に巻き込んでしまった。悔いても悔み切れない。もし須藤が九重雪兎に手を出そうとするなら、婚約者の話を受けてもいいとさえ覚悟していた。

なのに、思いがけない展開に理解が追い付かない。

秀臣は何気なくＳＮＳを開いた。トレンドを見て噴き出してしまう。

「私に分かるのは、彼は決して敵対してはいけない怪異だということだ」

「怪異ですか？」

秀臣はスマホを英里佳に手渡す。英里佳の表情が何ともいえない微妙な表情になる。

「お父様、これは!?」

「……須藤はもう終わりだな」

これまで頭を痛めていた懸念が解決し、今、秀臣にあるのは新たなる挑戦への闘志だけだ。秀臣は自らに固く誓った。絶対に逆らうのは止《や》めよう、と。


「お前は何をやってるんだ！」

「親父《おやじ》、急にどうしたんだ!?」

仕事から帰ってきた父に胸倉を摑《つか》まれる。武文がこれまで一度も見たことがない怒り狂った父の姿に恐怖を覚える。

父の須藤茂《しげる》は冷徹だ。相手を徹底的に調べ上げ、相手が見せた弱みに付け込むことを得意としている。そうして事業を拡大してきた。東城もまたその獲物の一つだった。資金を投資し、いずれ自分達が手に入れる、その為の戦略を練っていた。

茂は普段決して声を荒らげることなどない。故に武文は衝撃を受けていた。

「これを見てみろ！」

茂からSNSを見せられる。武文は意図を測りかねていたが、トレンドを見て顔を青くする。想定外の事態に理解が追い付かない。

「どうして俺の名前が!?」

慌てて自分のスマホを開き、アカウントを確認する。通知がオーバーフローしていた。トレンドには自分の名前。既に本名、在籍している大学、家族構成に至るまで特定されている。だが、最大の問題は、武文が脅している鮮明な動画が拡散していることだ。

元凶を辿《たど》ると、フォロワー数一万を超えるアカウントが見つかる。

「どうしてこんな動画が……。──そうだ、こいつ!?」

武文に課せられたのは英里佳《えりか》を堕《お》とすことだった。英里佳は既に逃げられない。突っぱねたところで、婚約者となってしまえば、たかだか高校生の一人、どうとでもなると高を括《くく》っていた。いずれ東城《とうじょう》家の実権を握ることになる。

そうなってしまえば武文は自由だ。英里佳に拘《こだわ》る必要もない。他にも女は沢山いる。好意などあるはずもなく、所詮はただの駒でしかなかった。

目的を果たそうと英里佳に近づいたとき、邪魔する男がいた。なんとも冴《さ》えない高校生。武文とは生きる世界が違うただの底辺。生意気なガキをビビらせてやろうと脅しつけた。武文がやったのは、ただそれだけだ。暴力を振るったわけでもない。だというのに──。

「なんだよこれ！　親父、どうしてこんなことに!?」

九重雪兎という名前のアカウント。どうしてこんなただの高校生に一万人以上もフォロワーがいるのか分からない。炎上している投稿は極めてシンプルだった。

動画と共に『変な奴《やつ》にいきなり脅迫されて草』と一行だけの投稿。

笑いながら汗を流している絵文字まで付けられている。完全に煽《あお》られていた。

僅か一文。たった一行。だが、それが致命的な大炎上を引き起こしている。

「私の名前、会社名まで特定され出回っている。だが、そんなことは問題ではない！」

「そんなことって、なんだよ！　どーするんだ親父？」

今にも床にスマホを叩《たた》きつけそうになり、踏みとどまる。これ以上何があると言うのか。

父の言葉に得体の知れない恐怖を感じながらも、父が示したのはフォロワーだった。

「どうするだと？　どうにもなるかこんなもの！　私は終わりだ！」

「――待てよ。……なんだよコイツ、おかしいだろ！　親父の会社だってこんなに――」

父の会社と取引のある大手企業、広告代理店といった企業アカウント、それどころか茂を以《もっ》てしても会ったことすらない政治家や企業の重役、役員など一介の高校生のフォロワーではない。質の悪い冗談、そう言われた方が理解できる。

「……氷見山って、アレだろ。確か今は引退してるけど……それに、京都の凍恋《とうれん》ってまさか――」

「ありえん、どうしてこんな繋《つな》がりがある!?　お前の迂闊《うかつ》な行動が引き起こした結果だ！　自分でなんとかするんだな！」

父の意向に従ったままで。多少、慎重さを欠いただけ。それだけだ。それだけなのに。

武文とて父から教育を受けている。だからこそ理解してしまう。……これは無理だ。

これから引き起こされる事態。恐らくそれは父と武文にとって破滅とも呼べるようなことになるだろう。自身の就職すら危うい。最早《もはや》、東城など気にしている場合ではなかった。

スマホに次々とメッセージが送られてくる。「最低」「もう連絡しないで」自身に飛び火することを恐れているのか、友人や知人達からの絶縁状。付き合っていた本命からもあっさり切り捨てられる。薄情な人間関係。

「今すぐに謝罪に向かえ。許されるまで帰ってくるな！」

「待ってくれ親父！　俺が悪かった。だから親父も一緒に――」

「私に尻拭いをさせるつもりか!?　お前は既に成人しているんだぞ。責任くらい自分で取れ！　許しを得るまで帰ってくるな」

「親父だって理解《わか》ってるだろ！　俺がどうにかできるような相手じゃ――」

「私は会社に戻る。しばらく帰れそうにないからな」

茂は足早に家を出る。武文は呆然《ぼうぜん》と立ち竦《すく》んでいた。

いったい、自分は何と敵対したのか。世界が一変したかのような理不尽。

「………悪魔だ」

その呟《つぶや》きには、悲愴《ひそう》な響きが宿っていた。

第五章 「九重悠璃」

私、釈迦《しゃか》堂暗夜《どうあんや》は陰キャである。

かれこれ陰キャ歴も十六年。それはもう年季の入った陰キャであり、そうでなかったときなど存在しない筋金入りだ……ひひひ。

「ひひ……餌持ってきたよ。ほ、ほら、ちーちゃん。お食べよ……」

ケージの中に入っているカメレオンのちーちゃんに餌を与える。パクリと長い舌が伸びる。その様子を私はニコニコ……いや、そんな可愛《かわい》いものじゃないですハイ。ニヤニヤした笑顔で見ていたよ。ひひひ……。

今日もちーちゃんは肌艶が良い。わ、私と大違いだな……。

でも、最近スキンケアも頑張ってるんだぞちーちゃん。語り掛けてみるが、ちーちゃんは我関せずとばかりに平常通りだ。このツンデレさんめ……。

私、釈迦堂暗夜は爬虫《はちゅう》類系女子《るい》である。

私は昔から爬虫類が好きだった。その可愛さを共有しようとするが、まったく同意は得られない。寂しいが、それが女子としては珍しい好みであることに気づくまでにそれほど時間は掛からなかった。

だからなのか、あまり記憶にない幼稚園の頃はともかく、小学校、中学校と私にはあま

り友達がいなかった。クラスメイト達《たち》の女の子らしい会話に交ざることもできず、色恋沙汰などにも無縁なままポツンと一人、教室の片隅に座っている、そんな女子が私だった。

ま、まさしく陰キャだな……。だいたいいつも髪はぼさぼさ、猫背でどんより笑みを浮かべている私に近づきたいと思うようなクラスメイトなどいはしない。

二人組を作れ、好きな者同士でグループを作れなんて言われた日にはおしまいだ。いつも困った先生が、余ったところに強制加入させるのが常だった。

幸い、虐《いじ》められるようなことはなかった。というより、気持ち悪がって私には誰も近づかない。自ら言わなければ爬虫類が好きだと知られることもなかったが、私から発散される陰キャオーラがクラスメイト達を遠ざける。

気づけば、いつの間にか私の存在は空気と同化し、いなかったように扱われる。わ、私も無色透明に変態しているのかもしれない。

小学校の頃、クラスメイトでよく話す女の子に爬虫類が好きだと話したときのことを思い出す。「変わってるね」。それがオブラートに包んだ優しい否定の言葉だったことに、彼女が私に話しかけなくなってから気づいた。

幾ら疎い私でも、露骨に態度で示されれば分かる。変わっている。その裏には気持ち悪い。そんな感情が潜んでいることに気づいて、私は泣いた。

私、釈迦堂暗夜は変わっている。

そう思うのが当たり前になっていた。徐々に私はクラスメイトに話しかけなくなり、そんな私の拒絶は自然と相手にも伝わる。

　どんどん孤立は進み、孤独なまま私は、いつもぼんやり誰からも見えない、無色透明な釈迦堂暗夜として、教室というカゴの中で一人ジッと飼われている。

　一人娘の私に友達がいないことをママもパパも心配しているが、だからといってどうにもならない。妹か弟でも作って欲しいものだ。誕生日にお願いしてみよう。ひひひで、でも仕方ないじゃないか。どうやって友達を作ればいいのか分からないし……。

　話しかけるのも難しいのだ。陰キャには敷居が高い。不思議なことに、ちーちゃんより言葉が伝わる人間相手の方が、コミュニケーションは難しい。なんとも世界は理不尽だ。

「ちーちゃんは寂しくないかい……？」

　いつも一人のちーちゃんはどんな気持ちなんだろう？　思いを馳《は》せても分からない。

　そんな問いかけに答えが返ってくるはずもないが、それでもこうして会話するのは日課のようなものだ。学校になんて行きたくなかった。こうしてペットと戯れていたい。

　私にとって学校とは行かなければならないから行っているだけだ。だ、だってこれ以上家族を心配させたくないしな……ひひ。

　きっとこのまま、高校でもそんな日々が続いていくのだろう。小中と何も変わらなかったように、陰キャな私は透明な存在として、いないものとして扱われる。つまらない日常、無色な毎日。そんな風に思っていた。

　――高校に入学する前までは。

しかし、私は出会ってしまった。神だ。この世界には神がいた……。

私は自分が変わっていると思っていた。だが、それは勘違いだったのかもしれない。小学生のとき、言われた言葉は真実ではなかった。私の中にあった認識がガラガラと瓦解していく。私は井の中の蛙《かわず》だった。あまりにも広大な大海が目の前に広がっていた。

あらゆるものを意に介しないそんな存在。

私など、彼からすれば普通だ。圧倒的に普通。勘違いに恥ずかしくなり恐縮しきりだ。どうしようもないほどに眩《まぶ》しく、あまりにも強烈な彼の前では、誰も私のことを変わっているなどとは思わない。思ってくれない。気にもしない。

う、うん。そうだアレはカリスマ陰キャ。陰キャリスマだな……。

おかげで、今では私もすっかりただのクラスメイトになっている。

彼は私を特別から普通にしたのだ。特別ではない普通の釈迦堂暗夜。

それは小中とあれだけ億劫《おっくう》だった学校が楽しいと思えるくらいに、私の中に大きな変化をもたらした。夏休み、学校に行けないのが寂しくなるほどに——。

私は今、初めて孤立せずに学校生活を楽しめている。

しかし、これまで随分と陰キャ生活に慣れ親しんでいた所為《せい》か、どうコミュニケーションをとっていいのか分からず困惑してしまう。明らかに経験値が足らなかった。

それでも、誰も私を否定しない。爬虫類好きがバレたって、それを個性として受け止めてくれるクラスメイト達。それもそのはず。私などより遥《はる》かに強い個性が目の前にいるのだ。私の個性など些細《ささい》なものだ。

私は爬虫類好きがバレた日のことを思い出していた。入学した直後、私が教室でちーちゃんコレクションを見ていると、ふと通りかかった彼の目に入ったのか、一目でちーちゃんがパンサーカメレオンだと見抜いた。ペットで飼おうか検討したことがあったらしい。

思いがけず彼は詳しく、私は夢中になり話してしまったが、そんな私を気にすることもなく受け止めてくれた。

それからだ。どういう心境の変化か、私は自分の髪がぼさぼさなままであることに恥ずかしさを覚えるようになり、これまでより少しだけ身だしなみを気にするようになった。

尤《もっと》も、これまで無頓着だった所為かそうそう上手《うま》くはいかなかった。ママにどうすればいいのか聞きに行くと、とても喜ばれた。ひひ……お手数をおかけしてすみませんねぇ。

いつからか、気づけば自然と私に話しかけてくれる人が増えた。否定していたのは、遠ざけていたのは私だったのかもしれない。

陰キャオーラとはつまり、バリアのようなものだ。ほんの僅かでも自分から歩み寄ることができれば、それに応えてくれる人がいることを知った。

誰からも見えないはずの透明だった私に、初めて色がついた。

ピコンとスマホがメールの受信を知らせる。

「な、なんだろう……？　エリちゃん……？」

画面を見ると、エリちゃんからメールが来ていた。

遊びの誘い。エリちゃんとは、桜井《さくらい》香奈《かな》のことである。

陰キャの私とは正反対の陽キャ女子。本来なら交わらなかったであろうカーストのトップに位置する存在。神がエリザベスと呼んでいるので、私も敬意を払ってエリちゃんと内心呼んでいるが、本人の前では呼べない小心者が私だ。堂々とエリザベスと呼んでしまう彼はやはり神である。そんなエリちゃんからのメールに全身が震え出す。

「プププ、プール!? ちーちゃんプールってアレか？ 呼び出して私を沈めるつもりなのか!? それとも、水着で泳いだりするアレなのか!?」

遊びに誘われるどころか、その行き先はプール。陰キャにはキャパシティオーバーだ。

ふぉぉぉぉおどーする、どーすればいいんだ!? こうしてはいられない。

私はドタバタと部屋から飛び出すと、リビングに向かう。

「ママ……どどどど、どーしよ！ と、友達に遊びに誘われたけど、プールってスクール水着でいいんだろうか!?」

ママの目がまんまるに見開かれ、ハラハラと涙が零《こぼ》れだす。

「暗ちゃんにも、ついにそんなお友達ができたのね……。ママ嬉《うれ》しいわ！ でも、暗ちゃん。スクール水着はないと思うの。これから一緒に可愛いの買いに行きましょうか」

「ひひ……そうだったのか。聞いてよかった。かたじけのうございます」

ママはとても上機嫌だ。最近はいつも嬉しそう。

いつか感じていた寂しさは今では何処《どこ》かに消えていた。このまま卒業するまでクラスが変わらなければいいのに。そんなこと、昔の私ならとてもじゃないが考えなかった。日々騒動を起こす彼は、私のつまらない日常にも騒動を起こしていく。目まぐるしく変化する毎日。でもそれがどうしようもなく楽しくて心地いい。

私は釈迦堂暗夜。陰キャだが普通の女子であると同時に神の敬虔《けいけん》な信徒だ。

そう、クラスメイトに知らぬ間に崇《あが》められている男、それが九重《ここのえ》雪兎《ゆきと》である。

◇

ここ一週間ばかり、俺は姉さんにベタベタしまくった。

ウザくてしょうがなかったはずだ。ごめんね悠璃《ゆうり》さん。

朝は一緒に登校するし、夜は姉さんの部屋で一緒に寝ることもある。

母さんが捨てられた子犬みたいな悲哀に満ちた瞳をしていたのが心苦しい。すまぬ……。

休日は買い物に行ったし、映画も一緒に観《み》た。ボウリングで遊んだりもした。

基本的に姉さんは俺がしたいことを否定しない。全て肯定してくれる。

一応、姉さんにも『好感度を下げよう大作戦』を敢行してみたが、氷見山《ひみやま》さんや母さん同様、どうやら姉さんの俺に対する好感度も下がらないらしい。

サスペンダーがないから買いに行ってくると即家を飛び出した姉さんを止める間もなかった。帰ってきたら地獄が待っていた。これが噂《うわさ》の裸《ら》生門《しょうもん》か。

だがしかし、そんなことなどあるだろうか？

悪役令嬢の妹だって、やりすぎれば姉から報復されるのだ。

俺はこの一週間で原因を特定し、一つの結論を導き出していた。

姉さんは、明らかに無理をしている。

俺が近づけば近づくほど、懐に入ろうとすればするほど、受け入れてくれるが、その反面、表情は引き攣《つ》り、動悸《どうき》も激しく、呼吸は荒い。身体《からだ》は震え、脂汗を流している。

壊れた関係を無理矢理元通りにしようとしても、罅《ひび》の入った歪《いびつ》な虚構が生まれるだけだ。

かつて姉さんが一度だけ俺に本心を見せたことがある。

「アンタなんて大っ嫌い！　消えちゃえ！」

その言葉と共に、俺は公園の遊具から突き飛ばされた。

大怪我《おおけが》をして入院することになったが、俺は姉さんを微塵《みじん》も恨んでなどいない。付き纏《まと》っていた俺が悪かっただけ。言葉通りに消えるべきだった。

それから極力、姉さんと関わらないようにしてきた。

今にして思えば、それは正解だったのだろう。あの言葉こそが姉さんの真実だ。

そんな関係が変わり始めたのは高校に入学してからだ。ようやく気づく。

だからこそ、姉さんは苦しんでいるのだと。ここ最近特に顕著だが、姉さんは明確に距離を置こうとしている。部屋に引きこもり、殆《ほとん》ど会わない日もある。

もちろん、部屋を訪ねると快く迎えてくれるし、何かお願いすれば一緒にやってくれる。

でも俺は知っている。その後、一人で苦しんでいることを。

深夜、姉さんの慟哭《どうこく》を耳にしたこともある。

そう、姉さんは俺を好きであることを自らに強制していた。

俺が大怪我したことで、罪悪感に苦しんでいた姉さんは、絶対的な味方になろうとした。

そして二度と自らが引き起こした凶行を繰り返さないように誓ったはずだ。

俺が嫌いだという本心を、理性で塗り潰した。

姉さんの中で、俺に対する感情は好きしか存在しない。

それ以外の感情を抱くことを姉さんは絶対に許さない。

しかし、そんな無理を続けていれば、いずれ限界がきてしまう。

矛盾する感情の狭間《はざま》で、姉さんは苦しみ続けている。

別に姉弟だからと感情に反してまで仲良くしなければならない理由はない。

嫌いなら嫌いで構わない。それを無理に否定しようとするから拗《こじ》れてしまう。

仲の悪い姉弟だっているし、互いに無関心の姉弟だって幾らでも存在している。

あの事故から、俺と姉さんは互いに適切な距離を保ってきた。故に、それが揺らいでいる現状が、姉さんにとって耐え難い苦痛であることは想像に難くない。

それに気づいたからこそ、あえて俺はこの一週間、積極的に距離を詰めた。

姉さんに必要なのは、もう一度、俺を嫌いだと素直に認める勇気だ。

自分の本心を偽らずに、嘘《うそ》という牢獄《ろうごく》に閉じ込めた心を解放すること。

日に日に姉さんが憔悴《しょうすい》していくのが分かる。我慢の限界に差し掛かっている。

それでも、俺は姉さんに近づくのを止《や》めない。たとえそれが追い詰めることになるとしても、姉さんが全てを曝《さら》け出すまで、俺は徹底的に続ける。

もういいだろう。もう充分だ。俺は今日まで姉さんに大切にされてきた。

姉さんは散々苦しみ抜いた。これからは姉さん自身の幸せを求めるべきだ。

なんとなく、これが自立なのだと理解する。

俺はこれまで姉さんの庇護《ひご》下《か》で守られていた。けれど、それも終わりだ。

大抵のことには対応できるし、周囲には沢山の味方がいて助けてくれる。

姉さんに、雪兎という呪縛はもう必要ない。

姉さんに尊敬の念を抱く。別れを伝えるときが、来たのだろう。

「嫌いなまま、好きでいてくれてありがとう。姉さん」

最後に残ったのは、感謝の気持ちだけだった。

◇

「ここがキャンプ場か！」

跨《また》っていたクロスバイクから降り、周囲を見渡す。

陽光差し込む開放的な草原。力強く若葉が輝いている。

鼻腔《びこう》を擽《くすぐ》る新緑の匂い。大きく息を吸って、大自然を堪能する。

「ようやく着いたわね」

姉さんもクロスバイクから降りる。汗がキラリと光っていた。その姿も美しい。

「大丈夫だった？　疲れたよね」

「まだ慣れないけど、練習だってしたし、適度に休憩を挟んだもの。心配しないで」

俺と姉さんはクロスバイクで二時間かけて自然公園に来ていた。

未成年なので日帰りだ。キャンプと言えば山に籠って不便な生活を楽しむものと思いがちだが、最近のキャンプ場は設備が揃《そろ》っており、初心者でも充分楽しめる。

姉さんの気分転換になるのではないかと誘ってみた。

「アンタがお尻の毛まで毟《むし》るから、少し痛いけど」

「毟ってませんが!?」

「お尻の穴まで見られたんだし、今更よね」

「それは俺の所為なんだろうか？」

「なんなら皺《しわ》の数だって数えられちゃったし」

「だからそれは俺の所為なんだろうか？」

「綺麗《きれい》にしておくから、いつでもいいわよ」

「なにが？　ねぇ、なにがいいの!?　ねぇってば！」

第一回・九重家麻雀《マージャン》大会は大惨事で幕を閉じた。優勝したのは俺だったが、勝ちたくない俺と俺を勝たせたい三人との極限八百長バトルは深夜まで続いた。

最後は深夜テンションで、ＢＰＯに即通報されそうなほど、言葉にできない死屍累々《ししるいるい》の惨状だったが、この記憶は歴史の闇へと葬り去った。

因《ちな》みにだが三人とも俺に役満を振り込んだよ。血も涙もない外道である。

「来週はパンスト破き選手権ね」

「天才の発想か？」

すげぇ面白そう。現代社会はストレスとの闘いである。ストレス発散方法は人それぞれだが、壁に斧《おの》を投げたり皿を割ったりできるエンタメ施設があったりと、破壊衝動を満たすことはストレス解消の有効な手段であることに疑いはない。

「内緒だけど、こっそり教えてあげる。デニール数が一番薄いのは私よ」

「いきなりレギュレーション違反されても」

「母さんは着圧を穿《は》くし、敵ではないわ」

「あまつさえマウント取られても」

「雪華《せっか》さんは卑劣にも白らしいわ。清楚《せいそ》ぶっても所詮は卑しい女」

「普段、俺の知らない間にどんな話し合いが行われてるんだろう？」

九重家の闇は深い。

「そもそもどんな競技なの？」

「アンタが私達《たち》が穿いてるパンストを如何《いか》に綺麗に破けるかを競うの」

「言ってる意味が微塵も理解できないから、とりあえず納得したフリしとくね」

想像すると恐怖しか湧かないので、聞き流しつつ受付を済ませる。

自然溢《あふ》れると言っても、建物の中にはトイレもあるし、備品は全てレンタルだ。

割り当てられたテントに入って寝ころんでみると、思いの外快適だった。

「膝枕してあげようか？　筋肉痛で太股《ふともも》パンパンだけど」

「ホント申し訳ないです」

強引に誘ったのに、文句も言わず付き合ってくれた姉さんに感謝しかない。

片道二時間のサイクリングは心地よい疲労感を与えてくれたが、帰りはそれなりにハードかもしれない。もっと道中の休憩を増やそうと心に決める。

「それにしても、本当によかったの？」

姉さんが表情を曇らせる。サイクリングで使用したクロスバイクは俺が購入した。

二台で約二十万円の出費だ。普段、お小遣いを使わずにコツコツ貯《た》めているので何ら問題ないが、高校生には高額なだけに、姉さんが気にするのもしょうがない。

だがむしろ、俺は母さんの扶養を外れかねないことを危惧していた。

「臨時収入があるんだ。そうだ、お姉ちゃんもアルバイト手伝ってくれる？」

「私が養ってあげるからアンタは働かなくていいのよ？」

「弟を駄目にする系のお姉ちゃんだったかー」

「お金が必要なら私が稼いでくるから。なんならパパ活したって――」

「二度とそんなこと言わないで」

姉さんの両肩を摑《つか》み、視線を合わせる。悠璃さんは本気だ。

痛々しいまでの自己犠牲。自分の為《ため》なら絶対にそんなことはしないが、それがもし俺の為だと言うなら、姉さんは躊躇《ちゅうちょ》なく実行に移すかもしれない。

「…………お願い」

「そうね、ごめんなさい」

姉さんを縛る呪われた鎖を断ち切らなければ、いつかきっと姉さんは自らの手で自分を傷つけてしまう。それが償いだと誤解したまま。

決着をつけるのは今日しかない。姉さんに俺が嫌いだと必ず認めさせる。

「臨時収入があるって言ったでしょ。お腹空《なかす》いたし、食事にしよっか」

姉さんの手を引く。昔はいつも俺の手を引くのは姉さんだった。

忙しい母さんの代わりに、姉さんは精一杯頑張っていたんだ。なのに無神経な俺は姉さんの気持ちを考えず、全てを壊した。破滅のトリガーを引かせたのは俺だ。

最大の罪を背負っているのは姉さんではなく俺であり、より悪質だ。

今まで姉さんの罪悪感を利用して、姉さんの優しさを搾取し続けてきた大罪人。

無自覚な悪魔、暴虐の王。一方的な献身を享受し不遜に振舞ってきた。

姉さんから笑顔も人生も奪って、それでもまだ足りないと貪り尽くす。

遊具から突き飛ばされた俺は、自覚もないまま姉さんを地獄に突き落として復讐《ふくしゅう》を果たした。謝罪を受け入れ、なのに赦《ゆる》しを与えず。あまりにも悍《おぞ》ましく度し難い。

「優しいね」

「………俺は悪魔だよ」

姉さんが天使なら俺は悪魔だ。ならばその役目を全うしよう。

たとえもう一度傷つけたとしても、これが最後だから。


「キャンプって何をすればいいのかしら。携帯ゲームで遊ぶ？」

「アウトドアなのかインドアなのか、哲学だね」

真夏にクーラーで涼みながら炬燵《こたつ》に入ってアイスを食べるかの如《ごと》く罰当たりな所業である。電気代の高騰で家庭が悲鳴を上げる中、許されざる暴挙だ。

昼食はもちろんバーベキューだ。原始的手法で火を起こす必要もない。

文明の利器に感謝だが、船が難破して無人島に漂着しても生き残れるか心配だ。

アメリカン親父《おやじ》の家では肉ばかりだったので、今回のＢＢＱは海産物も用意した。

「俺がやるよ」

サザエのつぼ焼きに苦戦している姉さんから受け取り、サクッと取り出す。悠璃《ゆうり》さんは不器用なのだ。苦いのは苦手らしいので、肝を取って渡す。

「ありがと。でも、どうしてサザエなの？」

「旬の食材を大切にしようと思って。それに肉ばかりも飽きるかなと」

「アンタってとにかく凝り性よね。将来どうなるのかしら？」

大将に師事してからというもの、料理の腕は各段に上達している。

これまではあくまでも家事の範疇《はんちゅう》だった料理スキルだが、凝った料理も作れるようになったし、専門性を有し始めている。おかげで食材などに妙な拘《こだわ》りが出始めた。

「お姉ちゃん、お肉焼けたよ」

「ありがと。ついつい食が進むけど、加減しないと太ってしまいそうだわ」

「むしろ痩せすぎだよ。もっと太ってもいいと思う」

「そっか、そうよね。痩せるならアンタの上で腰を振ればいいわけだし」

「この牛タン、美味《うま》いな」

モグモグ。友人からの気まずい誤爆メールに気づかないフリをするのも優しさだ。

ここで余計な発言をして墓穴を掘る自爆をこれまで何度となく繰り返してきた。

人生を平穏に生き抜く秘訣《ひけつ》は『見ざる聞かざる言わざる』だと孔子《こうし》も言っている。

エビの殻を剥《む》いて姉さんに渡す。悠璃さんは不器用なのだ。ちょっと、申し訳ないと思ったのか、姉の威厳なのか、鶏肉《とりにく》をアーンしてくれた。嬉《うれ》しい。

眩《まぶ》しい日差しの下、姉さんと一緒に、ＢＢＱを思う存分堪能したのだった。

「……ふぅ、お腹いっぱい」

「そうだね。片付けよっか」

手早く片付け始める。キャンプ用品はレンタルなので、持ち帰るのは食材だけだ。

「ねぇ、どうして急にキャンプに行こうと思ったの？」

今更ながらの質問。本来なら誘った時点で確認すべきことなのかもしれない。

でも、姉さんは俺が何かしたいと言ったら、いちいち疑問を挟まない。

あるのは肯定だけ。そしてそれは俺も同じだ。だからこそ俺達の関係は歪《いびつ》だった。

青空を見上げ、太陽の位置を確認する。そろそろいいかもしれない。

「少し待ってて！　荷物取ってくるね」

あらかじめキャンプ場に送っておいた荷物を取りに行く。

俺が運んできた二つの箱を姉さんが訝《いぶか》しげに見ていた。

気にすることもなく、固く梱包《こんぽう》された資材をカッターで丁寧にほどいていく。

持ち帰るときにも使うので、ここで豪快に破くわけにはいかない。

取り出したのは額縁に入った一枚の絵。

「じゃーん！　はい、姉さんにプレゼント」

「私にプレゼント？　クロスバイクだって買ってくれたのに何を――ッ」

姉さんが息を呑《の》む。食い入るようにその絵を見つめていた。

「タイトルは『十年後の姉さん』。どうかな？」

草原の中、白いワンピースを着た女性が、陽光を浴びて立っている。

眩《まばゆ》いばかりの笑みを浮かべて、幸せを切り取ったかのような一枚。

「最初は美術コンクールに出展しようかと思ったんだけど、三条寺《さんじょうじ》先生が、この絵を見るのは、姉さんだけでいいって言うからさ」

声が聞こえているのかいないのか、姉さんは無反応だ。あれ、失敗した？

「……十年後？　でも、これは、この絵の私は……」

震える手が、絵の中の悠璃さんをなぞる。

そう、絵に描かれている姉さんは十年後、二十七歳の大人になった姉さんではなく、今の十七歳の九重《ここのえ》悠璃その人だ。俺の記憶の中にある笑顔の悠璃さんが、成長したら十年後こうなっているだろう、そんな想像で描いた絵だ。

あの頃、いつも一緒にいてくれた、遊んでくれたお姉ちゃんが、そのまま成長していたなら、今頃、絵と同じように笑顔の似合う素敵な女性になっていたはずだ。

事故が起きた後、姉さんは何度も謝罪を繰り返した。俺はそれをただ受け入れた。

それから、姉さんの贖罪《しょくざい》の日々が始まる。姉さんが笑わなくなったことに俺が気づいたのは六歳のとき。それから十年経《た》った今も姉さんは牢獄《ろうごく》に囚《とら》われている。

絵の中にいるのは、俺の理想。俺が大好きだった頃のお姉ちゃん。

本来あるべきはずだった未来。捻《ね》じ曲げてしまった運命の相克。

もう一度、昔みたいに笑って欲しいと、そんな願いを込めた。

「ねぇ、雪兎《ゆきと》。もしかしてこの絵の風景って――」

ハッと気づいたように姉さんが周囲を見回す。風に吹かれる草原。太陽の位置。

「似てるでしょ？」

絵と同じシチュエーションが揃《そろ》っていた。それに悠璃さんも気づいたのだろう。

言葉はないが、その表情が雄弁に物語る。だが、まだまだこんなものじゃない！

「フッフッフ。これで終わりじゃないんです！」

なんとか間に合った白いワンピース。自信作だ。

描かれている服と全く同じ衣装。うっかり複雑な作りにしてしまい地獄を見た。

「雪兎が作ったの？」

「うん。ウェディングドレスは難易度高いけど、ワンピースならと思って」

「ウェディングドレス？　もしかして着せてくれるの……？」

「うん？　あ、そうそう。着たそうにしてたから」

ウェディングドレスは流石《さすが》に複雑で、未《いま》だにヴェールしかできていない。

母さんにはもう少しだけ待ってもらわないと。人生、日々修業だ。

「雪兎が赦してくれるなら私は……。この世界の全てを敵に回したって――」

「姉さん？」

「ま、待ってて！　すぐに着替えるね！」

慌てた姉さんがテントの奥に駆け込む。ゴソゴソと着替える。

鞄《かばん》の中から、一眼レフを取り出すと、動作を確認する。

こんなときに使わないと宝の持ち腐れだもんな。

「お待たせ」

着替え終わったのか、姉さんがおずおずとテントから顔を出す。

恥ずかしげに頬を染めて。そこには文句のつけようのない美女が立っていた。

清楚《せいそ》で可憐《かれん》な美しい女性。浮かぶ言葉は陳腐で、どれでも言い表せない。

数秒が経ち、数十秒。呼吸することも忘れて見惚《みと》れていた。

「どうかしら？」

「天使じゃん」

真っ白なワンピースが風に吹かれて、まるで羽のように舞う。

熾天使《してんし》ユウリエルの顕現。神々しさに、自然と項垂《うなだ》れる。

そうだ、そんなことに今更気づいた。姉さんが黒を好むようになったのも、あの事故の後からだ。俺もそうだが、姉さんも黒を基調にした服が多い。

けど、昔は白い服を好んでいた。なのに着なくなったのは、俺が原因。

姉さんが俺を突き飛ばした後、血を流す俺を姉さんが介抱しようと抱き起こした。姉さんの着ていた服が白から赤へとみるみる鮮血に染まっていく。

俺が家に戻ってから、姉さんが同じ服を着ているのを見たことがない。恐らく処分したのだろう。それから姉さんは黒を好むようになった。血に染まらない黒を。

俺が原因じゃないか。笑顔を奪ったのも、嗜好《しこう》さえ捻じ曲げたのも。

「白なんて似合わないと思っていたのに……。恥ずかしいけど、ありがとう」

姉さんの言葉に我に返る。懺悔《ざんげ》するのは今じゃない。

「写真、撮ろう？」

姉さんがコクリと頷《うなず》き、草原へ、そっと歩みを進める。

姉さんが靴を脱ぐ。裸足《はだし》になり、土踏まずで土の感触を確かめるように歩く。

日差しがまるでエフェクトのように、姉さんを歓迎するように、光の道を照らし出す。

そよ風に誘われ、悪戯《いたずら》な精霊が導くかのような祝福を与える。

「ここでいい？」

バッチリだ。でも、駄目なんだそれじゃあ。何よりも大切なものが欠けている。

ただそれだけを見たくて、それだけを望んで、叶《かな》えたかったのはただ一つ。

「笑ってよ。昔みたいに」

「……そう、ね。雪兎がこんなにも頑張ってくれたんだもんね」

「姉さんから笑顔を奪った俺が言えることじゃないけど、それでも俺は姉さんに笑って欲しいんだ。そんなお姉ちゃんが大好きだったから」

辛《つら》いことが沢山あった。周りは敵ばかりだと思っていた。

でも、ずっと味方になってくれた人がいた。いつも傍《そば》で支えてくれた。

スッと、姉さんの頬を涙が伝う。また新たな発見。

姉さんは泣かない人だと思っていた。強い人だと、そんなことあるはずないのに。

――こんなにも俺は、姉さんを知らない。


「ねぇ、雪兎。私、ちゃんと笑えてるかな？　あの頃みたいに、いつも二人で遊んでた、アンタと仲が良かった昔みたいに……」


サラサラと、風が髪を撫《な》でていく。

不慣れでぎこちない、下手くそな笑顔。それでも俺には、

「うん。――とっても綺麗《きれい》だ」

ファインダー越しに世界を切り取る。何枚も、何枚も。

この写真を見れば、笑顔を思い出せるように。

今にも儚《はかな》く消えてしまいそうな幻想的な光景を目に焼き付ける。

この時だけは、まっさらな気持ちで、ただの姉弟として。

童心に返ったように、姉さんとの時間を紡いでいく。

そこにいるのは、絵の中に描いた理想のお姉ちゃん。

「こんな気持ち、もうずっと忘れてた」

向日葵《ひまわり》が咲いたような、その場にいるだけで明るくなる、そんな笑顔。

「お礼、しなきゃね。期待してなさい」

「もう貰《もら》ったよ」

最高のお礼を貰った。報われたような、そんな清々《すがすが》しい気分だった。

笑顔の価値と比べれば、これまでの苦労など微々たるものだ。

「――いつか、私がいなくなったとしたら、雪兎は悲しい？」

唐突な問いかけ。でもその表情は怖いほど真剣で、声は震えていた。

考えるまでもない。あまりにも馬鹿馬鹿しい。答えなんて一つしかない。

「泣く」

「アンタ、泣いたことないじゃない」

「最近、泣いたよ」

「そうなの？」

「母さんの息子だもん」

「……そうね。母さんは泣き虫だもの。私も同じか」

姉さんがクスリと微笑《ほほえ》む。

「何処《どこ》までいっても親子で姉弟で。似た者同士なのかもね」

「姉さん？」

「家族だもの。好きなことに理由なんて必要ない。改めてそう理解しただけ」

吹っ切れたように、姉さんが言葉を紡ぐ。

澄み渡る青空は遥《はる》か高く、広大な空の下、俺達《たち》は久しぶりに普通の姉弟に戻れた。

「お姉ちゃん、帰ろっか」

「そうね。……私は、貴方《あなた》がくれた今日この日を忘れない」

風が姉さんの長い髪を揺らしていく。

「――雪兎、ありがとう」

優しく抱きしめられる。お日様と草木の匂いに混ざる姉さんの匂い。

これがマイナスイオンか。リラックス効果があるのか、気分が良くなる。

その一方で、胸の奥から沸き上がる焦燥。

俺がしようとしていることは本当に正しいのか?

これで終われば、このままなら幸せに終われるはずなのに。

答えに迷う。正解が分からない。これ以上、姉さんの心を弄ぶことに、それで得られる何かに、いったいどれほどの価値があるというのか。

葛藤を振り払う。だが、憂鬱な気分が晴れることはなかった。

◆

弟に泣かされてしまった。二度と泣かないと決めたはずなのに、あっさりとその誓いを破らされた。情けない。でも、不思議と気分は晴れやかだ。

それはきっと流した涙が、悲しみではなく喜びだったから。

絵は丁寧に梱包《こんぽう》し直して自宅に送った。自室に飾るのが楽しみだ。

家に帰ったら鏡の前で笑顔の練習をしようと決める。グニグニと凝り固まった頬の筋肉を解《ほぐ》す。あの子が作ってくれたワンピースに相応《ふさわ》しくならなきゃ。

自然と笑えるようになる日まで、大切に保管しておこう。

まだ胸の中に感動が残っている。最後にかけがえのない思い出をくれた。

これなら、離れても寂しくないわね。……またそうして自分に嘘《うそ》をつく。

諦める為《ため》に、いっそあの私に告白してきた水口という同級生の告白を受け入れようか。

……そんなつもりなんてない癖に。他人を巻き込むなんてできない。

あの愚かな幼馴染《おさななじみ》と同じ真似《まね》をすれば、それで傷つくのは弟だ。

普通の女の子として恋をする。そんな当たり前の道が私にもあったのかしら。

いつから道を踏み外したの？　いつからこんなにも好きになってしまったの？

弟はずっと私を責めなかった。それどころか、自分が迷惑を掛けたからだと謝ってきた。

私の罪を決して誰にも言わず、何も望まず、何も求めず、私が気に病まないよう距離を置いて、私が普通に暮らせるようにしてくれていた。

そんな繊細な優しさに気づかずに、私は物足りないと不用意に距離を詰め続けた。

もうこれ以上、好きになってはいけないと理解《わか》っているのに、その一線を越えてはいけないと知っているのに、どれだけ否定しても無駄だった。

好きだ。愛している。抱いた想《おも》いを今更なかったことになんてできそうもない。

あんなことをされて、好きにならないはずがない。好きになって当然だ。

今日を迎えるまでに、いったいどれだけ準備をしたの？

どれほど努力を積み重ねたの？　私にはそんな価値なんてないのに。

これまで私と関わろうとしなかった雪兎が、私の為に、私だけを想ってしてくれたことに、私はいったいどう応えればいいのかな。

「ここは……？」

帰り道、雪兎から提案されて寄り道をする。

見覚えのある公園。私が雪兎を大怪我《おおけが》させたあの場所。

あれ以来、一度だって近づいたことはなかった。どうして今になって……？

「ない？」

「遊具は撤去されたんだ」

思わず口をついた独り言に雪兎が答える。疑問に思うまでもないことだった。

あれだけの大事故が起きたなら、すぐにでも撤去されるはずだ。

かつて遊具があった場所は、今は何もない。ポカリと空いた、異質な空白。

思い出すのは、蹲《うずくま》り血まみれになっていた雪兎の姿。

身体《からだ》が強張《こわば》り、呼吸が荒くなる。震える手を隠すように後ろに回す。

「ごめんね」

「……どうしてアンタが謝るの？」

不安が渦巻く。さっきまであんなに幸せだったのに、どうしてか言い知れぬ恐怖が全身を覆い尽くす。夏なのに、一気に気温が下がったような気がする。

夜の帳《とばり》が下りる。暗闇の中、街灯だけが私達を照らしていた。

もしかしたらこのスポットライトの下で、断罪が始まるのかもしれない。

夢で見るほど望んだはずなのに、今はそれがとても怖くてならない。

「あの日、俺は姉さんの世界を壊した。ほら、こういう経験ないかな？　陰キャぼっちあるあるなんだけど、仲良しグループの中に入ろうとして疎外感を感じること。俺は部外者なのに、姉さんと姉さんの友達が築いていた関係に割り込んだ。百合《ゆり》の間に挟まる男みたいなものさ。異物であり、死を以《もっ》て償うべき蛮行。姉さんの世界を不躾《ぶしつけ》に踏み躙《にじ》った。それは俺の過失であり、姉さんの拒絶は当然だった。悪いのは俺なんだ。罪は俺が背負う」

違う！　アンタは悪くなんてない！　悪いのは私で、人殺しは私なのに！

そう叫びたいのに、喉まで出かかった声が出ない。被害者が加害者を擁護するなんてあってはならない。摂理に反する所業。けれど、弟の声に怒りも非難も滲《にじ》むことはない。

滔々《とうとう》とただ静かに語られていく心。……そうか、これが雪兎《ゆきと》の世界。

弟が見ている光景。色褪《いろあ》せたセピア色の。いつも底辺から空を見上げて。

いつだって雪兎は誰のことも悪く言わない。それを好ましく思っていた。

けれど、知ってしまえば、理解してしまえば、そんなことは口が裂けても言えない。

なんて、なんて悲しい世界なんだろう。地底から、最底辺から空に憧れるだけ。

手を伸ばしても届かない高みを望み続ける。周りに誰もいない暗闇の中で。

「でも、姉さんは壊れた世界を無理矢理肯定してしまった。俺という異物を受け入れ、それが正しいことだと規定した。感情を殺して、心を砕いて」

あの日の感情が思い出せない。今となっては、どうしてあんな愚行に及んだのかすらも。

でも、記憶に従うなら、確かにあの瞬間、私は弟を嫌悪し拒絶した。それが真実だ。

「姉さん、もういいんだ。無理しなくても。嫌いなら嫌いでいいじゃない。自分を偽って、捻《ね》じ曲げてまで好きになろうとしなくたって、大丈夫だよ」

そっと雪兎が震える私の両手を首元に持っていく。

「――ッ！　もしかしてアンタ気づいてたの!?」

「なんとなく気配を感じることがあっただけだよ」

血の気が引く。違う、そうじゃない、そんなこと思ってない！

そう叫び出しそうになるが、そんな言い訳をいったい誰が信じるというの？

罰を求めて、更なる罪の誘惑に駆られたなどと、口に出せるはずがない。

私は何度も寝ている弟の首に手を掛けた。でも、それは儀式のようなもの。

決して赦《ゆる》されない私の罪を自覚する為だ。実際に首を絞めるつもりなど毛頭ない。

でももし、雪兎が気づいていたなら、気配を感じて目覚めたことがあったなら、私の愚行はどう見えたの？　ありもしない殺意に怯《おび》えることがあったのかもしれない。

だとすれば、私は雪兎にとって今もまだ殺人者のままで……。

「見ていられないんだ。姉さんが苦しんでいる姿を。俺が嫌いならそれでいい。だからもう自分を赦してあげて。解放してあげて」

「……何を言ってるの？　私がアンタを嫌いなはずが――」

雪兎が私の両手の上から力を込める。背筋が凍る。

嫌だ……やめてやめてやめてやめて！　それだけは私にさせないで!?

ぞわりと背筋を悪寒が襲う。生命の冒瀆《ぼうとく》。尊厳の蹂躙《じゅうりん》。

「首を絞めるときは、全体に力を入れるんじゃなくて、頸動脈《けいどうみゃく》のこの部分を摑《つか》むように圧迫すると効果的に意識を刈り取れるんだよ」

軽い口調で豆知識を披露するかのように、躊躇《ちゅうちょ》なくそのまま絞めた。

ガクンッと雪兎の身体から力が抜けて、膝が落ちる。

「……嘘よ。嘘、ねぇ、返事して!?……なんでこんなことするの！　雪兎、雪兎！」

どうして、どうしてこんなことになるのよ！　アンタが言ったんじゃない！

昔みたいな笑顔を見せてって。笑って欲しいって。なのに、どうして!?

笑顔を見せる相手がいなくなってしまえば、そんなもの何の意味もないのに。

二度とこんな姿見たくなかった。私が守るって誓ったのに、私の手で雪兎を！

弟の身体を揺さぶる。辛うじて息はある。死なせない、死なせるもんか！

錯乱しそうになるのをどうにか抑え込んで、スマホを手に取る。

「そうだ、救急車！」

雪兎の手が、私の腕を掴む。

「ゴホゴホッ！　うぇぇぇぇぇぇぇ！」

意識を取り戻したのか、咳《せ》き込み苦しそうに息を吸い込む。

「大丈夫!?　なんでこんなことするの！　私にはアンタがいない世界なんて――」

そんな世界なんて、生きる理由がない。

そんな世界なんて、私には必要ない。

「……悠璃《ゆうり》さん、消えられなくてごめん」

あのときと同じ言葉。心臓を鋭利なナイフで抉《えぐ》り出される。

私は雪兎を殺した。お前の罪を忘れるなと突き付けられる。

「やめて！　消えるのは、消えなきゃならないのはアンタじゃなくて私なの！」

「違う、違うんだよ姉さん。好きだと言ってくれる人がいて、大切だと思ってくれる人がいて、悲しんでくれる人がいることを知ったんだ。だからもう、俺はあのときみたいに振舞えない。だからごめん。もう姉さんの願いを叶《かな》えてあげられない」

悲し気な雪兎の表情。でも、さっきの言葉はあのときとは正反対だった。

かつて消えることを望んで失敗し、でも今は、消えられないと答えた。

それは成長。愛されていると知り、誰かの為に生きたいとそう願っている。

「私の願い？　アンタが消えることが？　そんなはずないでしょう!?」

「姉さんが無理をする必要なんてない。認めるんだ姉さん。このままなら姉さんはいつか壊れる。いつまでも本心を欺き続けるなんて真似は――」

「私の想いをアンタが勝手に決めるなッ！」

分からず屋の弟。手を振り被《かぶ》り、ビンタをしようとして、そんなこと到底できるはずもなく、雪兎の頬を撫《な》でる。無理よ……。だって、好きなんだから。

「アンタが好きなの！　赦されない私の許されない恋だって分かってる。言葉にしないつもりだった。踏みとどまるつもりだった。なのに、アンタが優しいから……」

涙が溢《あふ》れる。泣かないと決めて堪《こら》えてきた何年分、何十年分もの涙が滂沱《ぼうだ》と零《こぼ》れ落ちる。ポタポタと地面を濡《ぬ》らしていく。情けなかった。こんなにも惨めで。

「だからそれは姉さんの勘違いで――」

「アンタが私を嫌っていても、私は死ぬまで愛し続けるから」

報われない恋だとしても関係ない。想い続けることには慣れている。

もし、雪兎が言うように、この想いが偽りだとしても、私は本物へと昇華させてしまった。何物にも代えられない誰にも否定させない。それがたとえ雪兎でも。

「…………姉さんにとって俺は憎き仇《かたき》だよね？」

「私がこの世界で唯一愛する弟よ」

「…………姉さんにとって俺は殺したいほど恨んでいる悪魔のはずだ」

「綺《き》麗《れい》で穢《けが》れのない、ただ一つだけの宝物」

雪兎が困惑の表情を浮かべていた。困るわよね。急にそんなこと言われたって。

そんなつもりなんてなかったのに、一生伏せておくべきだったのに。

どういうわけか私のことを嫌っているはずのこの子が、最近は甘えてくれるようになった。なりふり構わない母さんを羨ましく思っていた私にとって、それは夢見心地な時間だった。距離を置こうとしたのに、その分だけ近づいてくるこの子に翻弄されるばかりで。

でも嫌じゃなくて、とても嬉《うれ》しかった。

——赦されたと思ってしまうほど。そんな、ありえない妄想に浸って。

「そんなはずないのにね……」

消沈する。もう疲れた。最後に素敵な夢を見せてもらった。それで充分だ。

あんなにも素敵な絵を貰《もら》って、ワンピースを作ってくれて、笑顔にしてくれたんだもの。

これ以上、いったいどんな幸せを望むというの？

「雪兎、ありがとう。それと今までごめんなさい」

別れの挨拶になるのだと、漠然とそう理解する。

海外へ留学しても、私はずっと想い続ける。それだけでいい。それ以上は望まない。

この子が幸せなってくれれば、それが私の幸せだもの。

「姉さん」

「どうしたの？」

何か致命的な失態に気づいたような、そんな微妙な表情。違和感を覚える。

雪兎が困ったように、口を開いた。

「……………………なんか嚙《か》み合ってなくない？」

「は？」

クロスバイクを押しながら家に向かう。道すがら、認識を擦り合わせていく。

「悠璃さん留学するの!?」

突如、明かされる新事実に驚きを隠せない。

まるで位相がズレているかのような、どうにも気持ち悪さを感じていたのだが、俺も姉さんもうっかりさん。互いに言いたいことだけ言ってまるで話が通じていなかった。

コミュ障っぷりが完全に姉弟である。これも長年拗《こじ》れていた姉弟関係の弊害かと思えばしょうがない。それだけ俺達《たち》は断絶した関係だった。

改めてじっくり話をすると、姉さんは海外の大学へ留学を希望しているらしい。

「海外の大学って何処《どこ》に行くの？　姉さんのことだからイギリスかな？」

姉さんは語学堪能だ。でも、一番得意なのは雪兎語らしい。なにそれ!?

「いやあの……」

「明確な目標があるなんて凄《すご》いなぁ。姉さんは将来、どんなことがやりたいの？」

「……えっと、そういうのじゃなくて……その……」

「？」

どうしたんだろう？　悠璃さんにしては珍しく歯切れが悪い。

「だから、アンタにはもう私は必要ないから、離れた方がいいのかなって……」

「どゆこと？」

「だって、アンタは何でもできるじゃない！　守ってあげるなんて言えないし、雪兎も私のこと嫌いでしょう？　こんな最低な姉だもの。アンタこそ無理しなくていいの」

詳しく聞けば、姉さんは俺が嫌いでありながら好きだと思い込もうとして苦しんでいたのではなく、自らの存在意義、役割を見失い、離れることでしか目的を果たせないと悩んでいた。つまり、俺が考えていたことは全くの的外れだったらしい。ただの早合点。

なんじゃそりゃぁぁぁぁぁぁぁぁぁぁああああ！

ここまでのやり取りなんだったの!?　あんなに真剣に悩んだのにさ。なによりも、ひょっとして俺は悠璃さんにまた無駄なトラウマを与えてしまったかもしれない。

あまりの恥ずかしさに憤死する。顔面から火が出そうだ。フェイスオープン
はぁ？　俺が悠璃さんを嫌いとかありえないでしょ。俺と悠璃さんは互いの身体《からだ》で知らないところがないくらいの深い仲だというのに。なんでそんなことに……。(不可抗力)

「俺の想《おも》いを姉さんが勝手に決めないでよ！」

「それ、さっき私が言った台詞《せりふ》だけど」

「それはそうだけど。――そんな理由で留学なんてされても、応援できないよ」

「――ッ！　ごめんなさい、無神経だったわね」

「お姉ちゃんがいなくなったら寂しい」

「分かった。すぐに取り止《や》めるね。正直、留学なんて本当は行きたくなかったの。だって、海外とか面倒だし」

変節が凄《すさ》まじい。相変わらず姉さんの即断即決は神がかっている。それでいいのか？

盛大にため息をつく。肩の荷が下りたというか、徒労だったというか。

でも、姉さんの悩みが解消したなら、これで大団円なんだろう。今はそれを喜ぼう。

「互いに誤解があったってことかな……」

「そう……なのかしら。なんだか気が抜けてしまったわ。私が悩んでいたのは何だったのかしら……。はぁ……。ここまで随分時間が掛かってしまったけど、一つ一つ齟齬《そご》を埋めていきましょう。時間はこれから沢山あるもの」

「そうだね」

「じゃあまずは私のモットーからね。私の全てはアンタのもの。アンタのものはアンタのもの。私自身もアンタのもの」

「奉仕精神に満ち溢れすぎてる!?」

これが天使階級の薫陶なのか。変な輩《やから》に引っ掛からないか心配になるな……。

「今回は本当に迷惑を掛けてしまってごめんなさい。振り回すつもりなんてなかったの。でもね、一つだけ信じて。私が雪兎《ゆきと》のことを好きなのは決して偽りなんかじゃない」

「……身に余るお言葉をいただき光栄です」

「言葉だけじゃ信用できないわよね。そうだ、なら下腹部に『弟専用』ってタトゥーを」

「それだけは絶対に止めてね!?　夏だからって発想がホラーすぎる!」

「そうよね。弟じゃなくて『雪兎専用』の方がいいわよね」

「いいわけあるか」

「私の太ももに『正』の字を書いていいのは、アンタだけよ」

いったい何処からこういう知識仕入れてくるんだろう……。

でもまぁ、

「やっぱり、これでこそ悠璃さんだよね」

うんうん。このクレイジーさが姉さんの真骨頂だ。落ち込んでいる姿なんて似合わない。

強引に振り回されるくらいで丁度いい。俺は姉さんを嫌ってなどいないのだから。

「やり直そうよ最初から。母さんだってママから出直してるんだから。俺達だって」

「アンタはそれでいいの?」

「笑顔の方がお姉ちゃんは魅力的だよ」

互いを嫌っているはずだと俺達は距離を置こうとしてきた。干渉してこなかった。

でも、そうじゃないなら、もう一度あの頃みたいな仲の良い姉弟に戻れるはずだ。

「好きでいていいの?」

「それは俺が決めることじゃないと言われてしまったので……」

「ウェディングドレス着せてくれる?」

「ん？　何の話？」

「は？」

「もちろん、お姉ちゃんにもこの俺がウェディングドレスを着せてやりますよ！」

「やった。楽しみにしてるね」

「はい」

うーん、本当にこの関係のままで大丈夫なの!?　なんだか不安になってきたぞ。

ようやくマンションが見えてきた。今日は疲れた。早く休みたい。

「――雪兎。私、もう我慢しない。アンタのこと、本気だから」

そう言って駆け出す姉さんの表情は、昔見たままの優しい笑顔だった。

◇

撮影スタジオの控室は熱気に溢れていた。

メイクスタッフのお姉さんが汐里《しおり》にメイクを施している。プロだけあって、素晴らしい腕前だ。汐里は元気で活発な美少女だが、メイクによって色っぽさがプラスされている。

差し入れのお菓子を食べながら、俺はお姉さんのメイク技術を盗もうとガン見していた。

「ユキ、この衣装、やっぱり恥ずかしすぎるよ！」

「水着より露出は控えめだと思うが」

「戦場で薄着って間違ってると思う……」

「古来より、踊り子とはそういうものだ」

「……そもそもなんで、踊りで能力がアップするの？」

「そんなの、揺れてたら嬉しいからに決まってるだろ！」

「決まってないよ！」

汐里が顔を赤くしているが、本番直前になって言われても困る。後戻りなんてできない。なんと言っても、汐里の身体に合わせて作ってもらった特注品だ。世界に一着しか存在しない。これだけでもかなりお金が掛かっている。無論、それは俺達もなわけで。

「まさか俺がこんなコスプレするなんて……。姉さんに笑われちまうな」

爽やかイケメンが苦笑しながら着替え始めると、メイクを終えた汐里は更衣室に向かう。

「巳芳《みほう》も恰好《かっこう》いいぞ。まさかこんな姿を涼音《すずね》に見せられるなんて。九重《ここのえ》雪兎、感謝する！」

ゴテゴテの衣装を着て、すっかり勇者気分の熱血先輩、もとい勇者先輩。

お礼を言われるが、協力を要請したのは俺であり、持ちつ持たれつの関係だ。

このフルアーマー勇者先輩は、機動力を犠牲にする代わりに極限まで装甲を追求した、通称ディフェンシブモデルであり、ゴール下において絶大な守備力を発揮する。

「バスケとはいったい……？」

もしやバスケではなく、バヌケだったりするのだろうか。分身とかしてみようかな……。

設定資料集をパラパラめくっていると、やたらと細部まで作り込まれていた。

大人たちの悪ノリは止《とど》まるところを知らない。結果として、俺達にとっては得しかないので、気にすることもないのだが、いつか日の目を見ることがあるのだろうか……？

俺達はこれからWEBCMの撮影を控えている。十五秒と三十秒の二本だ。

事の発端は、俺のSNSアカウントに届いた企業からの打診だった。

大手スポーツメーカーから、バニーマンモデルのバスケットシューズ、所謂《いわゆる》バッシュの製作を持ち掛けられた。今夏、コラボグッズ発売決定！

当初はバニーマンだけだったが、熱血先輩追放騒動を経て、火村《ひむら》先輩が『勇者』と呼ばれ全国的な知名度を獲得すると、ついでに勇者モデルも作ろうという話になった。

加えて、動画の中で一緒に映っている爽やかイケメンや汐里も度々注目を浴びていた。

巳芳光喜《こうき》はイケメンで運動神経抜群、神代《かみしろ》汐里は規格外のフィジカルを持つ美少女だ。

もうこの際、チーム『スノーラビッツ』でまとめて製作しようとなったわけだ。

完全に悪ノリである。欲深い大人達の悪巧みによって、企画は瞬く間に進行した。

だがそうなると、バニーマンの俺、勇者の火村先輩に対して、個性的な二つ名がない光喜と汐里はキャラクター的に物足りない。

そこで担当者と一緒になって協議した結果生まれたアイデアがこれだ！

『転生したらバスケ部だった件』略して『転バス』。

ハッシュタグ「#転バス」で検索検索ゥ！

ＣＭもこの設定に基づいて制作するのだが、異世界に転生ではなく、なんと俺達は剣と魔法とバスケのファンタジー世界からこの現代に転生してきたというトンデモ設定だ。

この画期的な解決方法により、『勇者』の火村先輩、『剣聖』の光喜、『踊り子』の汐里という個性がそれぞれに付与された。勇者、剣聖、踊り子の勇者パーティー爆誕である。

当初、汐里は魔法使いという設定だったが、どう考えても汐里は魔法使いという柄じゃない。ならばと一度は武道家に決まりかけたが、「あいや待たれい！」と、俺がストップをかけた。フィジカル最強だが、汐里も女子だ。脳筋キャラにするのは可哀想《かわいそう》だろう。考えてもみて欲しい。武道家より踊り子の方が見た目最強だしな。ぐへへへへ

満場一致（汐里を除く）で決定した。

かくして五種類のバッシュが発売決定したのである。

え、四種類だろって？　まぁ、待ってくれよ。

異世界モノにはお姫様が必須だと思わないか？

個人的にお姫様と言えば美しく長い髪というイメージがある。

俺が姉さんに声を掛けるのは至極当然の流れだった。持ち掛けたアルバイトの正体だ。

「……なんだか落ち着かないわね」

高貴なオーラを放ち、豪奢《ごうしゃ》なドレスを身に纏《まと》った悠璃《ゆうり》さんが着替え終わり姿をみせる。

男性陣から歓声が上がった。見惚《みと》れるような美人がそこにいた。

まるで異世界から転生してきたプリンセスそのものだ。【ＳＳＲ／星８プリンセス悠璃】

「流石《さすが》は九重雪兎の姉だな。似合ってるじゃないか！」

「そうかしら？　つまらないお世辞は聞きたくないわ」

「お姉ちゃん、超綺麗《きれい》！」

「似合ってるでしょう？　でも、私はアンタだけのお姫様だからね」

よしよしと撫《な》でられた。なにやら吹っ切れたのか、最近の悠璃さんはご機嫌だ。

母さんとの厳正な協議の結果、俺の部屋で寝るのは週にそれぞれ三日ずつと決定した。

頼むから自分の部屋で寝ろ。

姉さん曰《いわ》く、留学は余程嫌だったらしい。そもそも海外とか好きじゃないんだって。

それくらい姉さんとしては深刻に捉えていたようだ。ご迷惑をお掛けしました。

「俺の時と反応違い過ぎないか？」

火村先輩が釈然としない面持ちをしているが、光喜も手放しで絶賛している。

そうだろうそうだろう。悠璃さんは美人なのだ。

「ＣＭ撮影が終わったら、この衣装で異世界プレイしましょうね」

「具体的には？」

「そうね……。じゃあ、こんなのはどうかしら？　ゴブリンの集団に捕まって、犯されそうになってる私をアンタが颯爽《さっそう》と救って、ダンクを決めるの」

「斬新すぎる世界観！」

聞くんじゃなかった。後悔する俺です。どんな世界なんだ転バスはよぉ！

「着替え終わったけど、恥ずかしいよぉ……」

堂々としている姉さんとは裏腹に、赤面しながら踊り子衣装の汐里が出てくる。

口元を隠す神秘的なヴェール、ビキニタイプの上半身に、下半身はパレオのような布を巻いている。ミステリアスな印象の汐里の姿に、感嘆の声が漏れる。

「ふーん、エッチじゃん」

「微塵《みじん》も隠す気のない堂々としたセクハラしてきた!?」

ガビーンと汐里が硬直しているが、是非とも踊りでバフをかけて欲しいものだ。

ファンタジー世界と言えば、まるで防御力などなさそうな謎の防具の存在だ。ビキニアーマーがその筆頭だが、汐里の衣装も御多分に漏れず防御力皆無だ。一撃死は免れない。

ここに『転バス』コスプレ集団が全員揃《そろ》った。シュールすぎる。

夏休み中に何度かこの衣装でイベント出演も決まっている。汐里がひーんと泣いていた。

因《ちな》みにだが、ＣＭだけでなくスポンサー契約も締結している。

契約内容は、武者修行の際、それぞれ指定のバッシュを履くことだけだ。武者修行に行くと必ず誰かしら撮影した動画がアップロードされる。これ以上ない宣伝効果だ。

他にも靴だけではなく、バニーマン個人としてはアパレルメーカーともコラボしている。

バニーマンのロゴが入ったTシャツやパーカー、タオルなどアパレルの販売、更にボールペンやアクリルスタンド、缶バッジ、下敷き、といった各種バニーマングッズなども発売される。ここでも妙にスムーズなのが怖い。

最早《もはや》、バニーマンという怪物は完全に俺の手を離れた。

何と言っても俺のフォロワーは意味不明なカオスを形成している。だからなのか担当者に会うと相手がガチガチに緊張していたりする。すっかり俺は都市伝説の怪人と化していた。フォロワーの威光なのか、打ち合わせに行くと会社の上役が次々挨拶しにくる。

おかげで、その信頼度と拡散力の高さは折り紙付きだ。

既にバスケ専門誌に掲載されるスノーラビッツのグラビア撮影とインタビューも済ませた。俺だけ設定に忠実に文章でも全て語尾をウサにしてもらった。プロ意識といえよう。

各メディアから取材依頼も殺到しているが、受けるのは専門誌だけにしている。

言うまでもないが、臨時収入はえげつないことになっている。目が$マークだ。

こうなると、夏休みにアルバイトでもして稼ごうなどと微塵も思わない。聞けば、既にバッシュの予約が入っているという。

目立ちたくないはずのバニーマンは、ご町内で目撃するちょっと怪しげな怪人から、ネット上の怪異となり、遂《つい》にはCM出演だ。史上空前に目立っていた。

感慨深く、改めて思う。……どうしてこうなった。

「あれ？……姉さん、俺の台本これでいいの？」

「そうよ」

十五秒CMの撮影が終わると、そのまま三十秒CMの撮影に移行する。

室内のスタジオから場所を移して、今度は野外コートでの撮影だ。

CMは『異世界編』から『現代編』に移るのだが、動画サイトで流れる十五秒CMと、公式サイトで見ることができる完全版の三十秒CMの二本立てという構成だ。

続きが気になる終わりで、公式サイトにアクセスを誘導する仕掛けになっている。

異世界編の最後に転移し、舞台は現代に移行する。そして再び始まるバスケ勝負。

ロケバスの中、台本を確認していると、どういうわけか俺だけラスト五秒が空白だ。

光喜達《たち》に確認すると全員同じ台詞《せりふ》だった。それぞれ役割によって細部は異なるものの、ラストだけは共通している。何故《なぜ》かト書きには「祝福する」と書かれていた。

「悠璃さん、ラストの私達の台詞って『えぇぇぇぇぇぇぇぇぇぇぇぇぇぇぇ!?』って、なってますけど……これでいいんですか？」

「どういう意味なんだ？」

汐里と熱血先輩が確認する。何故、俺だけ台詞がないのかも分からない。

「雪兎《ゆきと》、俺は知ってるぞ。これは波瀾《はらん》の前兆だ……。そうだろ、なぁ!?」

爽やかイケメンがたじろぐ。台本を担当者と詰めたのは姉さんだ。

自分も力になりたいと名乗り出てくれた。天使っぷりが尋常じゃない。本来、部外者だったこともあり、姉さんとしては疎外感があったのかもしれない。

頻繁に打ち合わせを重ねた結果、最高の内容になったと自画自賛していた。担当者も

「これは絶対に話題になりますよ！」と、大絶賛だったが、未《いま》だその片鱗《へんりん》は見えない。

車で移動し、野外コートに到着すると、若干の不安を抱えたままCM撮影の準備を始めるのだった。おかしいな。なんだか悪寒がしてきたぞ？

（アンタにはもう私は必要ない。……確かにそうね）

表情に出さないように、内心自嘲する。まさかこんな日が来るなんて。

あれだけ寝不足だったのが嘘《うそ》のように心安らかな日々。何もかも弟のおかげだ。

昔から騒動に巻き込まれる子だった。その一端を担っていた私が言うことじゃないが、その弟を私が守ってみせると気負っていた。

でも、気づけばそんな必要はとうになくなっていた。

（ごめんなさい。……雪兎には悪いけど、元になんて戻れないの）

私達にあるのはリセットではなく、リメイク。

もう一度やり直すのではなく、新しい形に作り直すことだ。

私は殺人を犯しかけた。でも、それを防いでくれたのは殺そうとしたはずの弟で。

無理だよ。私に弟を殺せるはずがない。私が守る必要なんてない。だって、あの子はとても強くて勇敢だ。傲慢な勘違い。あの日から今日まで、守られていたのは私だったのに。

空白を埋めるように沢山話した。楽しくて幸せで、あの子が秘めていた本心を教えてくれた。隠すことなく、ありのままに。

――あの子から、大切に想《おも》われていた。嫌われてなんていなかった。

それだけで、こんなにも報われた気になってしまう。心が温かい。

弟を好きだと思い込もうとしていたわけじゃない。自分に好きだと強制していたわけじゃない。むしろ逆だ。嫌われていると思っていた。憎まれているはずだと信じていた。恨まれて当然だから。

でも、そんなことなかった。あの頃のまま、好かれていた。愛されていた。

それを知ってしまったら、もう気持ちを抑えきれない。我慢なんて不可能だ。

四度目の殺人。私が弟を殺すかもしれないなんて、自惚《うぬぼ》れるのはもう止《や》めた。傲慢だった。私如《ごと》きが振るう刃が、あの子に届くことはない。そんな力、私にはない。

雪兎は私に何よりも求めていた安心をくれた。

好きになっていいって、言ってくれたもの。愛してもいいって、受け止めてくれたもの。

ウェディングドレスだって、着せてくれるんでしょう？

姉をこんな気持ちにさせるなんて、なんて優しい悪魔なのかしら。

雪兎は私をよく天使とたとえるが、天使と悪魔なら、なるほどそれはタブーそのものだ。

禁忌の果実を口にすることに、躊躇《ためら》いなんてもうなかった。

清々《すがすが》しい。こんなにも世界が色づいて見える日がくるなんて思いもしなかった。

自分の恰好《かっこう》を見下ろす。女性の憧れかもしれないが、プリンセスなんて正直言って柄じゃない。それでも、あの子が選んでくれたから、私は堂々とプリンセスを演じる。

雪兎がどういう意図で私をプリンセスに選んだのかは分からない。

けれど、私はお城で勇者を待つばかりのプリンセスにはなれそうもないの。

――待ってなさい。それを、貴方《あなた》に証明してあげる。


バニーマンのシュートが外れ、ガクンと膝をつく。

「そんな……ウサな……」

突き付けられた敗北。世界を陥れた悪魔が終わる日。

満身創痍《まんしんそうい》の勇者、剣聖、踊り子。それでもその表情には勝利の喜びが溢《あふ》れていた。

「俺達の因縁もここで終わりだ！」

バニーマンVS勇者パーティーの長きにわたる死闘は決着がついた。

異世界へと転生し、それでもなお続いた数奇な因縁への終止符。

追放され、絶望の淵《ふち》から蘇《よみがえ》った勇者の執念がバニーマンの野望を打ち砕く。

……自分で脚本を書いておいてなんだけど、なにかしらこれ？

思わず我に返り、何処《どこ》か冷静にツッコミを入れながらも、そのときを静かに待つ。

「さぁ、勇者。今こそトドメを！」

踊り子が最後の一撃を促す。ともすればこれはバニーマンを討ってハッピーエンド。

そんな内容だと思っているかもしれない。――そんなはずなんて、ないのに。

ラストに差し掛かる。ドレスのまま、転ばないようにバニーマンの下へと急いだ。

弟はどうにも危機感が足りない。クスッ。まぁ、そこが可愛《かわい》いんだけど。

一切、疑わずに私に台本を任せるなんて。それもお姫様なんて役まで与えるんだから。

雪兎にとって、私はプリンセスってこと？　なら、その期待に応えてあげる。

愛《いと》おしい。何もかもが。この気持ちに限界がないことを知ってしまった。

諦めていた。もう私は必要ない存在だと思っていたのに。

今でも私がやったことは許せない。このまま一生、それを許す日はこないのだろう。

それでも、そんな私を救ってくれたのは、他の誰でもない弟だった。

部屋に飾られた絵を見ながら、鏡の前で毎日毎日、笑顔の練習を続けている。

少しでもあの子の理想に近づけるように。自慢できるお姉ちゃんでいられるように。

あまりにも多くのものをもらってしまった。返すには、この身も心も全て捧《ささ》げてもまだ足りない。チップは、賭け金は私の生涯そのものだ。

この身朽ち果てるまで、弟を愛することを誓おう。

覚悟を決めてしまえば、恐れるものは何もない。心、晴れやかだ。

好きであることを強制し続けた先に、愛することを強制し続ける。それでも構わない。

そんな人生だって、きっと楽しい。これまでも、これからも、貴方の為《ため》だけに。

この世界に雪兎より私を幸せにしてくれる存在などいないのだから。

「バニーマン様、私は貴方を愛しているのです！」

全力で抱き着く。勢い余って雪兎がよろけるが、しっかり受け止めてくれた。

ガッシリとした筋肉。いつの間にか、こんなにも逞《たくま》しくなっていた。

耳元で、雪兎だけに聞こえるように囁《ささや》く。

「練習の成果、見せてあげる」

「え？」

目を白黒させる弟に口付けをする。

ぬるりと、互いの舌が交ざり合う。五秒間、唾液が糸を引くような本気のキス。


『えぇぇぇぇぇぇぇぇぇぇぇぇぇぇ!?』

台本通り後方から祝福（？）の声が響いた。

「なななななな、なぁぁぁぁぁぁあ!?」

「——言ったでしょ。本気だって」

もう一度囁いて、微笑《ほほえ》む。私にできる、とびっきりの笑顔で。

この気持ちが、たった一人の愛する人に伝わるようにと。

The girls who traumatized me keep glancing at me, but alas, it's too late.

第六章「その夏、忘れるべからず」

世間を震撼《しんかん》させたWEBCMは瞬く間に再生数が伸び、話題沸騰となった。

既に百万再生を優に超え、二百万再生も時間の問題だ。

高校生に向けたCMでありながら、過激で攻めていると大好評だ。

俺のSNSはCM公開日に「エンダァァァァァァァァア」で埋め尽くされた。

姉さんが隠し通していた内容は『美女と野獣』を模していた。

姉さんのキスの後、キラキラとしたエフェクトが俺を覆い、呪いが解けてバニーマンから元の人間に戻る直前でCMは終わる。続きが気になる！　第二弾鋭意制作中！

結局、俺の正体は明らかにならないのだが、今更な話だ。俺がバニーマンになる前、お姫様と両想いだったという設定らしい。設定に凝りすぎである。

姉さんの微笑みは、視聴者の心を摑《つか》み、大勢を魅了した。出演オファーが殺到しているらしいが、「出るわけないでしょ。そんなの」とけんもほろろだった。

バッシュの予約は絶好調だ。既に俺達は現物を貰《もら》っているが、性能に優れた最新型だけあって、履き心地抜群だ。サイトはこちら。下のURLからクリック↓

スポンサー契約していることもあり、卒業までの三年間、半年毎《ごと》に送られてくる。

「独身の私に見せつけやがって……。クソリア充が。私は言ったよなぁ九重《ここのえ》雪兎？　これ以上、騒動を大きくするんじゃないと。言ったよなぁ。聞いたはずだ。なぁ?」

「返事してないし」

何故《なぜ》か青筋をピキらせた小百合《さゆり》先生に詰め寄られていた。

「それを期間限定ショップ開催だと!? お前という男は大人しくしてられないのか!? 学校バレしてるから職員室にも問い合わせが殺到してるんだぞ!」

「ご安心ください先生。先生の分のパーカーやTシャツはご用意しています。部屋着にでもしてください。なんなら他のグッズも先生の思うがまま」

「チッ! フリーサイズにしてくれ。もしものときは転売するから」

「するなよ」

夏休みは短いと言った偉人がいたが、俺はそうは思わない。一ヶ月以上休みが取れるなど学生の特権と言えるだろう。少なくとも、社会人になってしまえば、緊急事態宣言でも発令されない限りそのような長期間休むことは難しい。

クラムボン笑ってるのマジ超ウケるんですけど。などと思いながら、小百合先生が夏休みの諸注意を話しているのを右から左へ聞き流す。

今の俺は真面目な勉強モードだ。目の前の課題にひたすら集中する。

「特にそこの九重雪兎《ゆきと》。くれぐれも夏休み中に問題を起こすんじゃないぞ! 既にお腹《なか》いっぱいだ。私も休暇中、学校に呼び出されたくないからな。ホント頼むぞ」

「まぁまぁ。校長先生に言って有給休暇を取り易《やす》くしてあげますから」

「それは他の先生方の為にもマジで頼む。使えない有給とか宝の持ち腐れだろ。私も好きなアーティストのライブが平日開催される度に祖母を殺したくないからな」

「もしや先月の法事って偽装殺人だったんですか？」

「私は祖母が八人いるんだ。そういうことにしておいてくれ」

有給は労働者の権利であり、有休を取得する理由など本来伝える必要はない。ブラック校則然《しか》り、有休然り。日本のこうした悪《あ》しき慣例は早期改善が必要だ。

「とにかく、私の安寧はお前に掛かってるんだからな！」

「巻き込まれるだけで、問題を起こしたくて起こしているわけではありません」

だいたい問題の方からやってくるわけで、遭遇までは対処しようがない。

「まぁ、それは私も知ってるが……。とにかく、平和に過ごさせてくれ。私だって疲れてるんだから。お前知ってるか？　他の先生方が最近妙に私に優しいんだ。気を遣われている。まだギリ二十代なのに。ギリ二十代なのにさぁ！」

「いいことじゃないですか」

「お前のせいだからな？　分かってるのか？　ん？　まぁ、いい。じゃあ皆、事故とかないように注意して過ごせよ。夏休み明け、急に大人しそうな女子が豹変《ひょうへん》するようなことなどないように。羽目を外すのもハメるのも自由だが避妊だけはしっかりしろ。じゃあ解散」

最低な上に生々しい諸注意を最後に小百合先生が教室から出ていく。俺の信用のなさプライスレス。その頃にはほぼ終わりが見えていた。

　席替えで隣になったギャルこと峯田《みねだ》が話しかけてくる。

「九重ちゃん、さっきからなにやってんの？　めっちゃ急いでるけど」

「いやなに、ちょうど夏休みの宿題が終わったところだ」

　解答欄を全て埋めたプリントを峯田に見せる。高校生になり、どれくらい宿題が出るものかと身構えていたのだが、存外大したことない量だった。

　プリントと問題集、後は作文といったオーソドックスなものばかりだ。

「まだ夏休み始まってないよ!?　明日からだよ！」

「因《ちな》みに作文も終わっている。俺は常に読書感想文を十個ストックしてるからな」

「ホントだ……全部終わってる……」

　長期休暇中の宿題などそうそうバリエーションがあるわけではない。

　芸もなく毎年のように読書感想文などがあるが、だったら前もって書いておけば休みの間にしなくてもいいわけだ。そもそも読書感想文など、作者の思いに共感しましたとか、それらしいことを書いておけば読書しなくても書けてしまう。

　何かと最近の若者は本を読まなくなったなどとマウントを取りたがる人間がいるが、WEB小説などの台頭により、よほどオッサンオバサンより活字に触れているのが最近の若者である。言ってやれ最近の若者達《たち》。

「なんだ夏休み忙しいのか？」

苦笑しながら顔面ピカデリーが近づいてくる。夏休みを前にしてウキウキした様子の爽やかイケメンは意外と子供っぽい。

「は？　俺は陰キャぼっちだぞ。忙しいわけないだろ！」

「なんでちょっと逆切れ気味なんだよ！」

ほら、一応まだ陰キャぼっちとか言っても通じるかなって。無理みたいだな。

「だいたい夏休みといっても、これまでは大抵入院してるパターンが多かったしな。ま、孤独に過ごすしかない。怪我《けが》してないだけマシだ」

「怖いんだよお前の過去は。後、ちょいちょい俺の存在を忘れるのなんなの？　待ちに待った夏休みなんだ。一緒に遊ぼうぜ？　皆で相談してたんだ。海に行くぞ」

白い歯がキラリと輝いた。前から思ってたんだけど、爽やかイケメンって、俺のこと好きすぎじゃない？　しかもモテるのに浮いた噂《うわさ》も特に聞かない。

「海？　汐里《しおり》と行ったばかりだが」

「漁じゃなくて海水浴だよ！　行こうよユキ！」

海水浴なんて、それこそ記憶にないイベントだ。

「雪兎も来るよね。素敵な思い出になると思うから」

灯凪《ひなぎ》も行くらしい。海か。……そんな夏も楽しいかもしれない。

「行ってみるか」

「うん！」

担任からクソリア充と罵られたばかりだが、ごめん小百合先生。

俺、リア充になります！

◆

「アルバイト？　君が？」

「うん。雪兎達のこと見てたら、夏休みに私も何かしてみたいなって」

「ガチャが沼って急にお金が必要になったのか？　爆死は止《や》めろとあれほど――」

「違うわよ！　そうじゃなくて、雪兎みたいに私も色んなことを体験したいなって」

休み時間、ウキウキで自由帳に超大作の迷路を描いていると、灯凪ちゃんからお悩み相談される。どうやら夏休みにアルバイトを考えているらしい。

「カフェとかコンビニとかどうかな？」

「迷惑じゃないか」

「え、そうなの？」

はー、困った困った。灯凪ちゃんの考えは東京ひよ子よりも甘い。

「いいか？　昨今のサービス業は複雑化の一途を辿《たど》っている。支払い一つとっても、現金、クレジット、交通系ＩＣ、電子マネーと種類も豊富でひたすら面倒くさい。夏休みの短期間だけアルバイトしても、業務を覚えるだけで終わるぞ。それで作業に慣れた頃に辞めるとなると、幾ら人手不足とはいえ、企業も短期で学生を雇いたくないだろ」

「……そっか、言われてみればそうかも。普段、気にしないけど、店員さん大変そうだもんね。じゃあ、雪兎は他にどんなアルバイトが向いてると思う？」

眉を八の字にしている灯凪ちゃん。しかし、その労働意欲は是非とも買いたい。

灯凪ができそうなアルバイトか。うーん、何かあるかな……？

「治験……マルチ……情報商材……受け子……転売……ステマ……」

「待って待って！　なんなのその不穏なワードは!?」

「到底、向かなそうだなと」

「そうでしょうね！」

プンスカしている灯凪ちゃん。宥《なだ》めるべく、指を三本立てて見せる。

「そう焦るな。もっと心に余裕を持て。九重雪兎右手の法則だ。親指が『勇気』、人差し指が『希望』、中指が『トイレ』を意味している」

「まったくもうアンタは……。聞いてあげるから言ってみなさい」

ちゃんと頭文字を取ってユキトになっている。覚えやすいでしょ？

深いため息と共に灯凪ちゃんが眉間をグリグリしていた。

「つまり、授業中や通学時など、お腹が痛くなってトイレに行きたくなったら、勇気を持ってすぐに行動に移すべきだ。さすれば希望が待っているというわけだな。我慢は身体《からだ》に毒だぞ。トイレに行けないときの絶望感たるや心に余裕なんて持てないからな」

「何の話をしてるのよ！」

ついつい脱線してしまった。なんだっけ、そうそうお金の話だ。

「この法則は封印したんだがな……。九重雪兎左手の法則だ。親指が『誘拐』、人差し指が『脅迫』、中指が『逃亡』を意味している。手っ取り早く現金を稼ぐには最適――」

「このお馬鹿！」

灯凪ちゃんにこっぴどく叱られていると、名案を思い付く。

「そういえばひなぎん、今でも読書は好きなの？」

「え？　うん、そうだよ。だから書店とかでアルバイトするのも、ちょっと憧れたりしてたんだ。エプロンとか可愛《かわい》いよね。へへへ」

一転、破顔一笑の灯凪ちゃん。そうかそうか、読書が好きか。

「色んな経験がしたいと言ったな。それでいて君は別にお金に困ってアルバイトがしたいというわけでもない。そういうことでいいか？」

「う、うん。どうしたの？　また何か思いついた？」

「任せろ灯凪。これなら君のペースで可能な上に知識欲も満たせて、後はやる気次第だ」

「そんな都合の良いアルバイトあるの？」

「アルバイトじゃないが、書いてみるか。ＷＥＢ小説」

「…………え？　読むのは好きだけど……私、小説なんて書いたことないよ……？」

「そんなもん最初は誰だってそうだろ。よし、やるぞ。ＰＶを収益化だ！」

「待って、そんなこと急に言われても」

「まずは最近のトレンドから勉強を始めるぞ灯凪。ランキングを見て、人気作から学ぶんだ。芸術の夏って三条《さんじょう》寺《じ》先生も言ってたしな。そんなわけで有識者の夏目《なつめ》、頼む」

「いきなりきて、なんなんですか九重《ここのえ》さん⁉　何で急に土下座してるんですか⁉」

「この通りだ。ほら、東京ひよ子やるから」

「露骨な賄賂を送らないでください！……甘すぎて喉が渇いてきました」

「じゃあこれ、メロンソーダ」

「九重さん、味覚のラインナップはもう少し考えましょう？」

「ね、ねぇ、雪兎。本当に私が小説書くの？」

「何事もやってみることが重要だ。経験値は行動しないと入手できないからな」

「……そうだね。うん、なんだか面白そう！　私も頑張ってみようかな」

灯凪ちゃんも乗り気になってくれたようだ。

かくして、作家、硯川《すずりかわ》灯凪は第一歩を踏み出した。

◆

「あの九重先生！　宿題見せてもらってもいいでしょうか？」

「タダというわけにはいかないな」

放課後、夏休み最終日の風物詩が夏休み前から繰り広げられる。

「クラスメイトからお金取ったりしないよね……？」

上目遣いで的確に揺さぶってくる。流石《さすが》はギャル。この手の交渉には慣れたものだ。

ククク。だが甘い、甘いぞ峯田。俺はギャルの対処法を学んでいる。

「だったらパンツを見せてもらおうか？」

「――なっ!?」

「ちょっと雪兎《ゆきと》、アンタなに言ってるの!?」

「そ、そんなことしちゃ駄目！」

慌てた様子で灯凪と汐里が制止に入る。クラス中がざわついていた。

「クッ！　背に腹は代えられないか。今日のはお気に入りだし見られても大丈夫……。夏休みの為《ため》だもんね。これくらいなら耐えてみせるよ！　分かった。そんなに見たいなら見なよ九重ちゃん！」

「峯田さんも真に受けないの！」

「ユキ、どうしちゃったの!?」

「いったいなんなんだ二人共。少しは落ちつけ。いいか？　ギャルに手玉に取られない為には、先制パンツをだな――」

「それは多分きっと先制パンチだよ知らないけど！」

アレ？　何か間違った？　姉さん曰《いわ》く、「アンタは女運が悪いんだから、ギャルに絡まれたら先制パンツよ」とのことだったが、聞き間違いだったのだろうか。

そっかパンチか。パンツじゃなくて……。

うん、見たいなんて思ってないからね？　ほんとだってば！

◆

家に帰ると、神妙な顔つきの母さんがリビングで待っていた。

重苦しい空気が支配している。母さんはとても険しい表情だった。

何かあったのかもしれない。なにかやらかしたのか心当たりがないかと記憶を探るが、心当たりしかなかった。多すぎて特定できません。俺っていったい……。

「とても重要な話があるの。聞いてくれる？」

「いいけど、どうしたの？」

おもむろに何かを取り出す。一枚のパンフレット。

「ＧｏＴｏトラベル始まったし、家族三人で旅行に行かない？」

「この雰囲気でそれ!?」

「……だって、初めてじゃない。家族で一緒に旅行するの」

「そういえばそうだっけ？」

「温泉でもどうかしら？　二泊三日くらいで」

「いいんじゃないかな」

「ホント!?　ホントに行ってくれるの？　二言はないわよね？」

「そこまで念を押さなくても……」

「だって、嬉《うれ》しくて――」

母さんの目がうるうるしている。確かに家族三人で旅行に行くなどこれまで一度もなかった。俺が全て断っていたからだ。

母さんに疎まれ、姉さんに嫌われていると思っていた俺にとって、折角旅行に行くのに俺が一緒だと楽しめないだろうという配慮だった。

二人を不快な気分にさせたくなかった。母さんと姉さんの二人で旅行している間、俺は留守番しているのがいつものことで、そこに何の疑問も抱かなかった。

だが、過去はそうだとしても今もそうだとは限らない。

母さんも姉さんも好意を隠さなくなった。その真意は分からない。

それでも行きたいと誘ってくれるなら、素直に乗ってもいいくらいには、俺の存在が許容されているのだと、そう信じたかった。

家族で温泉になど行ったことがない。いざ、決まれば楽しみに思ってしまう。

家族旅行に行く機会なんて今後もうないかもしれないから。

「楽しみだね、母さん。――って、わわ！」

また抱き着かれてしまった。この家の住人は抱き着き癖でもあるのか？

まさか息子が一緒に行ってくれるなんて！　誘ってよかった。きっとまた断られると思っていた。どういう心境の変化なのかしら。でも、今はただ喜びで満たされていた。楽しみで少女のように心が躍ってしまう。

今まで家族旅行すらまともにできなかった。いつもあの子は遠慮してしまうから。

どうして？　と、聞いても一度も答えてくれたことはない。

恐らくその理由は、とてもセンシティブで、そして、息子にそう思わせてしまったのは私の罪だ。私がちゃんと愛してあげられなかったから、あの子は罪を背負ってしまった。

あの子の女運が悪いのも、いつも傷ついてしまうのも全ては私が原因だ。

あの子が生まれてから十六年間。あまりにも長すぎた。

拗《こじ》れた関係は未《いま》だ完全に修復されたとは言えない。とても歪《いびつ》で複雑に絡み合い、解きほぐすのにどれだけ時間が掛かるか分からない。

ようやく、これから普通になれるかもしれないと、そんな淡い希望が灯《とも》る。

でも、それさえも厳しい道のりであることは分かっている。普通の関係に戻るには、十六年分の時間を取り戻さなければならない。

ママからやり直している私はまだ道半ば。家族として過ごす時間、母親として接する時間、何もかもをこれから取り戻すには時間が足りなすぎる。

また十六年も費やすなんて許されない。その頃には、あの子はもう私の下からいなくなっているから。だから、普通にやっていたのでは間に合わない。

途方もなく過剰で濃密な愛情を注ぐことだけが唯一の方法。

一日一日に、十六年分の愛情を全て注いで愛する。家族愛、親愛、或《あ》いはそれとは違う、異性に注ぐような愛情さえも。どんな形でも構わない。

どんな「愛」でも構わなかった。違いなんて、区別なんてどうでもいい。

私はただ私の全てで愛するのだと、そう決めたから。

それが、どんなに苦しむとしても、どれほど異常だとしても、
もう後悔だけはしたくないから——。

◇

夏休みと言えばラジオ体操。ラジオ体操と言えば朝早いのが定番だが、あくまでもそれは放送時間の都合によるものだ。
俺の場合、ラジオ体操の音源をＣＤで購入しているので何時でもいいわけだ。まぁ、今時ＣＤというのもレトロだが。（体操後は姉さんにスタンプを押してもらうシステム）
そもそも高校生にもなってラジオ体操をやっているのもどうかと思うが、とはいえ夏休みのお約束である。俺はテンプレを愛する男、九重雪兎であった。

朝、起きた後、幻のラジオ体操第3で身体《からだ》をほぐした俺だが、今は緊張で身体が強張《こわば》っている。これがデートの待ち合わせだったら心も弾むのかもしれないが、んなこたぁない。むしろ、学校内においては俺を目の仇《かたき》にしているかもしれない相手との邂逅《かいこう》だ。時間ピッタリに馴染《なじ》みのある姿がやってくる。

「えー本日はお日柄もよく――」

「どうしてそんなに硬い挨拶なのですか？」

「ライバル同士じゃないですか俺達《たち》」

「違います！　まったく貴方《あなた》という子はいつも通りなのね」

「それで、どのようなご用件なんでしょうか三条寺先生？」

「学校外よ。そんなに意識しなくても構いません。生徒にとって、教師というのは都合よく内外で切り分けられるようなものでもないと思いますが、少なくとも小言を言いたくて来てもらったわけではありませんから」

三条寺先生はブラウスにタイトスカート、ヒールという、ジャケットを着ていない分、いつもより幾分ラフな服装だった。傍目《はため》には仕事のできるOLにしか見えない。

午前中、三条寺先生から駅前に呼び出された俺はいったいどんな話があるのかとビクビクしていたのだが、先生の表情は柔らかい。眼鏡越しの目も普段ほど厳しくは見えなかった。素の先生はそてても魅力的だ。

三条寺先生から連絡が来たときは驚いたが、内心ちょっと嬉しい俺です。

「ここだと話しづらいことだから、私の家に来てください」

「うん、うん？」

先生の家に俺が？　夏休みに？　ひと夏の経験!?

「大きくないですか？」

「三条寺家は代々教師の家系なの。父も母も叔母も叔父もよ。自慢というわけではありませんが、凄《すご》いわよね。プレッシャーだったりもするけど、とにかく気にしないで上がってください」

都内の一軒家。それもかなり大きい。思いがけず三条寺先生のルーツが明らかになる。

『バウバウ』玄関を通ると、大きなゴールデンレトリバーがとことこやってきた。吠《ほ》えることもなく身体を擦りつけてくる。勢いそのままにモフっておく。

「あら、犬吉《いぬきち》が懐くなんて珍しいわ」

「そのネーミングセンスはどうなんでしょうか？」

犬吉を撫《な》でてやると気持ちよさそうに鳴き声を上げる。

かつて九重家でもペットを飼おうか話し合いになったことがあるが、当時は母さんが忙しく、自分の世話もできない姉さんはペットの世話をできるような性格ではないことからお流れになった。俺は飼いたかったのに……。

「実はメスなの」

「可哀想《かわいそう》な犬吉……」

犬吉の悲しそうな目が俺に何かを訴えかけていた。

「さ、私の部屋に行きましょう。飲み物を持ってくるから少し待っていて」

「お、お邪魔します？」

特に誰がいるというわけでもなく、返事もない。

普通、家庭訪問と言えば、先生が生徒の家を訪ねるものだ。何故《なぜ》、逆に生徒の俺が先生の家にいるのか。それも担任ではない三条　寺《さんじようじ》先生の家である。

ある意味、敵地とも言えた。いつ地雷を踏むか分からない。

三条寺先生の部屋は十畳ほどだろうか。広々として余裕がある。性格を反映しているのか、綺麗《きれい》に整理整頓されていた。私物にうっかり触れるわけにもいかず、用意された座布団に大人しく座り周囲を見回すことしかできない。

そんな俺の緊張を尻目に先生がケーキと飲み物を運んできてくれる。

「甘いモノは好き？」

「はい。唯一の趣味がスイーツ巡りなので」

「ふふっ。女の子みたいね貴方」

普段はなにかと怒られている三条寺先生だけに笑顔が新鮮だった。三条寺先生はアルバムを取り出すと、目の前に置く。そして真《ま》っ直《す》ぐに俺を見た。

「九重《ここのえ》君。貴方、私のことを憶《おぼ》えているかしら？」

「？　最近は何かと呼び出されているのでよく会っていると思うんですけど」

「そうではありません。君が小学生の頃に私達は出会っているの」

「小学生ですか？　あ、そっか。そういえば結婚の約束をしていましたね！」

「嘘《うそ》おっしゃい！　捏造《ねつぞう》しないでくれるかしら!?　違いますからね。何を言ってるのかしら。揶揄《からか》うんじゃありません！　かなり年齢差だってありますし……」

徐々に尻すぼみになる三条寺先生。テンプレが外れてしまった。

しかし、小学生の頃と言われても全く記憶にない。昔からロクでもない目にばかり遭ってきた所為《せい》か、俺は忘却することに長《た》けている。憶えていても辛《つら》いだけだから。

「すみません。まったく憶えていません」

「そう。……いえ、きっとそれは思い出したくない記憶にさせてしまった私の所為ね。未熟な私が、君をそうさせてしまった。これを見て九重君」

先生がアルバムを開く。制服姿の小学生が沢山写っている。

その中の一人、酷《ひど》く無表情で真顔の少年がいた。

その少年だけは周囲に他の誰もいない。一人で写っている。

これは俺か？　そして担任の名前には三条寺涼香《すずか》と書かれていた。

「私は貴方が小学生のときの担任でした。あのときは、本当にごめんなさい」

うるんだ瞳、立ち上がった三条寺先生が深々と頭を下げる。

小学生。そしてその担任。そこまで聞けば、流石《さすが》の俺も思い出していた。

——小学校の低学年と言えば、俺が最初に「冤罪《えんざい》」に巻き込まれたときだ。

教育実習生として来ていた女性の私物が一つ無くなった。そしてそれが何故か俺の机の中から見つかる。俺からすれば寝耳に水の話であり無実だ。

教育実習生の先生は決して怒らなかった。柔和な笑みを浮かべながら優しく諭すように俺に言い聞かせる。「悪い事をしたら素直に謝りましょうね？」と。

だが、幾ら言われても知らないものは認めようがない。俺は否認を続けた。

教育実習生の先生は怒らなかったが、一方で担任の先生は自らの非を決して認めようとしない俺に激怒し、散々怒られた。

「貴方がやったことは窃盗です。いいですかこれは犯罪なんですよ！」と。

当然、俺は教室内で孤立する。クラスメイトからも距離を置かれ一人になった。

このままでは埒《らち》が明かない。しょうがないので俺は自分で解決することを決めた。

私物がなくなった日、想定される時間帯の自分の行動を全て洗い出し、その時間に誰と何処《どこ》にいたのか、何をしていたのかを全てリストにして提出した。

その過程で怪しい人間を絞り込み犯人も見つけた。

これといって交友はなかったが同じクラスの男子だった。教育実習生の先生が好きで、出来心で私物を盗んだとき物音がして、慌てて咄嗟《とっさ》に近くにあった俺の机に入れたらしい。

迷惑千万としか言えない。俺は全ての証拠を揃《そろ》え、犯人と一緒に先生達に突き出してやった。担任と教育実習生が何か言っていたが、どうでもよかった。

くだらない事件、くだらない結果。アカシアの木のように硬いメンタルを持つ俺は、この頃には既になんとも思わなくなっていたからだ。

犯人扱いしてきたクラスメイト達と仲良くする気など起きず、その後、俺は進級しクラス替えが行われるまで、担任とクラスメイト達と一切口を利かずに過ごした。

その間、実に半年近く。クラス内は何かと気まずい空気が流れ続けた。

イジメに発展しかけたが、徹底的に反抗し叩《たた》き潰した。暴力は全てを解決する。

自分達が悪いという罪悪感に加え、俺は勉強も運動もできたことから、単純に手を出しづらかったのかもしれない。そもそもやられたらやり返すのが俺である。

なんとも懐かしい。まさに小学生時代の暗黒期とも呼べるような事件だ。

「あのときの担任の先生、三条寺先生だったんですね。すっかり忘れてました」

「申し訳ありませんでした……。楽しい思い出を沢山作ってあげないといけなかったのに、私が貴方から消してしまいました。謝っても許されることではないと思っています。それでも、謝らせてください」

三条寺先生は深く頭を下げたまま、決してあげようとしない。

「気にしてませんよ。おかげで俺は理不尽への対処法を学んだわけですし」

「九重君、貴方はやはり……」

悲しそうな三条寺先生にどうしたものかと考える。本当に俺は気にしていない。

というか、いちいちその程度のことを気にしていられなかった。

だが、それを三条寺先生に言うのは憚《はばか》れる。余計気に病みかねない。

どうすればいい？　先生は俺に何を求めている？

謝罪とは何の為《ため》に行われ、何故今になって先生はそれを俺に伝えたのか？

許す……赦《ゆる》せばいいのだろうか？　でも、俺は怒っていない。

ならどうやって赦せばいい？　そうだ、そうやって姉さんを苦しめ続けた。

どうしたらいつもみたいな三条寺先生に戻ってくれるんだろう？

考える。俺はもう思考を投げ出さない。放棄しない。答えはあるはずだ。

だから伝えろ。逃げ出さないでありのまま。思っていることをそのままに。

「先生、座って一緒にケーキ食べましょうよ」

「ですが……」

「俺がそうしたいんです」

「……分かりました」

あの頃の記憶なんてない。思い出なんてなかった。憶えているのはそういうことがあったという事実だけだ。担任もクラスメイトに誰がいたのかさえ忘れていた。

一人の名前も思い出せない。けれど、正面に座って辛そうに目を伏せている三条寺先生の姿を見るのはなんとなく嫌だった。

そうか、だったら――。

「じゃあ先生が教えてください。その頃のこと、どんなクラスだったのか。どんなクラスメイトがいたのか。折角、こうしてアルバムがあるんです。先生が聞かせてください。今こうして、また出会ったんだから」

簡単なことだ。知っている人が、憶えている人がいるのだから、その人に聞けばいいだけじゃないか。一人のままなら気づかなかった。誰かに頼ることなど、誰かがいることなど。答えは至極単純明快で簡潔だ。俺は、甘えるだけでいい。

「――それでよいのですか？」

「俺は全然憶えてないので、教えてくれないと分かりません」

「わ、分かりました！　他にもアルバムがあるんです。少し待っていてください！」

四《よ》つん這《ば》いのまま、三条寺先生が後方の本棚の方に向かっていく。

だが、俺は気づいてしまった。まずい！　その恰好《かっこう》はまずいよ涼香ちゃん！

三条寺先生はスカートだ。それも丈の短いタイトスカートを穿《は》いている。

ストッキングを穿いているとはいえ、そのような状態で四つん這いになり、こちらにお尻が向けられれば必然的にそうなってしまう。

「……先生パンツ」

紫だった。素敵なモノを見たね！

心のメモリーに保存しておく俺であった。

「そういえば、先生はどうして高校の教師に？」

アルバムを眺めながら、先生に色んなことを教えてもらった。合唱コンクールや運動会、遠足、当時は全ての行事をボイコットしていたが、今考えれば大人げない。若気の至りだ。

「怖くなったんです」

「怖いですか？」

「一年もの間、どうすることもできずに手をこまねいていました。もがいてもがいて、でも、どうにもならなくて。時間だけが過ぎていった。私が生徒達《たち》に与えてしまった悪影響が、人格形成に影響したり、生徒達を悪い方に導いてしまったら？　そう思うと、教壇に立つことが怖くなってしまったんです。面と向かって他のクラスに移りたいと言われたこともショックでした」

三条寺先生の表情は暗い。それだけ苦悩してきたことが窺《うかが》える。

「自信を喪失し情熱は色褪《いろあ》せ、これ以上は無理だと一度は退職しましたが、高校ならば、教師が生徒に与える影響はそこまで大きくはない。そう考えて、採用試験を受け直したんです。そしてまた君と出会った」

「俺が原因だったんですね……。ごめんなさい先生」

重たい過去に思わず頭が下がる。俺なんかすっかり忘れてたのに。

「違います！　私が未熟だったんです。大人になりきれていなかった。退職してから一年ほど毎日自分を見つめ直す日々でした。生徒達には最低の担任だと、恨まれているでしょうね。君と同じように記憶から消し去っているか、二度と思い出したくない過去か。いずれにせよ合わせる顔がありません」

困ったように笑みを浮かべるが、その表情は悲し気で痛ましい。

「お願いします。私はなんとか立ち上がることができましたが、この再会は運命だと、そう信じています。薄々気づいているかもしれませんが、彼女は心折れ、夢を諦めてしまった。私と関わったばかりに、彼女のキャリアを潰してしまったんです。彼女を救ってあげてください。硯川《すずりかわ》さんから君のことを色々と聞きました。君なら必ずそれができると、そう信じています」

「任せてください」

「ありがとう。やはり、君は優しい人ですね」

安心したように三条寺先生が微笑《ほほえ》む。安請け合いだが構わないさ。お安い御用だ。

しかし、残酷だがどうしてもこれだけは告げなければならない。

「ところで、お願いには報酬が付きものだと思いませんか？」

「…………………はひ？」

一転して、不穏な流れに三条寺先生が冷や汗を流す。

ゴソゴソと鞄《かばん》からスケッチブックを取り出す。パンパカパーン
「……まさか、九重君？　もしかして例の件ですか？　絶対、例の件ですよね!?」

「楽しみにしてたんです。さぁ、始めましょうか」

「無理ですから！　か、考え直してください！　こんなだらしない身体《からだ》に魅力なんてありません。そうでしょう？　君だってどうせガッカリするんですから！」

やれやれとばかりに頭《かぶり》を振る。

「だらしない？　それの何が悪いんですか！　さっき、謝ったからって許されることじゃないって言ってましたよね？　俺はまだ許してないんですが。あーあ、クラスメイトの前であんなに辱められたのになぁ。辛かったなぁ。悲しかったなぁ」

「くぅぅう！……あまりに浅慮だったと、本当に反省しています！　ですが、それとこれとは……」

「とてもそんな態度には見えないなぁ？」

調子に乗って煽《あお》りまくる。普段、防戦一方なだけにノリノリだ。

「……だからといって恥ずかしいのは恥ずかしいわけで……」

この期に及んで両手の人差し指をツンツンしながら言い訳している。

「こう考えてみてください。もし女生徒がおっさんとラブホテルに入っていく光景を先生が偶然目撃したとして、後日、聴取したとき、何もなかったと言われて信じますか？」

「それはないでしょう。幾ら疑わしきは罰せずとはいえ、そうしたところに二人で入った時点で黒だと断定するに足る充分な根拠になります。仮にそれで何もなかったというのが事実だとしても覆りません」

「その通りです。というわけで今日、俺は先生に呼ばれて自宅に来ているわけですが、これで何もなかったと言われて周囲が信じるでしょうか？　いや、ない！」

「待ってください！　バレてなんていませんし、そんなつもりで呼んだわけじゃ――」

「それを決めるのは俺達ではありません。安心してください。自宅ですしバレようがありませんよ。ですが、何もないのが不自然なら、何かあった方が自然というわけです」

「如何《いか》にも正論のように言わないでください！　うっかり納得してしまうじゃないですか！　まったく、君という生徒はどうして私みたいな行き遅れを――」

「じゃあもういいです」

プイッと拗《す》ねてみた。

「なんですか急に!?　いきなり塩対応にならないでください。もしや祁堂《けどう》さんにお願いするつもりですね？　そうなんですね!?」

俺は特に何も言ってない。拗ねているだけだ。

「分かりました、脱ぎますから！　私が代わればいいんでしょう!?　ですが、時間をください。……その腋《わき》を剃《そ》ってきますから。いえ、むしろレーザー脱毛する時間をください！　このままなんて耐えられません！」

「駄目です。芸術なので」

「この歳《とし》になると、出会いなんてないんです！　だから、ちょっとお手入れが雑になっていても、それはしょうがないことなんです！　だいたい何が芸術ですか。ただ単に君の興味でしょう！」

「その通りです」

「なんて穢《けが》れないピュアな目をして!?」

「ほら、犬吉《いぬきち》もこう言ってますし。な？」

『バウバウ』

「いつの間に犬吉を手懐《てなず》けたの!?」

のそのそと部屋に入ってきた犬吉が俺の背中に乗っかっていた。重たい……。

俺と三条《さんじょう》寺先生《じ》の攻防はこの後三十分続くのだった。

◆

パスコード、指紋認証、顔認証。セキュリティは日夜堅牢《けんろう》になるばかり。

世間にはスマホを落としただけで人生が終了する人もいるというが、面倒すぎてロックすら省いている俺は常時ノーガードだ。もともと大して使ってなければロクにデータも入っていない。誰かに見られたところで、なんら問題ない。――はずだった、これまでは。

「目下、最大の敵は姉さんか……」

俺は自室で一人頭を抱えていた。どーすんだよこれ！

三条寺先生の家から帰ってきた俺だったが、またやらかしてしまった。

紫色のナニかを心のメモリーに保存し堪能した俺は、流石《さすが》に申し訳ないと思い三条寺先生に見えてますと素直に伝えた。

それで終わるはずだったのだが、何を思ったのか先生は「お詫《わ》びです。あ、貴方《あなた》も高校生ですし、その……気になるなら撮ってもいいですよ。ですが、絶対にバレてはいけませんからね！」と言ってくれた。意味が分からない。もう一度言う。意味が分からない。

そんなわけで心のメモリーではなく、スマホのメモリー、画像なのでこの場合はストレージなのだが、とても人には見せられない禁断の画像が保存されてしまった。ヤバすぎである。仮に誰かに見られたら三条寺先生にも迷惑が掛かってしまう。

しかし、ＤＴである俺にこの画像を消すなんてそんなむごいことはできない……。

でも、悪いのは三条寺先生だと思う。俺じゃないよな？

「……やはり埋めるしかないのか？」

隠し場所を模索するが、俺の部屋でありながら、俺より母さんと姉さんの私物が多いこの部屋において安全地帯は存在しない。隠すなら外部しかない。

タイムカプセルの要領で地中に埋めて何十年後かに取り出すのはどうだろう？

野外に落ちているエロ本は、案外こういう経緯で誕生するのかもしれない。

「アンタ、今日何処《どこ》行ってたの？」

相変わらずノックという概念が存在しない姉さんが風呂上がりに部屋に直行してくる。

俺のスマホを容赦なく覗《のぞ》いてくる暴挙を働くとしたら姉さんしかいないが、どうやって隠したものか……。って、待てぇぇぇぇぇぇぇぇえええ！

「な、なんでズボン穿いてないの!?」

「先制パンツだから」

「しつこいんだよそのネタ！　そんなに引っ張るようなものじゃない！」

いい加減にしろ。タンクトップにショーツという過激な真夏スタイルでやってきた姉さんだが、暢気《のんき》に牛乳を飲んでいる。俺の視線はバタフライしまくりだった。それとやっぱり先制パンツで間違ってないじゃねーか！　汐里《しおり》に後で文句を言っておかないと。

「いいじゃない。アンタも好きでしょ」

「勝手に決めないでもらっていいですか」

「好きな色とかあるの？　着てあげる」

「優しさの方向が間違ってると思うんだよね」

「は？　好きだよね？」

「はい」

何故《なぜ》、俺はそんなことを宣言しているのか。宣誓パンツだった。

「素直な良い子ね。ご褒美に夏の大三角見せてあげる」

しなやかな腰つき、キュッとしたクビレが艶《なま》めかしい。

「念《ねん》の為《ため》に聞きますが、どの辺がベガでデネブでアルタイルなんでしょうか？」

夏の逆大三角形。占星パンツだった。これが俗に言う天体観測ならぬ変態観測か。

「で、何処行ってたの朝から？」

「三条寺先生の家に……」

「なにアンタ、夏休みに教師の家に呼ばれてたの？」

「怒られたわけではないので、心配はいりません」

「そういう問題じゃないでしょ。聞いてあげるから全部話しな」

最近の姉さんはやたらとなんでも聞きたがる。これまでまともに会話してこなかった分、埋め合わせのつもりなのかもしれない。俺的には嬉《うれ》しいので何の問題もない。

しかし、また俺の部屋に入り浸るようになってしまった。

昔みたいな仲の良い気兼ねのない関係に戻りたいのは俺も同じだ。とある部分を抜きにすれば、これといって隠すようなこともないので、俺は正直に伝えることにした。

「小学生の頃って、そういえばそんなことあったね。まさかあの女が担任だったなんて偶然すぎでしょ」

「昔のことですし、俺も忘れていたので、今になって謝られても申し訳なかったです」

「ふぅん。優しいのはアンタの美徳だけど、こうもアレだと不安になるわね」

「沢山昔のことを教えてもらったので、有意義でした」

「まぁ、いいわ。そういえば温泉行くんでしょ？　それもいいけど、夏だもの。泳ぎにも行かないとね。楽しみだわ」

「俺はもう今シーズンのノルマを達成したので」

「は？　アンタ私とは行かないつもり？」

「お供させてください」

「期待してなさい」

「はい」

この家における俺のヒエラルキーの低さにア然とするばかりである。

◇

「それはない。流石にそれはないよ九重《ここのえ》ちゃん」

峯田《みねだ》がげんなりしているが、周囲の反応は一様に同じだった。どうしたの？

「やけに着替えるの遅いなと思ってたけど、雪兎《ゆきと》それはいったい何なんだ？」

「ウェットスーツだが」

全身黒のウェットスーツで更衣室から出てきた俺に注目が集まる。そこで俺は気づいた。

ははーん、なるほど。さては恰好《かっこう》だけだと勘違いしてるな？

「安心してくれ。ちゃんとライフセービング講習受けてきたから。何の心配もないぞ」

「何処がだ!?」

マリンブルーの海。白く輝く砂浜。ジリジリと照り付ける太陽。冴《さ》え渡るツッコミ。

俺達《たち》は海水浴に来ていた。終業式の日、エリザベス達が誘ったところ、なんとクラスの半数以上が参加することになった。空前の大所帯である。仲良すぎだろこのクラス……。

これは事故があってはいけないと、急遽《きゅうきょ》ライフセービング講習を受けることにした。

十五歳から講習は受けられるが、あらかじめウォーターセーフティ講習とBLS資格を取得しておく必要がある。更にここから実務経験を積むと、更なる専門資格を取得できるそうだが、その道のプロを目指すのでなければ、流石にそこまでは必要ないだろう。

「アンタはもう……」

灯凪《ひなぎ》ちゃんが頭を抱えている。お洒落《しゃれ》なビキニ姿に、思わず感嘆の声が漏れた。

「ひなぎん、めっちゃ可愛《かわい》い」

「あ、ありがと……」

灯凪ちゃんは照れながら髪を弄《いじ》っている。追撃しますか？　YES／NO
「ユキ、私はどうかな？」

男性陣の視線を独り占めするバインバインな汐里がバインバインを揺らしてバインバイン。デカすぎんだろ……。あ、身長のことな？　マジだからマジ。

健康的でフレッシュな汐里は瑞々《みずみず》しい生命力に満ちている。まさしくビーチの主役、ビーチ姫だ。踊り子衣装で抵抗が薄くなったのか、水着もかなり攻めている。

「ふーん、エッチじゃん」

「また!?」

ガビーンとショックを受けている汐里はさておき、改めて女性陣の水着姿に歓声が上がる。学校では見ることがない女子の刺激的な光景。夏の醍醐味《だいごみ》と言えよう。

「お、夏目《なつめ》。似合ってるな。今日は楽しもうぜ！」

「恥ずかしいですが、私、実は泳ぐのがあまり得意ではなくて……」

「じゃあ、俺が教えようか？」

高橋《たかはし》と夏目が親し気に会話している。辺りはワイワイと賑《にぎ》やかさを取り戻していた。

「海なんて久しぶりだな。中学の頃は部活で忙しかったし。雪兎は？」

「昨日ぶりだ」

「予想外の答えが返ってきたな……」

悪いな爽やかイケメン。リア充の化身たる俺はお前と違い夏を満喫している。

宿題を既に終わらせている俺はまさに無敵。むしろ勉強したくて堪《たま》らないほどだ。

「釈迦堂《しやかどう》と昨日海に来たからな。よし、釈迦堂。早速掘り返すぞ」

「ひひひ……この日を待ってた！　ふふ……ふぉぉぉぉぉぉおお！」

むんずと首根っこを摑《つか》んで、人気のない砂浜に向かう。釈迦堂が荒ぶっていた。

俺達の様子が気になったのか、爽やかイケメンを筆頭に何人か付いてくる。

「ねぇ、雪兎。本当に釈迦堂さんと海に来てたの？」

「言っておくが別に泳ぎに来たわけじゃないぞ。昆虫採集だ」

釈迦堂はこう見えてアクティブだ。ペットの爬虫《はちゆう》類《るい》の餌を自分で捕まえたりもするらしい。折角、海に行くなら、この辺りの珍しい昆虫を捕獲しようと、俺達は昨日一足早く海に来て、プラスチックのコップを三十個ばかり地中に埋めておいた。

コップの中には餌が入っており、夜間活発に動く昆虫が、餌を求めてコップの中に落ちると、出られなくなるという古典的な罠《わな》である。埋めていたコップを次々取り出していく。

空もあったが、黒い昆虫の入ったアタリも見つかる。

「やったやった！　ひひ……くひひひ……きひひひひひひひひひひ！」

テンション上げ上げの釈迦堂に対し、Gを彷彿《ほうふつ》とさせるのか、女性陣の反応はイマイチだ。虫が苦手な者は素早くこの場から逃亡している。

オサムシやゴミムシは姿形が似通っているが、釈迦堂は一目で見極めていた。

それにしてもオサムシモドキとかゴミムシダマシとか昆虫の名前酷《ひど》すぎない？

九重雪兎モドキとか嫌すぎるだろ。多分、偽物は目つきとか鋭いし。

「罠を仕掛けた甲斐《かい》があったな」

「……ありがとう……この恩は一生忘れない……」

「重たすぎる。程々に忘れてくれ」

ただ昆虫採集に付き合っただけで着せる恩にしてはデカすぎる。

「ミッションコンプリートだ。戻って泳ぐぞ」

「待って……。カゴに入れるね……」

カゴの中には土が敷き詰められている。霧吹きで水を吹きかけて、充分に湿らせたところで、昆虫ゼリーを入れ、そっと虫を置くと、そのままクーラーバッグに入れて蓋をする。

この真夏に、直射日光の下に晒《さら》しておくのは虫にとっても過酷だ。インセクター釈迦堂はアフターケアも完璧だった。流石はレプサーの姫。

再び、むんずと摑んでクラスメイトの集まっている場所まで戻る。

罠で使ったプラスチックのコップはキチンと回収済みだから安心して欲しい。サッカーW杯の日本サポーターのように、ゴミの片付けにうるさいのがこの俺、九重雪兎である。

「ところで、日焼け止めクリームは塗らなくていいのか？」

「もう塗ったよ。もしかしてユキ、塗りたかったの？」

「雪兎に塗ってもらうなんて、なんか恥ずかしいし……」

「馬鹿な……」

灯凪と汐里が顔を赤らめているが、まさかの返答に俺は感動していた。

「母さんや姉さんなら、早く塗るように催促してくるのに……。なんて君達は清いんだ……。そのまま清らかでいて欲しい。九重雪兎からのお願いです」

「どう返事すればいいのかしらそれ？」

「……姉さん……そこは塗るところじゃ……なんで水着を……脱いで……咥《くわ》……」

「ユキ、どうしたのユキ!?」

「……母さん……そこは自分で塗るから……だからなんで水着を……脱いで……挟……」

「わわわっ！　私達にはまだ早いよユキ！」

「――ハッ!?　頻繁にあり過ぎて忘れようにも忘れられない日常的な記憶が！」

と涙を流した。え、俺の分は？


「普段から何やってるのよアンタは！」

「雪兎お前、苦労してるんだな……」

いつの間に買ってきたのか、顔面テスラコイルが焼きそばをズルズル食べながらホロリと涙を流した。え、俺の分は？


「第一問。海水浴で最も気をつけるべきことは何？」

ライフセイバー九重雪兎の安全教室開校です。

「はい、そこの爽やかイケメン早かった」

「準備運動。急に海に入って足が攣《つ》ったりすると大変だから」

「実に惜しい！　特にパニックが怖いな。二番目くらいに大切だ。はい、次は汐里」

「えっと、テトラポッドより向こうに行かないこと？」

「惜しい。そもそも海水浴で消波ブロックまで行くのもな。もっと手前で楽しもうか」

「九重ちゃん、答えはなんなの？」

「いい質問だ峯田。ズバリ答えはサメだ。赤いサメは放射能によって爆発の危険がある。もし見かけたらすぐに避難すること。他にもサメの亡霊が人を襲うこともある。このサメは水がある場所なら何処《どこ》にでも出現することからゴースト――」

「はいはい。準備運動するんでしょ」

僅か一問で灯凪ちゃんに打ち切られる。九重雪兎安全教室閉校です。

「ねぇ、そこの君、よかったら俺達と遊ばない？」

夏のビーチはそれだけ人も多い。早々にエリザベスがナンパされていた。

「あ、3Gだ！」

「げぇ、お前——いや、九重さんじゃないですか！」

「や、やだなー俺達まだ何もしてないっスよ。どうか炎上だけは、炎上だけは勘弁してください！　これから真っ当になりますから！」

「あの後、俺達大変だったんだ！　だから頼む、見逃してくれぇぇぇぇぇぇぇぇ！」

なんかめちゃくちゃ怯《おび》えられてた。俺にとっては良い人達という印象しかないのに。

「雪兎、知り合いか？」

以前、澪《みお》さんとトリスティさんでナイトプールに行ったとき知り合った大学生三人組だ。

「3Gの皆さんだ」

「時代は5Gだぞ」

暗にガラケー世代は時代遅れとでも言いたいのだろうか。辛口な爽やかイケメンだった。

「3Gの皆さん、ひょっとして三人だけですか？」

「俺達だって、女の子と一緒に遊びたいよ。でも、工学部だからさ。出会いがなくて」

「むしろ君、すごいよね。いつも違う女の子と遊んでないか？」

「憎い、リア充が憎いぃぃぃぃぃぃぃぃい！」

ふむ。俺達は何かと大所帯ということもあり、全員に目が届かない可能性がある。

狭いプールならまだしも、広大な海だけに万が一の危険も避けたい。

「よかったら、俺達と一緒に遊びませんか？　人数が多くて心配だったんです。３Ｇの皆さんには変な輩《やから》からのナンパや事故防止に目を光らせてもらえたらと」

「いいの!?　是非、お願いします！」

「変な輩って俺達のことだよな……」

「実は俺、君のＳＮＳフォローしてるんだ。後でサイン貰《もら》っていい？」

思わぬ戦力増になった。やはり良い人達だ。これで一安心。安全に海水浴を楽しめる。

「俺も、泳ぐか」


「雪兎、離さないでね！　絶対だよ！」

プルプルと震えながら、灯凪ちゃんがシャチ（ビニール）に跨《また》がっていた。

このシャチ、意外と乗るのが難しい。バランス感覚を養ういい練習になるかもしれない。

必死にしがみついている灯凪ちゃんだが、その表情に余裕はない。俺は下で支える係だ。

灯凪はそこまで泳ぎが得意ではないが、ここは砂浜から数メートルの浅瀬だし、ライフセイバー九重雪兎がいる限り安心安全だ。思う存分、チャレンジしたまえ。

「俺も乗りたい」

「私だってそうしたいけど、思った以上に不安定で――あぶっ!?」

ひっくり返って頭から水を被《かぶ》る。ポコンッと、その上にシャチ（偽）が乗っかる。

「君はサーフィンとか向いてないかもな」

「帰ったら、バランスボールで練習するもん」

その熱意やヨシ。これで結構、この幼馴染《おさななじみ》は負けず嫌いなところがある。

灯凪ちゃんが再度シャチのライドに挑戦しながらも、思い出したように口を開く。

「そういえば、灯織《ひおり》が雪兎《ゆきと》に相談したいことがあるって言ってたよ」

「灯織ちゃんが？　何かあったのか？」

灯凪の妹、灯織ちゃんが困っているなら力になるのはやぶさかではないが、いったい、どうしたんだろう？　灯織ちゃんはとても素直で敵を作るようなタイプじゃない。

「友達のことで相談したいことがあるみたい」

「なるほど……。話を聞いてみないと分からないな」

中学生の悩みなど俺にどうにかできるとも思わないが、内容次第だ。

それにしても、開設した覚えのない九重《ここのえ》雪兎お悩み相談窓口に、どういうわけか一番苦手な恋愛相談ばかり持ち込まれるのは何故《なぜ》なんだ……。

「姉妹で迷惑ばかり掛けてごめんね」

「別に俺にできることなら構わないが」

こんなにも素直に言葉を口にできるようなった。灯凪はもう大丈夫だ。

「ねぇ、雪兎。一緒に夏祭り行こうよ」

「花火大会か。懐かしいな」

「……うん。少しずつ私達《たち》の時間を取り戻していこうよ」

毎年のように灯《ひ》凪《なぎ》と一緒に夏祭りに参加していたことを思い出す。縁日でりんご飴《あめ》や綿菓子を買って、ラムネを飲みながら二人で漆黒の夜空に咲く花火を見上げていた。今はもう途切れてしまった思い出。最後に思い出す灯凪の表情は決して笑っていなかった。

「後悔してるんだ。雪兎の手を離してしまったこと。嫌だったんじゃないよ。むしろその逆。……恥ずかしくて、咄嗟《とっさ》に振り払ってしまっただけなの。あの頃の私は、余裕なんてなくて、雪兎がどう思うかなんて考えもしなかった。馬鹿で自己中な女の末路」

「だったら、君は別の道へ進んでもいいんじゃないか？　今更やり直す必要なんてない」

それは俺がずっと抱いていた疑念だった。灯凪も汐里《しおり》も母さんも姉さんも。過去に後悔するのは理解できる。やり直したいと願うのは分かる。

でも、所詮過去は過去だ。なかったことにも書き換えることもできない。

俺達は決してタイムリープなどできないのだから。変えられるのは今と未来だけだ。

そんな過去に、いつまでも囚《とら》われる必要なんてない。よりよい未来、幸せになれる道を選んでもいいはずだ。途方もない労力を掛けて、やり直すことを目指すのはコスパが悪い。

なにより俺は一切気にしていない。恨みも憎しみもない。だったら、俺を切り捨てる選択をするのが最も効率がいい。

それでも、やり直したいと思えるような、そんな価値が俺にあるのだろうか。

「――雪兎がいない道なんて無意味だよ。私達は赤の他人だけど、貴方《あなた》は大切な幼馴染なの。誰でもいいわけじゃない。一緒に過ごしてきた雪兎だからだよ」

通貨の信用を担保するのは国家であり中央銀行。故に国際通貨の信用は強固だ。

ならば、幼馴染の信用を担保するのは、俺と灯凪の中に存在する一緒に過ごした時間だけ。そんな不確かで淡いものを、彼女は特別だと信じている。

——だから、俺も信じてみたかった。

取り戻さなければならない。俺にとっての〝特別〟を。

「私だって成長してるんだよ。もう守られるばかりじゃ嫌だもん」

ニコッと力強い笑顔。幼馴染に泣き顔なんて似合わない。

灯凪は強くなった。多分、俺よりも。その瞳に宿る確固たる意志が眩《まぶ》しいほどに。

「君は、いい女になったな」

まさしく水も滴るいい女だ。海水が滴りすぎだが。

「誰かさんのおかげかな。——楽しいね。こんな時間がずっと続いたらいいのに」

「そうだな」

俺は颯爽《さっそう》とシャチに跨り、そのままクルンと一回転して海面に落ちた。

「そういえば、コンクール用の絵は完成したのか？」

シャチを諦めた俺達は、かき氷を食べながらビーチで休憩していた。

波の音と周囲の喧騒《けんそう》をＢＧＭにしながら、幼馴染同士、二人だけの時間を過ごす。

周囲では、ここぞとばかりにナンパされている顔面フラッシュオーバーや、エリザベス達に連れ回されて目を回している釈迦堂《しゃかどう》など、それぞれ夏の海を満喫している。

「私って、絵心ないのかも。センスのなさに愕然《がくぜん》としちゃった」

「賞を狙ってるわけじゃないんだろ。好きに描けばいいいさ」

芸術なんてそんなものだ。困り顔の灯凪ちゃんだが、思い返せば、昔から独創的な画風だった。それもそれで本人の個性だ。部活を楽しめているのならそれでいい。

「雪兎はもう来ないの？」

「美術部には天敵がいるからなぁ……」

さしもの俺も苦手な生徒会長がいる美術部には足が遠のく。姉さんの絵は完成したし、灯凪が困ったときは、頼りになる三条寺《さんじょうじ》先生が力を貸してくれる。

三条寺先生で思い出したが、やたら腋《わき》を気にしていた。いったい腋の何がそんなに恥ずかしいんだろう？

「そうだ灯凪。ちょっと腋を見せてくれ」

「ば、馬鹿なのアンタは⁉　急に何言い出すのよ！――いったぁ！」

灯凪ちゃんが勢い余って、かき氷で頭をキーンとさせている。無理して食べるから……。

「何って、ただの腋だぞ？」

「どうしてアンタはそんなにデリカシーのない台詞《せりふ》をサラリと言えるわけ⁉」

「九重家にデリカシーなどという概念は存在しない」

「知らないわよそんな常識！」

家庭環境ってホントに大事だよね。つくづくそう思う。それにしても、灯凪もやはり気になるのだろうか。そこで、俺はあまりにも重大な失態を犯していることに気づいた。おいおいふざけるなよ。

冷静になってみれば、幾らなんでもありえない。俺は度し難いクズだ。

こんなことを失念していたなんて、それこそデリカシーに欠けている。

なんてこった。これじゃあ三条寺先生も灯凪も恥ずかしがるのは当然じゃないか。罪の重さに耐えきれず、灼熱《しやくねつ》の砂浜に土下座する。

「すまなかった灯凪！　俺が軽率だった。でも、安心して欲しい。どんなに君が腋の匂いを気にしていても、俺は全然――」

「アンタはぁぁぁぁぁぁぁぁあああああ！」

顔が真っ赤だ。熱中症かな？　スポドリを手渡す。灯凪ちゃんが一気に飲み干した。

腋臭《わきが》の原因は汗だという。アポクリン汗腺からの分泌物が臭《にお》いの元らしいが、体質だけに気に病む人がいるのも当然だ。無神経な発言をしてしまった俺はひたすら謝罪するのみ。

「そうだ、もしそんなに悩んでるなら、俺が手術代をカンパ――」

「うるさい！　ほら、嗅いでみなさい！　ほら！」

灯凪ちゃんがグイグイと腋を押し付けてくる。

「磯《いそ》臭い」

「海だからでしょ！　風評被害もいい加減にしてよね！　検索エンジンで私の名前を入力して、検索候補が『硯川《すずりかわ》灯凪　臭い』とかになったら、どーしてくれるの!?　アンタの所為《せ》《い》だからね！」

「綺麗《きれい》で臭いのしない海は栄養が少なくて、磯の臭いがする海は栄養豊富なんだって。実に考えさせられる話だと思わないか？　これからも海洋汚染には気を付けていこうな」

「私のサジェスト汚染を気にしてよ！」

マイクロプラスチック問題など、人類を取り巻く環境問題は深刻だ。

ガックンガックン灯凪に揺さぶられながら、俺は誓った。ゴミの投棄は止《や》めよう。

「どうしたのユキ？　難しい顔して」

海水浴、俺は楽しみにしていた。期待で胸を膨らませていた。隆起する胸筋。ピクピクなのに、いったいこれはどうしたことなのか。失望を禁じ得ない。

「おかしい。全然、ポロリに遭遇しない」

「またユキが変なこと言い出してる!?」

「海水浴だぞ？　普通なんかこうそれっぽいえちちなハプニングが起きて然《しか》るべきだろ」

「その……皆、ポロリしないように細心の注意を払ってるの！」

「もしやポロリって滅多に起こる現象じゃないのか……？」

だとすればガッカリだ。あーガッカリだ。ワクワクを返せ！

「うわっ、ユキが見たことないくらいしょんぼりしてる」

「おかしいと思ってたんだ。母さんや姉さんはだいたい一時間に一回のペースでポロリするから、そういうものだとばかり」

「それはポロリじゃなくて、意図的で極めて悪質な犯行だよ！」

母さんなんか家で「あら、肩紐《かたひも》が」とか言いながらしょっちゅうポロリしている。

頻繁に起こる現象ではないにもかかわらず、あんなにもポロリするということは、恐らく霊の仕業、怪奇現象。ポルターガイストのようなものかもしれない。

確かにポロリする度に俺の精神が摩耗していくことを考えると、いつかポロリで呪い殺される日も近い。恐ろしきポロリ。ポロリでコロリと逝くなど笑えない。

「……ユキはそんなにポロリ見たいの？」

俯《うつむ》きながら、顔を真っ赤にしている汐里の両肩をガシッと掴《つか》む。

「汐里！」

「わわわ、分かった！　ユキがそんなに言うなら私が――」

「偶然じゃないポロリなんてラッキーじゃないだろ」

これだけは譲れない主義だ。

「乙女の尊厳が二重に傷つけられた！」

ポカポカと叩《たた》かれる。真夏のビーチでポロリ論争は白熱した。

え、汐里がポロリしたかって？　俺は乙女の尊厳を守ろうと思います。

「ところで、女バスはどうだ？」

「うん！　途中から入ったのに先輩達も他のクラスの子達も皆よくしてくれるんだ」

浮き輪に乗ってゆらゆら浮かんでいる汐里が、嬉《うれ》しそうに近況を教えてくれる。

あまり心配はしてなかったが、軋轢《あつれき》もなく上手《うま》くやれているらしい。

女バスの部長達も大喜びだったし、顧問も大歓迎だった。大きな借りを作っておいたので、そのうち返してもらう予定だ。それに元来、汐里は孤立するようなタイプじゃない。マネージャーもいいが、汐里はジッとしているより活発に活動している方が魅力的だ。

「部長の佐々木先輩もユキにお礼言ってたよ。ありがとうって」

「実際に入部を決めたのは君だろ」

「ううん。ユキが背中を押してくれなかったら、私はまだ迷ってたと思う。男バスのマネージャーも大切だけど、このままでいいのか分からなかった。ユキみたいにもっと周りを見られるようにならなきゃ。ダメだねこんなんじゃ――ぴゃ!?」

そんなことはない。いずれ汐里は自分でも気づいたはずだ。俺はただそれを早めただけ。

汐里は遊ばせておくには惜しい才能を持っている。彼女が輝ける舞台は男バスじゃない。

「油断は禁物じゃなイカ」

盛大に水鉄砲を噴射する。海まで遊びに来てるんだ。落ち込んでいる暇はない。

「ウサギだったりイカだったり、ユキってバリエーション豊富だよね。でもでも、私だって負けないからね！　これでも踊り子なんだから。そりゃぁぁぁぁぁああ！」

「あの恥ずかしい衣装、気に入っていたのか……」

「着せたのユキでしょ！」

「実は、もっとセクシーな衣装でもいいんじゃないですかと提案したのも俺だ」

「えげつない巨悪がここにいた!?」

汐里が反撃してくる。容赦なかった。俺に対する鬱憤が溜《た》まっているのかもしれない。

海の中、キャッキャウフフと追いかけっこするような甘いロマンスなど以《もっ》ての外《ほか》だ。

俺達の間にあるのは、ポロリを賭けた死闘だけである。

「落ち着け！　君はそんなにまたポロリしたいのか？」

「乙女の尊厳はユキが守ってくれるって信じてるもん！」

突如始まったナワバリバトルは一進一退の攻防を続けた。尋常じゃない体力オバケだ。

実力伯仲。互角の戦い。こうなれば奥の手を使うしかない！

「しょうがない。スペシャルウェポンを発動させるか。さらば汐里」

「え？　ちょ――ユキのバカァァァァァァァアア！」

スポーンと放り投げると、盛大に水飛沫《みずしぶき》が上がる。

思いっきり身体《からだ》を動かして遊べば、頭も身体もスッキリだ。

「それでね、ユキが誘ってくれたＣＭでお金貰《もら》ったでしょ。だから、皆にバッシュをプレゼントしようかなって思ってるんだけど、どうかな？」

体力を使い果たし、海の家でイカ焼きを食べながら休憩する。

汐里《しおり》曰《いわ》く、女バスのメンバーがバッシュを予約してくれているそうだ。だが、汐里としては途中参加の自分を快く受け入れてくれたことに感謝していた。そこでバッシュをプレゼントしようと思い立ったらしい。

お金の使い道は汐里の自由だ。俺が口を出すことじゃない。だが、そうは言っても、あえて待ったをかける。まだ情報公開前だが、汐里なら問題ないだろう。

「汐里、これはまだ秘密なんだが、もう少し待て」

「えっと……何かあるの？」

怪訝《けげん》そうな表情を浮かべるが、どちらかと言えば有意義な内容のはずだ。

「しばらくしたら第二弾が発表される。なんと次は女神モデルと聖女モデルだ」

「いつの間にかバリエーションが増えてる!?」

「プレゼントするなら、デザインを複数から選べる方が嬉しいかと思ってな」

バニーマンと勇者パーティーモデルのバッシュは予約が絶好調らしく、打ち合わせで、ついうっかり逍遥《しょうよう》高校にはまだ他にも女神と聖女がいるという話をしたら、瞬く間に第二弾の発売が決まった。そのうち吟遊詩人モデルも発売するかもしれない。

商機を見逃さない大人達《たち》の本気を垣間見《かいまみ》ることになったが、もうバスケ関係なくね？

「女神と聖女……。なんか皆、恰好《かっこう》いいのに私だけ踊り子って、ううぅ……」

俯きながら、顔を真っ赤にしている汐里の両肩をガシッと摑む。

「汐里！」

「え、なんかさっきと同じパターンだこれ――」

「露出度は君が一番高い。自信を持て！」

勇者パーティーの紅一点は伊達《だて》じゃない。

「乙女の尊厳を無理矢理回復された！」

女性向けだけで四種類もあれば、それぞれ好みにあった選択ができるはずだ。

プレゼントするなら、相手に喜んで欲しいよね。

でも、東城《とうじょう》先輩と女神先輩には何て説明しよう……。


「チェイヤァァァァァァァァァァァァァアアアア！」

俺の放った強烈なスパイクが砂浜を抉《えぐ》り取る。盛大な歓声が上がった。

「ひひひ……おぉ……神よ……」

釈迦堂《しゃかどう》が祈っていた。完全な戦力外である。

俺達は、一年B組真夏の真剣勝負と題したビーチバレーで対決していた。

公平を期す為《ため》、男女ペアかつ、運動部同士はNGとなっている。俺や爽やかイケメンと汐里がペアになってしまうと、勝てるチームが存在しない。然るべき配慮だ。

そんなわけで、俺と釈迦堂、眩《まぶ》しすぎて顔面が砂浜と同化している爽やかイケメンは峯《みね》田《だ》とペアを組み、サッカー部の高橋《たかはし》は何かいい感じの雰囲気なので、そのまま夏目《なつめ》とペア、汐里は赤沼《あかぬま》、灯凪《ひなぎ》は伊藤《いとう》、エリザベスは御来屋《みくりや》といった絶妙なバランスで白熱した試合が展開されていた。

特に汐里が躍動する度に歓声が飛び交い、ギャラリーも増えまくっている。さりげなく置いた投げ銭用の箱に小銭がジャラジャラ溜まっている。汐里の奮闘により、全員の昼食代くらいにはなりそうだ。ありがとう汐里、君の雄姿は忘れない。バインバイン

このビーチのミス・オーバーラップに選ばれるのは汐里に決まりだ。おめでとう！

「優勝はまさか正道《せいどう》&エリザベスペアとは……。二人とも昔、バレー部だったなんて調査不足だ。意外な事実が判明したな」

「実質、一対二……だった。……私……なにもしてない……ひひひ……ごめんなさい」

「まったくだ。釈迦堂は罰として夏休み中に美容院に行くこと」

「――!?」

「羊だって夏前に毛を刈るんだ。それに髪を切ったら美少女になるのも鉄板だしな」

余程ショックなのか、夏だというのに凍り付いてピクリとも動かなくなった釈迦堂はさておき、桜井《さくらい》達のテンションは高い。

「まさか雪兎《ゆきと》君達に勝てるなんて！」

「ふふーん。どうだ見たか！　これぞ委員長の威厳だよ！」

つい先日、バスケ部に入部した御来屋と軽音部のエリザベスは、それぞれ別の中学でバ

レー部だったらしい。こういう過去を知るのも、それだけ交流が深まっている証拠だ。

「はい。賞品の現金」

「九重君《ここのえ》。流石《さすが》にロマンもへったくれもないと思うの」

集まった投げ銭を優勝賞金として渡すが、エリザベスはお気に召さない。

「クリスマスプレゼントとか現金が一番嬉しいだろ。靴下いっぱいの一万円札」

「嫌な子供すぎるよ！っていうか、このお金どうしたの？」

「汐里が身体で稼いだ」

「突然ユキに卑猥《ひわい》なこと言われた!?」

周囲からの白い視線。俺は事実しか言ってないのに……。

ははーん、なるほど。さては額が少ないと、そういうことだな？

仕方ない。汐里にばかり稼がせるのも気が引ける。俺はヒモ男ではない。

ならばここは一つ俺がやろうじゃないか。

おもむろにスイカを取り出すと、シートの上に置く。ギャラリーの視線が集まる。

「フン」

ガツンと垂直に殴ると、パカッと綺麗《きれい》に六等分されてスイカが割れた。

『おぉぉぉぉぉぉぉぉぉぉぉお！』

拍手が沸き起こった。投げ銭が飛んでくる。……夕食は豪勢にいくか。

「九重君、どうやったの!?」

狼狽《ろうばい》するエリザベスに小声でスイカ割りパンチのタネをバラす。

「スイカ割り用のスイカはあらかじめ切れ込みを入れておくと綺麗に割れるんだ。後は均等になるよう全体に圧力をかければ、ご覧の通りだ。木刀なんて持ってこなかったしな」

スイカを用意したのに、肝心の割る道具を持ってこなかったのは落ち度だ。木刀やバットなんて荷物になって邪魔だからこれでよかったのかもしれない。

あ、一応これ言っとかないと。

「※割ったスイカはスタッフが美味《おい》しくいただきました」

「……九重君だもん。なんでもありだよね。賞金もあるし、そろそろお昼にしよっか」


こうして、ユラユラと波に揺られていると、自分の考えが酷《ひど》く矮小《わいしょう》なものに思えてくる。

ここ最近、何をやっても上手くいかない。ツキに見放されたと言うべきか。

アイツと協力して画策してみるが、成功しているとは言い難い。陥れるどころかますます増長している。幾ら毒づいても現実が変わることはない。

関わるべきではなかったのかもしれない。忌々しい。私に押し付けたアイツも。

また私の人生を壊すつもりなのか。この何をやっても上手くいかない感覚は久しぶりだ。

小学校以来の気持ち悪い不快な感触。……嫌なことを思い出してしまった。

楽しもうと家族で海水浴に来たというのに台無しだ。水面を叩いて八つ当たりする。

私だとバレていない。大丈夫だ。そう思い込もうとするも、不安が解消することはなかった。そもそも何故《なぜ》私がこんなリスクを負わなければならないのか。

また答えの出ない同じループに陥っている。いっそ全て打ち明けてしまえば……。

無理だ。あの男は敵を許さない。そうして潰されたのだから。私もアイツも。

秘密を抱えることが、こんなにも精神的にシンドイとは思わなかった。

いつかバレるのではないかと人目を気にして、学校生活を満足に楽しむこともできない。

指示をするだけの無能は、アイツの怖さを理解していない。同じ学校にいれば分かってしまう。まさしくアンタッチャブル。毎日のように聞きたくもない話題が耳に入ってくる。

とてもじゃないが、直接手を出すことなど不可能だ。私の味方はいない。上級生に頼んだとしても誰も協力しないだろう。

むしろ、そんな話を持ち掛けた生徒がいるとアイツに報告される可能性が高い。

どういうわけか、あの男は孤独じゃなかった。腹立たしいことに大勢から好かれている。

教師も上級生も関係ない。誰もが動向を気にして、アイツを守ろうとしている。

敵対すれば、孤立するのは私の方だ。特にアイツを大切にしている姉にバレてしまえば、どうなるか分からない。アイツと違って、本気で排除に乗り出すだろう。

まさに八方塞がり。四面楚歌《しめんそか》。そして全てが自業自得だった。

「カズなんかと再会するんじゃなかった……」

後悔が尽きない。転校した先で、アイツと再会したことで歯車が狂いだした。

同郷のよしみだと嬉《うれ》しくなって、親しくしたことが間違いの始まりだ。

高校に進学して離れたはずが、アイツが目立つ所為《せい》で目を付けられた。私はこんなにも苦しんでいるのに、アイツの周りは笑顔が絶えない。いつも誰かが傍《そば》にいて笑っている。どうして私が一人なのに、アイツはいつも楽しそうなのよ！　憤りを抑えられない。ビクビクと気にして、上辺だけの関係を続けていた私は、ぼっちになっていた。現状に不満を抱き敵意を向ければ、それを敏感に察して、更に人が離れる悪循環。

「え……？」

意識を現実に引き戻す。砂浜が随分と遠くに見えた。マズイと思って引き返そうとするも、思いの外、波が強く身体が前に進まない。心底沸き上がる恐怖心。慌てて体勢を整える。だが、思いとは裏腹に、身体が言うことを聞かない。

「嘘《うそ》でしょ!?　マズイってこれ！　誰か、誰か助け――ゴボゴボ」

恥も外聞もなく叫ぼうとして、海水が口に入る。咳《せ》き込んだ拍子に左足が攣《つ》った。

（なんで……！　なんで、私ばっかりこんなことになるのよ！　死ぬの？　こんなところで。……私にはまだやりたいことが沢山あるのに！）

これが人を貶《おとし》め続けた罰だと言うなら、間違いなく神様は存在する。

今更ながらにそんなことを思って、涙が零《こぼ》れた。思えば人を恨んでばかりだった。憎んでばかりだった。アイツが悪いと憎悪を募らせていた。そして、罪を犯した。

（違う……。私だって最初は……。アイツだ。アイツと出会ったから――！）

最初は理解していたはずだ。悪いのは自分だと。でも、一緒になって悪口を言い合っているうちに、いつの間にか想《おも》いは変わり果て、捻《ね》じ曲がっていった。悪意に溺れていた。まだ恋だってしたことない。人を好きになったことも、それ以上のことも。

綺麗なものに人一倍憧れるのは、自分があまりにも醜すぎるからなのかもしれない。

「チクショウ……助けてよ！　謝るから……生まれ変わるから、誰か――」

私の声は誰にも届かない。だって、私は一人だから。アイツとは違う。

あんな奴《やつ》のことなんて無視して真っ当に生きるべきだった。青春を送るべきだった。

美しい海面が、私を飲み込む悪魔のアギトのように見える。口を開け、獲物を待ち構える。どこまで深いのだろうか。漆黒の海底を見通すことはできない。

人間はなんてちっぽけで脆《もろ》いのか。こんなにも簡単に死んでしまう。積み重ねた時間など呆気《あっけ》なく消え失《う》せる。抵抗する気力はもうない。

「お父さん、お母さん、ごめんな――」

「まさかいきなりこんな事態に直面するとは……。もう大丈夫。まずはこのビート板を摑《つか》んで。パニックになって暴れると一緒に沈む可能性があるから、全身から力を抜いて」

幻覚だろうか。全身黒尽《ず》くめの悪魔が海底から迎えに来たのかもしれない。

「……参ったな。かなり憔悴《しょうすい》してるっぽい。えーっと、こういうときは……。そうだ！この前、懲りずに好感度不動明王お姉さんの好感度を下げようと思って、上から目線でアレコレ偉そうに命令してみたら嬉々《きき》として実行されたんだけど、これって新手の嫌がらせだったりする？　会うなり、いきなり裸サスペンダーだったしさ。俺は思った。ネットってアテにならない。もう、どうすればいいんだよあの人！」

悪魔が何かよく分からない話をしている。死へと誘う呪いだろうか。

好感度不動明王お姉さん？……何言ってるのこの人？　人……人!?　悪魔じゃない！

「たす、助け――」

「だんだん砂浜に近づいてるから、もう怖くないからねー。ほーら、浅い浅ーい」

「高い高い？」

徐々に意識が鮮明になってくる。悪魔じゃなくてただの人だ。安心させようと、あえて明るく振舞っているのだろう。

……助かったの？　その事実に、一気に安堵《あんど》に包まれる。

涙でぐしゃぐしゃになり相手の顔が見えない。千々に乱れる感情を放棄する。瞼《まぶた》が重くて、このまま眠ってしまいたかった。

そのまま砂浜に引き上げられ寝かされる。背中に感じる陸地が何よりも私を安心させる。

しなやかな手が左足に触れ、ビクンと身体《からだ》が跳ねた。忘れかけていた痛みを思い出す。

「痙攣《けいれん》してる。このままストレッチするから」

グッと左足を持ち上げられ、屈伸のような恰好《かっこう》で曲げられると、今度は引っ張るように伸ばされる。何度か繰り返すうちに痙攣は収まり、自由に動くようになっていた。

「ふぅ。もう大丈夫そうかな」

サッと悪魔が離れる。違う、この人は悪魔じゃなくて私を助けてくれた恩人だ。

お礼を言わなきゃ……せめて、一目だけでも――！

「――朱里《あかり》！」

耳慣れた母の声が近づいてくるのを感じて、私の意識は深い闇へと落ちていった。

◆

「しおりん、すっご！　こんなの兵器だよ兵器！」

海水浴からの帰り道、立ち寄ったスパで全身を洗い流す。シャワーを浴びたとはいえ、こうしてゆっくりお風呂に浸《つ》かると、如何《いか》に疲労が蓄積していたかを実感する。

神代《かみしろ》の胸に触れた峯田《みねだ》が驚嘆の声を上げる。自らの胸元を見下ろして、虚《むな》しさに打ちひしがれながらも、瑞々《みずみず》しく弾力的なそれの魔力に抗《あらが》えない。胸に沈み込む手に戦慄する。

「おぉぉぉぉぉ！　これ、病みつきになる。病みつきに！」

「ひゃん！……触っちゃ……やぁ……」

「美紀《みき》ちゃん！　やめなさい、困ってるでしょう」

ペリッと桜井が峯田を引き離す。物足りない峯田は腹いせに桜井の胸を触るが、悲しいかな同類だった。この中で、神代に匹敵するのは夏目しかいない。

高まるクラスメイト達《たち》の乳的圧力と羨望の視線。ＡＢＣＤ包囲網（カップ数）を前に神代はたじろぐ。Ｅカップの神代は封鎖破りで肩身が狭かった。

「はぁーすごー！　九重ちゃんが、メロンかスイカかとぶつぶつ呟《つぶや》いてたもんねー」

峯田の言葉を聞いて、神代が赤くなりながらブクブクと湯船に沈む。

「ユキって結構セクハラするよね……」

「雪兎《ゆきと》は普段、家族から散々セクハラされすぎて感覚が麻痺《まひ》してるのよ」

硯川《すずりかわ》が苦笑する。家族の影響に違いない。九重雪兎の家族は、母親の桜花《おうか》も姉の悠璃《ゆうり》も、昔から雪兎のことを溺愛していた。それに気づいていないのは、とうの本人だけだ。

「九重ちゃんは自信満々に堂々とセクハラするから、潔いよね」

「雪兎は思ったことをすぐ口に出すから。正直なだけ」

「ユキがこの前、好感度ガーとか言って、頭抱えてたけど……」

神代は、「越えちゃいけないライン考えろよ！」とか言いながら、セクハラするも返り討ちにあい命からがら逃げだしてきた雪兎に出会ったときのことを思い出していた。

何があったのか詳しくは知らないが、瀕死《ひんし》状態になっていた。いつものことだ。

「まぁ、九重君がモテるのは今に始まった話じゃないけどさ。今日だって、溺れかけてた子、助けてたし」

溺れかけていた女の子を颯爽《さっそう》と救出して去っていく姿は紛れもなくヒーローだった。

ハラハラしながら見守っていた桜井《さくらい》も、陸地に辿《たど》り着いたときは全身から力が抜け、胸を熱くしたものだ。あの子にとって一生の思い出になるに違いない。

「あれが雪兎の言う、準備の大切さ……なんだと思う」

ポツリと硯川が呟く。思い思いに頷《うなず》き、納得する。九重《ここのえ》雪兎はどんなことにでも、どんなときにでも対応できる準備をしていた。彼にとってそれは特別ではなく、当たり前のことなのだと理解する。

心構えというべきか、硯川も神代も雪兎から言われたことの一端を感じ取っていた。

「それにしても、こんなに奢《おご》ってもらってよかったのしおりん？」

「ははは。気にしないで。元々ユキのおかげだし。皆で遊べて楽しかったから！」

海水浴の費用は九重雪兎の提案で、全額、九重雪兎、巳芳光喜《みほうこうき》、神代汐里《しおり》の三人で出している。九重雪兎が五割、巳芳と神代が残り五割を半分ずつだ。

三人はＣＭ出演料を含めて、相当稼いでいた。特に九重雪兎の収入は学生では考えられないような額になっている。それにＣＭ撮影以外の活動もある。

予想外の臨時収入に戸惑っていた神代にとって、九重雪兎の提案は渡りに船だった。

神代とて散財するつもりはない。学費や進学に充てればいい。そうは思うが、これくらいなら自由に使ってもいいはずだ。九重雪兎に巻き込まれただけとはいえ、神代にとって初めて自ら稼いだお金だった。思いがけない労働の対価。両親へプレゼントも買った。ＣＭを見られたのは恥ずかしいが。

「私も神代さん仕様のバッシュ買ったよ！　踊り子衣装もう着ないの？」

「着ないよ！　ものすごく恥ずかしかったんだからね！」

桜井に反論するが、また着る機会があるかもしれないと神代は内心ヒヤヒヤしていた。

雪兎が第二弾を示唆していた。このままなら実現しかねない。現実はなんと非情なのか。

それでも、神代は断るつもりはない。次にまたあの衣装を着ることになったとしても。

九重雪兎の周辺は、刺激的で波瀾《はらん》に満ちている。

なんとなくクラスメイト達は、九重雪兎に頼りすぎているという共通認識を持っていた。

今日のことにしてもそうだが、自分達の為《ため》に、あらゆる労力を厭《いと》わない。

そのことに何処《どこ》か危うさを感じてしまう。こうやって自分達にしてくれた分だけ、返していこうと一様にそんな想いを抱いていた。だからこそ、B組というクラスは一つにまとまっているのかもしれない。

「ほらほら、暗夜《あんや》ちゃんもおいでよ」

「ちんちくりん……ひひ……これが胸囲の格差社会……現実は残酷なり……滅ぼすべし」

端でひっそり佇《たたず》んでいた釈迦堂《しやかどう》を桜井が連れてくる。ペタペタと胸を触りながら、悲しい自虐をしている今の釈迦堂には、珍しい昆虫を見つけてハイテンションになっていた時の面影はない。悲しいかな釈迦堂は陰キャだった。

「あの助けられた子、これからライバルになっちゃうんじゃない？」

そんな峯田の意地悪な質問を神代は笑い飛ばす。

「関係ないよ。ね、硯川さん？」

「対立したいわけじゃないもの。こうして神代さんとだって友達になれたし。……雪兎はこれまで沢山辛《つら》いことがあって、ずっと嫌な思いばかりしてきたの。私だって酷《ひど》いことをした。なのに、いつだって助けてくれて、幸せをくれる。今度は私の番。急がないって決めたの。まずは雪兎が楽しいって思えるような毎日を送れるように、私も頑張ろうって」

硯川の言葉を神代は静かに聞いていた。そこに嫉妬心はない。

神代もまた同じ気持ちを抱いていたからだ。ライバルというよりも、同志のような関係。ゆっくりでいい。焦る必要はない。

九重雪兎は神代に言った。何処にも行かないと。

もし、九重雪兎がすぐに誰かと交際することはないだろうと、そんな漠然とした確信がある。

もし、九重雪兎がそれを決めたなら、それを真っ先に神代や砚川に伝えているはずだ。

「私もユキみたいに、幸せを与えられるような、そんな温かい人になりたいんだ！」

言葉に出してしまえば、目標は明確になる。それが神代汐里がこれから進むべき道だ。

その先にいつか、望むべき未来が待っているのかもしれない。

そろそろ男子はお風呂から上がっただろうか。また九重雪兎が何か騒動を起こしているかもしれない。でも、それを憂えることはない。

——そこにあるのは、きっと幸せだから。

エピローグ

「ごめんなさいね？　せっかくついて来てもらったのに」

「俺の方こそ力になれずにすみません。ＢＴＯにして自分で選びましょう」

「私、機械には詳しくないから、雪兎君にお任せするわ」

氷見山《ひみやま》さんと家電量販店に行っていた俺だが、目的は未達のままますごすごと帰るハメになった。氷見山さんはデスクトップパソコンの購入を検討していたが、用途に適したパソコンが見つからなかったのだ。これではただ俺が嬉《うれ》しいだけの家電量販店デートだ。

「それにしても、ゲーミングＰＣっていうのかしら？　いつの間にかそればっかりになっているのね。私はパソコンでゲームはしないから、そんなに性能は気にしないのだけど」

「確かにＦＰＳで敵の頭をヘッドショットしている氷見山さんは想像し難《にく》いですが……」

おっとりお姉さんの氷見山さんが、チャットで暴言を吐きながらＦＰＳで銃を乱射している姿はホラーである。車に乗ると性格が変わる人も存在するだけに、その可能性は否めない。意外とストレスを抱えており、闇に堕《お》ちた氷見山さんがいたりするのかもしれないと思ったが、そんなことなくてよかったよかった。

これからもできればそんな姿とは無縁でいて欲しいものだ。

「でも、どうしてあんなに光っているのかしら？　何か理由があるのかな雪兎君？」

「デコトラ理論です」

「デコトラ？」

「ただ光っているのがカッコいいという勘違いによりそうなっています」

「じゃあ本当にただ光っているだけなの？」

「ただ光っているだけです」

「それ、なにか意味があるのかしら？」

「そういう冷静な指摘は時に残酷なものなのかもしれない」

そんなわけで（？）、ゲーミングPCを諦めた俺達は、BTOで注文することにした。

氷見山さんは光っているパソコンにロマンを感じないらしいので、シンプルにOfficeやパワポなどが使えればいいそうだ。なんならグラボもいらない。自分で疎いと言うだけあって、氷見山さんは相場感もガバガバのユルユルな為、予算はとんでもなく潤沢に用意されていたので選択肢には困らない。

それはそれでいいが、どうしていきなり氷見山さんがパソコンを購入したいと言い出したのか、素朴な疑問をぶつけてみる。

「なにか急にパソコンが必要になったんですか？」

「私もいつまでも囚《とら》われてないで、前に進まないといけないのかなって思ったからかな」

優し気な視線がこちらに向く。帰り道、隣を歩いている氷見山さんは目的を果たせなかったというのに、どこか上機嫌で嬉しそうだ。

「なるほど。俺もそう思います」

「雪兎君あんまり理解してないでしょ？　そういうおざなりなお返事はどうかと思うわ」

「おかしい。社交辞令が通じない？　女性との会話はなんでもハイハイと肯定しておけば円満で丸く収まるはずではなかったのか……！」

「偏見が凄《すご》くないかしら？」

「俺のような陰キャぼっちにコミュ力を期待されても困ります」

ましてや相手は天敵といっても過言ではない氷見山さんである。おのずと緊張が高まってしまうのは仕方ないことだ。

だって言ってなかったけど、今だって腕組まれてるんだぜ？

胸が当たってるんですけどぉぉぉぉぉぉぉおお！　ＦＯＯｏｏｏｏｏｏｏｏｏｏｏｏ！

「雪兎君は彼女とかいないの？」

「彼女いない歴＝年齢ですから。パワハラ質問には断固抗議します」

「あ、そんなこと言うんだ。――本気でハラスメントしちゃってもいいの？」

サッと氷見山さんが身体を動かすと、ふよんと、腕に当たっていた感触が先程までより断然柔らかい感触になった。薄い服越しに人肌の温《ぬく》もりが伝わってくる。

「外しちゃった♪」

「誠心誠意土下座しますからマジで許してください」

「そうだよね。直接触ってみたいよね」

「捏造《ねつぞう》レベルで意訳が酷い！」

腕をガッチリホールドされ動くに動けない。その間も感触はダイレクトに伝わってくる。

「大丈夫よ。これはお礼だもの。ノーカウントだと思っていいのよ」

「9回2アウトでフルカウントじゃないでしょうか」

「私も外だと恥ずかしいから、家に帰ってからね？」

「相互理解なんて幻想だってことをつくづく実感します」

「うふふふふふふふふふふふ」

所詮、人は理解し合うことなどできない愚かな生き物。俺の命運が尽きようとしていた。

どうにかこの窮地を脱する術《すべ》がないかと頭をフル回転させていると、特に意識したわけではないであろう氷見山さんの言葉が耳に残った。

「でも、雪兎君だったらモテるんじゃない？」

なんとはなしに放たれたその言葉は、別にそこに何か意図が込められていたわけではない。それでも、気になってしまうのは自分が置かれた状況だからだろうか。

「そんなことありません。それにモテたくなんてないです。誰か一人しか選べないのに、誰か一人を選ぶこともできないのに、そんな相手を想《おも》い続けるのは報われないから」

「……雪兎君？」

気軽に何人でも付き合ったりできるような人もいるんだろう。それが器量だと言えばその通りなのかもしれない。しかし俺にそんな器量はない。

ハーレム主人公のように無邪気に振舞うことなんてできない。

誰かを想えない俺は、誰かに想われる資格もない。

灯凪《ひなぎ》にも汐里にも、これからきっと素敵な出会いが待っている。

俺とのようなロクでもない出会いではなく、運命的な出会いがあるだろう。自分を一番大切に思ってくれる相手がきっと現れるはずだ。誰からも祝福される、そんな相手が。俺とは違い彼女達《たち》はそれだけの魅力を持っている。

感情のベクトルが双方同じ方向を向いて初めて恋愛が成立するのだとしたら、俺は誰の好意にも応えられない。叶《かな》わない一方通行。

「なんでもありません。帰りましょう」

思考を振り払う。いつか、誰かに応えられる日が来るのだろうか？

そんな幻想を夢想したところで、意味などないというのに。

「あの日から変わらず君は強いのね。でもその強さはきっと――」

氷見山さんが何かを口にしかけて、キュッと腕を握る力が強くなる。夏真っ盛りだというのに、ピッタリと身体《からだ》が密着する。雪山での遭難者もここまでくっ付かないのでは？

「ありがとうございます（もう少し離れてください）」

「本音と建て前が逆じゃないかしら？」

「正直者なんで。真実の口に手をツッコんで口内を凌辱《りょうじょく》してやりますよ」

「うふふ。海神オーケアノスが嘔吐《えず》くところなんて見たくないわ」

明らかに歩きづらいのだが、氷見山さんにはそんなこと関係ないらしい。

アーケードの中を歩いていると、雑貨店の前で氷見山さんが足を止める。

「雪兎《ゆきと》君、少し見ていかない？」

「はい。荷物もないですし大丈夫です」

店内はそう広くはないが、アンティークや小物が所狭しと並んでいる。こういったものに疎い俺にとっては新鮮だった。

言わずもがな、俺の自室にはインテリアなど皆無だった。あの殺風景すぎる部屋が恋しい。今となっては、母さんや姉さんの私物で俺の部屋は侵蝕《しんしょく》されている。

美容液とか自分の部屋に持って帰れよ！　枕元に置かれているゴムは誰の私物なんだ！

「このランチョンマット素敵ね。買っていこうかな。雪兎君は何か欲しい物ない？」

「こうしたものにセンス皆無なので」

「意外ね？　なんでも詳しそうなのに」

「そんな人いませんよ」

悲しいかな美的センスなど欠片《かけら》もない。とりあえず何でも黒が正解だと思っている。陰キャぼっちだからな！　最近これ言うと自虐風自慢に聞こえて不快らしい。ごめん。

服など、ジャージとパジャマだけでいいのでは？　という気さえしている。

「記念に何かないかな……。あら、これなんてどうかな雪兎君？　マグカップお揃《そろ》いのやつにしよっか」

「それはちょっと……」

ニコニコと氷見山さんがマグカップを二つ手に持っている。二個一セットのペアになっているものだ。俺と氷見山さんが使っていたら不自然極まりない代物だ。

ほら、穿《うが》ちすぎかもしれないけど、店員さんも「どういう関係なんだよこいつ等《ら》……」みたいな目で見てるし。どういう関係なのか俺が知りたいよ。多分ママ活だと思う。

「引っ越したばかりで、来客用の食器とかも全然用意していなかったわ。これから少しずつ揃えないとね。まずは雪兎君の分から揃えないと」

「いや、そんな行きませんし」

「え、来てくれるよね？」

「だいたい妙齢の女性の部屋にそうそう行くわけには……」

「一人暮らしだから来てくれると安心するわ」

「あのマンション結構セキュリティしっかりしてませんでしたっけ？」

「雪兎君に対するセキュリティはノーガードよ。触りたいもんね？」

「はい」


——笑顔の圧力に屈しました。

雑貨店から帰り、氷見山さんの家に上がらせてもらう。雑談も程々に本題のパソコンの注文を済ませる。要望を聞きながら、スマホでパーツを組み合わせていく。本当に性能は気にしないらしく、随分と費用は少なく収まった。作業し易《やす》いようにモニターは大きめなものを選んだし、これで一通りの作業は問題ないはずだ。

「聞いていいのか分かりませんが、作業って何をするつもりなんですか？」

ピクリと氷見山さんの身体が跳ねる。

「私ね、塾の講師をしようと思っているの」

「そうだったんですね」

「だから、その資料作りとか、そういう作業に使おうと思って。昔は周りにいた先生達に色々聞けたんだけど、今は自分でやらないとね」

「どれくらいの範囲を教えるんですか？」

「小学生かな。やっぱり子供が好きだから……。もう一度だけ挑戦したいの」

「氷見山さんが先生だったら捗《はかど》りますね」

「そう……かな？」

笑みを浮かべているが、どこか不安そうでもある。意外な反応。何かを探るように、窺《うかが》うように、或《ある》いは、許しを請うように、氷見山さんが答えを求める。

「――私は、誰かに教える資格があるかな雪兎君？」

その質問に俺は答える立場にあるのだろうか。何故《なぜ》そんなことを聞いてきたのか分からない。だが、その目は真剣で、もしここで資格がないと答えたら、それはきっと氷見山《ひみやま》さんが決めたことに大きな影響を与えるような気がした。

「ありますよ。きっと。氷見山さんなら優しく教えてくれそうですし」

「ご、ごめんなさいね！　こんな恥ずかしいところ見せてしまって……」

目から涙が零《こぼ》れていた。慌ててハンカチで拭う。

それだけその決断は氷見山さんにとって重要なものだったのだろうか。

氷見山さんは大らかで包容力がある。小学生の子供達には安心できる講師かもしれない。塾の講師といっても、週二回ほどらしいが、それでも氷見山さんにとっては大きな選択なのだと、涙を見ているとそう感じてしまう。

「氷見山さんなら上手《うま》くできますよ」

「ありがとう」

「にゃあ!?」

ギュッと抱きしめられる。柔らかい感触がダイレクトに伝わる。

この大いなる大地に包まれるような安らぎはまさか!?　外れたままじゃねーか！

っていうかなんで抱きしめてきたの!?　俺の日常はもっぱら連日フリーハグ開催中だ。

「ただちに影響はないただちに影響はない」

理性がルビコン川を渡りそうになるのを必死で押し留《とど》める。決壊したら終わりじゃけぇ。

この後、十分間抱きしめられ続けました。俺は悟りを開いた。開祖九重《ここのえ》雪兎である。

「もう帰っちゃうの？　これからお礼をタップリしたかったのに」

「タップリされたらゲッソリしそうなので」

「あらあら？　何を期待していたのかな？」

「口に出すと運営にＢＡＮされそうなことです」

「よく分からないけど、私の口にならら出してもいいのよ？」

「ひぃぃ！　運営の人、見てませんように！」

俺には祈ることしかできない。無力であった。

「今日は本当にありがとう。心が少し軽くなったわ」

「それはよかった。でも、いつも思うんですが、好感度メーター壊れてませんか？」

「雪兎君が何を発言しても私の好感度は上がるもの」

「それバグですよ。パッチ当てないと」

何故か氷見山さんの俺に対する好感度は高い。会って間もないはずだが、やたらと気に入られている。正直、スマホにメッセージを送ってくる頻度で言えば、氷見山さんは爽やかイケメンを上回っていた。完全にマッチングアプリだ。

「じゃあパソコンが届いたら呼んでください。設定しちゃいましょう」

「お願いするわ。あ、でも、関係なくいつでも来てくれていいからね」

「いや無理」

「いつまで私に抵抗できるかしら。うふふふふふふ」

「やべぇよやべぇよ」

やべぇよ。蛇に睨《にら》まれた蛙《かえる》のようにプルプル慄《おのの》いていると、不意に氷見山さんの電話が鳴った。チャンス到来！

「じゃあ、俺は帰りますから」

「あっ、雪兎君。ごめんね。じゃあまた今度」

「はい」

これ幸いと逃亡を図る。このチャンスを逃してはいけない！　玄関口で靴を履くと、わざわざ見送ってくれる。そのまま手を振り、玄関を出たところで氷見山さんが電話を取る。

「――はい、もしもし。どちら様でしょうか？」

知らない相手だろうか。盗み聞きするわけにもいかない。

そのまま帰ろうとすると、氷見山さんの声色が変わったのが分かった。


「――えっ、幹也《みきや》さん？」


そんな言葉が聞こえた気がした。そういえば、以前、一度だけ氷見山さんがその名前を口にしていたような……。

それ以上のことは思い出せず、俺はそのままその場を後にした。

◆

「あっ、すみません間違えました」

間違い電話をかけてしまったときのような気まずさで、すぐさま出直す。

ごめんごめんついうっかり。扉を閉めて確認すると、間違いなく俺の部屋だった。

ごしごし。目を擦《こす》ってみる。見間違いかな……？　ダラダラと滝のように汗が流れ落ちる。セルフデトックスだ。そーっと、数センチだけ扉を開け、部屋の中を覗《のぞ》き込む。

「早く入ってきなさいな」

我が物顔でセクシーな下着姿の悠璃《ゆうり》さんが手招きしている。見間違いじゃなかった。

架空の俺が選んだ代物はセンス抜群だ。……アイツは本当に俺だったのか？

ドッペル雪兎の存在により俺の自我が崩壊しかける一方、悠璃さんはどこ吹く風だ。

「どんなご用でしょうか？」

「私はとても怒っているの。どうしてだか分かる？」

「ひぇ」

悠璃さんが手に持っている物を視線が捉えて、表情が引き攣《つ》る。

あれはまさか例の件で使用したスケッチブック!?

そういえば、画像はＵＳＢメモリーに移して厳重に封印したが、スケッチブックはすっ

かりそのまま放置していた。迂闊《うかつ》、圧倒的迂闊！　なんたる初歩的大失態ッ！

頭隠して尻隠さず。ＵＳＢ隠してスケッチブックを隠し忘れるミス発覚に狼狽《ろうばい》する。

待てよ？　たかだかスケッチブックに描かれた絵など所詮は妄想の産物にすぎない。

一切証拠は存在しない。なんとか誤魔化しきることが可能なはずだ。

「これあの女よね？　どういうこと？　三十字以内で説明しなさい」

「あの、若きリビドーが爆発してしまったということでどうかここは一つ」

「三十一字ね。はい、失格」

「お許しください！　どうか、どうかお命だけはぁぁぁあ!?　なんでもしますから!?」

「――なんでも？」

命乞いするも、うっかり余計なことを口走ってしまう。ピクリと悠璃さんが反応する。

何故、九重家の住民はなんでもに異様な執着をみせるのか謎だ。

「――夏休み、これから楽しみだわ。なんでも、ね。……それじゃあ、始めましょうか」

不用意な発言の代償は大きい。ガクリと虚脱感に襲われる。

悠璃さんが背後からピタリと抱きつき、耳元で蕩《とろ》けるようなウィスパーボイスを囁《ささや》く。

「それでは聞いてください。弟専用ＡＳＭＲトラック３『カチカチ山』。昔々あるところで、お姉ちゃんは愛する弟に言いました。あら、こんなところを大きくしてどうしたの？

なんだか服の上からだとまるで山みたいね。それに熱くてカチカチじゃない」

「タヌキに謝れ！」

身も蓋もない内容に口からエクトプラズムを放出しかける。

「なに言ってるの。こんなのまだ序の口でしょ。これからが凄《すご》いんだから」

「既にリミットブレイクしてるけど、トラック10はどうなるの？」

とりあえず興味本位で聞いてみる。俺の悪い癖だった。どうして聞いちゃうんだよ！

「しょうがないわね。特別に少しだけ教えてあげる。わたしのーはじめてをーアンタがー」

「キェェェェェェェェェェエエエエ！」

「どうしたの急に？」

「衝動的にヤンバルクイナの鳴き真似《まね》をしたくなってさ」

「そんな鳴き声だったかしら？　まぁ、いいわ。初めてなんて言っても、どうせそのうちアンタの女にされるんだし。なんなら今のうちに確認しておく？　私の処女ま――」

「あの破廉恥会長ぶっ飛ばしてやる！」

あの人、存在自体が悪影響だろ。純真無垢《じゅんしんむく》な悠璃さんになんてことを、なんてことを！

おのれぇぇぇぇぇ淫魔生徒会長、ゆるざん!!（SEギチギチ）

「お姉ちゃん、二学期になったら一緒にリコールしよう。祁堂《けどう》政権に反旗を翻すんだ！」

「ようやく決断してくれたのね。その言葉を待っていたわ。お礼に私の人生をあげる」

「レバレッジ効かせすぎぃぃぃいいい！」

報酬のリターンが釣り合ってなさすぎた。そんな気軽にホイホイかけないでよ人生。

「その気になったら、いつでも言いなさい」

「遠慮しておきます」

「セから始まってスで終わることとしようね」

「セリヌンティウスどうして……」

「違うわ。エロス」

「それも違いますけど!?」

おのれメロス！

「照れちゃって、かわいい。さぁ、寝ましょうか」

夏休みだからと自堕落な生活を送っているようにみえて、ラジオ体操だってするしアサガオだって育てている。俺も悠璃さんも早寝早起きで意外と健康的な生活を送っていた。なので、後はもう寝るだけなのだが、就寝前の時間こそ我が家で最も危険なひと時だ。

ベッドの中で、ドキドキしたまま眠気との闘いは続く。

「どうして反対を向いているの？　なんでもするのよね？　だったらこっちを向きなさい。寂しくなるでしょう。この下着、アンタが選んだのよ。どうかしら？」

「セクシーすぎない？」

「成長期だもの」

「返す返すも成長期ってすごい」

俺的にはこの辺で、成長が止まって欲しいと心から願うばかりだ。

「そうだ、お姉ちゃん。腋《わき》って気になる？」

「別に気にならないけど。なに、見たいの？　アンタの好きにしていいよ」

何の躊躇《ちゅうちょ》もなく見せてくれる。物は試しと言ってみただけなのだが、そうだよこれだよ、この反応が普通だよ。まったく、灯凪《ひなぎ》ちゃんや三条《さんじょう》寺先生が過剰反応していただけだ。

「もしかしたら、俺の常識が著しく間違ってるんじゃないかと思って」

「…………………………………………何も間違ってないわよ」

「なにその意味深な沈黙!?」

「アンタの忍耐力が負けるか、私が勝つか。夏休みの間、勝負ね」

「……それ、どっちも駄目じゃん」

挙動不審になりながらも、それはそれは美しい悠璃さんの笑顔に見惚《みと》れているうちに、いつの間にか意識は遠のき、まどろみの中、深い闇へと落ちていった。スヤァ

◇

「どうかな雪兎《ゆきと》？」

緊張した面持ちで灯凪ちゃんが尋ねてくる。気分を盛り上げる為《ため》なのか、まずは恰好《かっこう》から入ろうと思ったのか、灯凪ちゃんはベレー帽を被《かぶ》っていた。……それは漫画家では？

俺達《たち》はクラス一の読書家で赤ペン生徒、夏目《なつめ》監修のもと、夏休みにＷＥＢ小説制作に乗り出していた。現在はファミレスで灯凪と共に作戦会議中だ。

小説を書くのは灯凪ちゃんだが、俺はそのサポートに徹する。

「内容は面白いけど、このままじゃ厳しいかもな」

「え……？　どうして？　何処《どこ》が駄目だったの？」

灯凪ちゃんが書いた原稿に目を通す。灯凪が頑張った努力の結晶を否定したりはしない。むしろ、努力の結晶だからこそ、多くの人に読んでもらいたい。そう素直に思えるほど、面白い内容に仕上がっていた。絵のセンスは独創的だったが、どうやら灯凪には文才があったらしい。意外な発見だった。

「夏目曰《いわ》く、まずＷＥＢ小説は、タイトル↓あらすじ↓本文の順に読者が脱落していくらしい。つまり読み始めるまでにハードルがあるということだ」

「それ分かるかも。面白そうな小説じゃないと、そもそも読もうと思わないもんね」

「だろ。その点を踏まえて、これを見てくれ」

下書き状態になっている小説を二人でチェックする。

「あ、分かった！　行間が詰まっていて、このままだと視認性が悪いんだ」

縦書きの小説と横書きのＷＥＢ小説ではフォーマットに差がある。文字が一塊になっていると、画面上でかなり圧迫感があって、視認性に難がある。

こういった細部に気を遣うのも、ユーザビリティというやつだ。

「まずは適切に改行していこう。このままだとブラウザバックされそうだし。勿体《もったい》ない」

「うん！　えへへ。なんかこうして一緒に作業するの楽しいね」

「目標があると張り合いがあるよな」

「そうだけど、そうじゃないの！　でも、いつもありがとね」

灯凪ちゃんはご機嫌だった。パフェを食べながら作業を続ける。

「タイトルは……これでバッチリだな。あらすじもまとまってる。内容は面白いし、分量はもう少し書き溜《だ》めしておこう。大丈夫か？」

「書きたいことは沢山あるから。でも、不思議だよね。最初はあんなに無理だって思ってたのにさ。今は続きを書きたくて仕方ないの」

灯凪的にも手応えがあるらしい。因《ちな》みに灯凪ちゃんが書いている小説はラブコメだ。不本意な行動で幼馴染《おさななじみ》を傷つけてしまった女の子が、後悔を積み重ね、本当に大切なものに気づき、すれ違った関係を修復していくハートフルラブコメディーになっている。

キャッチフレーズは、『絶対に手遅れにさせないラブコメ』だ。

灯凪が書く繊細な情景と胸を打つような後悔が、怒濤《どとう》の勢いで物語を紡いでいく。

全米が泣いた。……かどうかは知らないが、叙情的な展開は読者の心に響くはずだ。

「よし、なら三日後から連載を始めよう。初日は五話更新して、最初の一週間は午前と午後の二話更新だ。その後は第一部終了まで毎日更新して読者の反応を確かめよう」

「……いよいよだね。なんだかドキドキしてきた。読んでくれる人いるかな？」

「安心しろ。こんなに面白いんだから自信を持て。あ、PV1になってたら俺だぞ」

「一番初めの読者だね。サインしてあげようか？　なーんて」

「そう思って色紙持ってきたんだ」

「も、もう！　恥ずかしいことしないでよねっ！」

そう言いながらも、灯凪ちゃんはニヨニヨしながら色紙を書いてくれた。『愛する幼馴染へ』と書かれた色紙を大切に鞄《かばん》にしまう。ムフフ。雪兎君、照れちゃうなぁ。

「感想で悪口とか書かれたら凹《へこ》むかも。私が読んでる作品でも、たまにそういうコメント見かけるしさ。ああいうの、心折れちゃうよね」

「こっそり集めておいて、後で開示請求しようぜ」

バンバンやったらいいんだよ開示請求。これから到来するのは大開示請求時代だ。

「雪兎みたいに、皆、メンタル強くないんだよ？」

「いや、最近俺も連戦連敗でメンタル最弱になりつつあってな。母さんや姉さんにフルボッコにされる日々だ。昨日なんて、外出中どうしてもトイレが我慢できなくなって、走って家に帰ったんだけど、先客でトイレに母さんがいてさ。そのまま連れ込まれてトイレをさせられたよ。酷《ひど》くない？　俺は赤ちゃんか。これでも卒乳してる高校生だぞ」

「アンタが一番右手の法則使えてないでしょ！　あのドヤ顔の説明はなんだったのよ！我慢しないで早くトイレに行きなさい。それと桜花《おうか》さんも何してるの……」

まぁ、いつものことだ。気にしてもしょうがない。

パフェを食べ終わり、灯凪ちゃんとのまったりした時間が過ぎていく。

「読んでもらえるといいな」

「ありがと。付き合ってくれて。雪兎が提案してくれなかったら、知らない世界だった」

「俺だって初めてだぞ」

「だからだよ。新しく踏み出すことを恐れない。どんな苦労も努力も厭《いと》わない。カッコいいよ雪兎は。いつもいつも雪兎といるだけで、楽しいな」

「そうか？」

「うん！　だからね、大好き」

とびっきりの眩《まぶ》しい笑顔。何の曇りもない、ただただ綺麗《きれい》な。

ツンを捨ててしまった幼馴染は強敵だ。難攻不落。俺には勝てそうもない。

答えを出さなければならない。ボールはいつだって俺にあるのだから。


血相を変えた様子の灯凪ちゃんから連絡が来たのは翌週のことだった。

「どーしよう雪兎！　ねぇ、どうすればいいの!?」

灯凪ちゃんのラブコメ小説は公開から尻上がりにＰＶが伸びていった。

毎日ドキドキしながらＰＶを眺め、感想に一喜一憂し、このまま続けば、少なからずお小遣いになるかもしれない。そんな会話を灯凪としていたのだが、どうしたの？

先週に引き続き、ファミレスで灯凪ちゃんから話を聞く。

「……打診きちゃった」

「は？」

今の姉さんっぽくない？　ぽくない？

そんなことを思いつつ、動揺で単語が頭に入ってこなかったので、もう一回聞いてみる。

「スマン、聞き逃した。ギリシャ語で頼む」

「Με πήραν τηλέφωνο από την εταιρεία」

「ひなぎん、すごー！」

ビックリ仰天、目が点になった。最早《もはや》、どっちに驚くべきなのか分からない。

どうやって発音したのかも謎だ。それと打診って、え、事実なの？

「遊んでる場合じゃないのよ！　どうすればいいかな雪兎？」

興奮した様子で、しかしどこか不安を隠せず、灯凪が身を乗り出す。

「どうするもなにも……。とりあえず両親には話したのか？」

「ううん。まだ。小説書いてることを伝えるの、なんとなく恥ずかしかったし、それに少しくらい結果が出てからでいいかなって思ってたから。灯織《ひおり》にも話してないんだ」

趣味の範疇《はんちゅう》ならそれでも構わないが、流石《さすが》に出版となると両親の協力が不可欠だ。

インセンティブ収入どころの話ではなくなってしまった。はてさて、どうすべきか……。

最新のティラノサウルスのクソダサデザインに辟易《へきえき》していると、はたと思いつく。

待てよ？　別に悩む必要なくないか？　ひなぎんに熱い眼差《まなざ》しを送る。

仮にもし出版となれば、灯凪ちゃんは現役美少女JK作家ということになる。

それだけでも話題性抜群だ。宣伝文句として申し分ない。表立って顔出しは嫌がるだろうが、これは灯凪にとって飛躍する大きなチャンスだ。

灯凪が書いた作品が正当に評価され、誰かの目に留まり、読者の感情を動かした。

胸を張って堂々とすればいい。臆することはない。灯凪はCカップだ。

「灯凪、打診受けよう！　これは君が摑《つか》んだ未来だ」

「いいのかな？　だって、私だけじゃなくて雪兎にも沢山手伝ってもらったのに……」

「素直に喜べ。君の努力と成果だ。おめでとう灯凪」

「……うぇぇぇぇぇぇん……ゆきとぉ……！」

灯凪ちゃんの涙腺が崩壊して抱き着いてきた。よしよしと背中をポンポンしておく。

それにしても、まさかこんなことになるとは思わなかった。

しかしそれを言うなら、こんなことになると思って、こんなことになった試しはないので、こんなことにならない方が正常と言えるかもしれない。ゲシュタルトが崩壊していた。

◇

それから約一年後、改稿を重ね、ついに灯凪ちゃんのラブコメ小説が発売となる。

帯には『あのバニーマンも絶賛』との文字が書かれていたのだが、それはまた別の話。


（在宅ワークに慣れてしまうと、こうして出社するのは怠《だる》いわね……）

フレックスタイム制が導入されているとはいえ、これくらいの仕事なら家でも問題なく可能だ。そう思ってしまうこと自体が、甘い罠《わな》なのかもしれない。

こうしてたまに顔を出すことすら億劫《おっくう》に感じてしまうのは、それだけ家での環境が快適だからに違いない。嘆いても仕方ないが、自宅に抗《あらが》い難い魅力があるのは否めない。

椅子だって職場では殺風景なオフィスチェアだが、臨時収入が入ったからと、息子が私と悠璃《ゆうり》に高価な椅子をプレゼントしてくれた。

座っているだけでやる気が漲《みなぎ》るというものだ。それに、まるで息子に背後から抱きしめられているような感覚になりドキドキしてしまう。

傍《そば》にいてくれるだけで優しくて癒される。まさに私にとって理想の男性そのものだ。最近の息子の可愛《かわい》さは限度を超えている。もし雪兎がホストだったら、私は貢いで破産しているに違いない。それでも何ら悔いはないけど。

会社は好きだが、外に出る以上、キチンと化粧だってしないといけない。社会人として当然の身だしなみだが、面倒なことに変わりはない。

内心こっそりため息を吐きつつ《つ》仕事を片付けていく。会社でしかできない資料の確認や打ち合わせしたりと、出社したなりにやることは多い。

気持ちを切り替え、作業に集中する。書類に目を通しながら、部下に話しかける。

「柊《ひいらぎ》、貴女《あなた》。インターン生の教育係をやってみない？　とても有望な子よ」

「私がですか？　でも、珍しいですね。主任がそんなこと言うなんて」

「ちょっと縁がある子なのよ。入社したら貴女の下に付けるわ」

私の部署で預かることにしたインターン生を部下の柊に任せる。息子を冤罪《えんざい》から救ってくれた恩人らしい。履歴書では決して見えない人となりが分かっているのは有難い。

柊もそろそろ部下を持つ時期だ。彼女の成長にも繋《つな》がる。私が独立した後、柊と共に仕事を任せられるようになってくれれば心強い。

同僚とのコミュニケーションも仕事の一環だ。休憩時間のたわいない雑談も、意外なところで役に立つことがある。こういった利点は会社ならではかもしれない。

仕事自体はとてもやりがいがあって楽しい。特に最近は充実している。

とはいえ、苦手な相手もいるわけだが。

「これから一緒に食事に行かないかい？」

帰り掛け同僚から声を掛けられる。相手を確認するまでもなくウンザリしてしまう。

今日だけで三人目のお誘いだった。早く帰りたくて全て断っているが、振り返ると、出社する度に声を掛けてくる他部署の相手だった。

「すみません。子供達《たち》が夏休みになったので家にいるんです。帰って食事を作ってあげないといけないので」

離婚しているとはいえ、これでも二児の母親だ。誘うなら独身の若い子にすればいいのにと毒づくが、そんな私の心境など気にもかけずに男は続けてくる。

「確か高校生でしたか。それくらいの年齢ならあまり干渉せずに、ある程度任せてみてもいいのではありませんか？　食事くらい自分達でなんとかしますよ」

「今日は帰ると伝えてあるので」

「いいじゃないですか。こうして会えたことですし、どうです？　美味《うま》いイタリアンのお店を知ってるんです。たまには子供のことを忘れて大人の時間を――」

「余計な口を出さないでください。それでは」

「え、あっ、すみません！　じゃあまた次の機会に」

「ないと思いますよ」

　思わずカッとなり怒鳴りつけようとする自分を必死に抑え込む。とてつもなく不愉快だった。嫌な気分を振り払うように自然と帰宅の足が速くなる。

　いったい私達家族の何を知っているというのか。子供を忘れる？　ふざけるな。子供は私にとって最も大切なものだ。何も知らない部外者の癖に。イライラが募る。帰って息子に癒されよう。最近は少しずつ会話が増えている。それだけでとても幸せで充実した日々だった。息子は生きる気力だ。

　軽く買い物を済ませて家に向かうと、マンションの玄関口に息子の姿が見えた。ジャージを着ている。きっとランニングから帰ってきたんだわ。どうしたことかと自分でも不思議だが、この頃は妙に胸が高鳴ってしまう。今まではこんなことなかったのに。私の向き合い方が変わった所為《せい》なのか、或《あ》るいは息子が歩み寄ってくれるようになったからなのか、どちらが正しいというわけではなく、そのどちらでもあるのだろう。

足取り軽く息子の下に向かおうとすると、誰か男性と話しているのが見えた。

だが、その相手が誰か気づいて、凍り付く。

「そんな——どうして？　まさか、あの男は……？」


夏だけあって、夕方も過ぎているのに、この時間でもまだまだ蒸し暑い。

日課のランニングを済ませて家に戻ると、マンションの玄関口に見知らぬ黒い高級車が停車している。その中から、怜悧《れいり》な眼差しの男がゆっくりと顔を出す。

「すまない、君はこのマンションに住む九重《ここのえ》という名前の女性を知っているか？」

「不審者ですか？」

どう見てもあからさまに不審者だが、念のために不審者かどうか確認しておく。

「くだらん。仮に不審者だとして、ハイそうですと答える馬鹿がいるはずないだろ」

「じゃあ、不審者じゃん」

「チッ。私は九重桜花の知人だ」

「へー。そうなんですか。どちら様ですか？」

「人に名前を聞くときはまず自分から名乗るべきだと習わなかったのか」

そのままさっさとマンションの中に入る。

「待て！」

目つきの鋭い男が慌てて制止してくる。面倒だなぁ……。

「なんですかいったい？」

「普通そこは名前を名乗るところだろう！」

「別に興味なかったので」

「なんという腹立たしいガキだ」

「よく言われます」

「だろうな。そいつとは美味い酒が飲めそうだ」

「うわっ、飲みにケーションとか現実にあるんだ。そういうの迷惑ですから」

「幾らなんでもいきなり敵視しすぎじゃないか？」

「最近、出会い頭に脅迫とかされるんで、警戒してるんです」

「警察に通報すべき事案だろそれは……」

まじまじと男を眺める。オールバックで自信に満ち溢《あふ》れた風貌。スクエアタイプの銀縁眼鏡が、よりクールな雰囲気を作り出している。

母さんの知り合いといっても、どの程度のどういう知り合いなのかが重要だ。

自宅に押し掛けてくるような相手となればそれなりに注意が必要だろう。逆に親しい知り合いなら、自宅を知らないということは考えにくい。

結局のところ、信頼に欠け警戒に値する人物なのは間違いなさそうだ。

「九重桜花《おうか》は俺の母親ですが、いったいどのようなご用件でしょうか？」

ここで俺に言えないような用件なら相手をする必要はない。ついでにこっそりスマホの録音ボタンを押しておく。後で母さんに確認してもらうためだ。

「……お前が？　そうかお前が雪兎《ゆきと》か！　手間が省けたな。それにしても、桜花はどういう教育をしてるんだ。……まぁ、いい。お前は中々使える。俺と共に来い」

「はい？」

このおっさんなに言ってるの？　ただでさえ陰キャぼっち（有名無実）で知り合いの少ない俺だが、同年代ならともかく、こんなおっさんと知り合ったことなどない。

先程までとは違い急に馴《な》れ馴《な》れしく接してくる。キモかった。

疑惑の眼差しを向けていると、おっさんから思いもよらぬ発言が飛び出した。

「俺は凍恋秀《とうれんしゆうぎ》偽。かつては……いや、俺はお前の――――父親だ」

『あ、もしもし警察ですか？　いきなり父親を名乗るキラキラネームの痛い不審者に拉致されそうになってて。そうです。特徴はオールバックで、車のナンバープレートは――』

「!?」

あとがき

皆様の応援でこうして三巻を発売することができました。ありがとうございます。
物語のフェーズは変わり、後悔ばかりの過去から未来を目指して進んでいきます。

本作は元がＷＥＢ小説ですが、その原点を忘れない為《ため》にも、『追放』は欠かせません。
ＷＥＢ小説と言えば、追放。とりあえず追放しとくのが鉄則です。
大幅な設定変更により、あの人物の設定も改変。他にも色々と異なっているので、今後
どうなっていくのか、それぞれ別物としてお楽しみいただければ幸いです。

懲りずにまたキャラクターが増えていますが、緜《わた》先生には新たにＪＤ組や釈迦堂《しゃかどう》ちゃん
をデザインしていただき感謝しかありません。いつもありがとうございます！
そして何より、ご購入していただいた読者の皆様、心よりお礼申し上げます。

さて、夏といってもまだまだ始まったばかり。沢山のイベントが待ち構えています。
暗闇を蠢《うごめ》く妖怪との遭遇。死闘、そして。果たして、雪兎《ゆきと》君の命運は如何《いか》に!?
それではまた次回、お会いできるのを心から楽しみにしています。

OVERLAP

俺にトラウマを与えた女子達がチラチラ見てくるけど、残念ですが手遅れです 3

発　　行　2023 年 5 月 25 日　初版第一刷発行
　　　　　2024 年 1 月 25 日　　　第二刷発行

著　　者　御堂ユラギ

発 行 者　永田勝治

発 行 所　株式会社オーバーラップ
〒141-0031　東京都品川区西五反田 8-1-5

校正・DTP　株式会社鷗来堂

印刷・製本　大日本印刷株式会社

Printed in Japan ISBN 978-4-8240-0496-3 C0193